# el abismo

# NEAL SHUSTERMAN

# el abismo

ANAYA

Título original: *Challenger Deep*

© Neal Shusterman, 2015
Published by arrangement with Harper Collins Children's Books,
a division of Harper Collins Publishers.
© De la traducción: Adolfo Muñoz, 2017
© De esta edición: Grupo Anaya, S.A., 2017
Juan Ignacio Luca de Tena, 15. 28027 Madrid
www.anayainfantilyjuvenil.com
e-mail: anayaintantilyjuvenil@anaya.es

1.ª edición: marzo de 2017

ISBN: 978-84-698-3373-5
Depósito legal: M-40699-2016

Impreso en España · Printed in Spain

Las normas ortográficas seguidas son las establecidas por
la Real Academia Española en la *Ortografía de la lengua española*,
publicada en el año 2010.

*Para el doctor Robert Woods*

# 1

## QUE VIENE EL OGRO

Hay dos cosas que sabes. Primera: que tú estabas allí. Segunda: que es imposible que estuvieras allí.

Mantener al mismo tiempo estas dos verdades incompatibles es algo que requiere destreza malabarística. Por supuesto, para hacer malabares se necesita una tercera bola, si se quiere mantener un ritmo continuo y fluido. Esa tercera bola es el tiempo, que rebota más a lo loco de lo que nadie quiere creer.

Son las cinco de la madrugada. Lo sabes porque en tu dormitorio hay un reloj a pilas que hace tictac tan fuerte que a veces tienes que silenciarlo echándole una almohada encima. Y, sin embargo, mientras aquí son las cinco de la madrugada, son también las cinco, pero de la tarde, en algún lugar de China, lo cual demuestra que las verdades incompatibles tienen perfecto sentido cuando se ven con una perspectiva global. Sin embargo, has aprendido que dirigir tus pensamientos hacia China no siempre es buena cosa.

Tu hermana duerme en la habitación contigua, y en la siguiente lo hacen tus padres. Tu padre está roncando. Tu madre no tardará en darle un empujón lo bastante fuerte para hacer que se gire. Y los ronquidos cesarán, tal vez hasta el alba. Todo esto es normal, y produce una especie de consuelo.

Al otro lado de la calle se ponen en marcha los aspersores, que chisporrotean con tanta fuerza que ahogan el tictac del reloj. Puedes oler el vapor de agua a través de la ventana abierta: agua suavemente clorada e intensamente fluorada. ¿No se agradece saber que el césped del barrio tendrá los dientes sanos?

El silbido de los aspersores no es el sonido de las serpientes. Y los delfines pintados en la pared de tu hermana no pueden tramar complots mortales. Y los ojos de un espantapájaros no ven.

Aun así, hay noches en las que no puedes dormir, porque esas cosas con las que haces malabares requieren toda tu concentración. Tienes miedo de que pueda caerse una bola, y ¿entonces qué? No te atreves a imaginar qué pasaría después de ese momento. Porque esperando ese momento está el capitán. Es paciente. Y aguarda. Siempre.

Incluso antes de que hubiera barco, allí estaba el capitán. Este viaje empezó con él y sospechas que terminará con él, y que entre medias no hay más que el polvo alimenticio de los molinos de viento, que podrían ser ogros moliendo huesos de niños para hacerse su pan.

Pisa sin hacer ruido, o los despertarás.

# 2

## PROFUNDIDAD INCONMENSURABLE

—No se sabe hasta dónde alcanza —dice el capitán, mientras el lado izquierdo del bigote le tiembla como el rabo de una rata—. ¡El que cae en ese abismo inescrutable tarda días en llegar al fondo!

—Pero la Fosa ha sido medida —me atrevo a observar—. Hay gente que ha llegado allí abajo. Yo sé que tiene una profundidad de once mil metros.

—¿Vos lo sabéis...? —se burla él—. ¿Cómo puede un cachorrito tembloroso y malnutrido como vos conocer nada que se encuentre más allá de los mocos de su nariz? —Entonces se ríe, satisfecho por el modo en que me ha descrito. El capitán está lleno de arrugas curtidas por los aires de toda una vida pasada en altamar, aunque su barba oscura, enmarañada, oculta muchas de ellas. Cuando se ríe, las arrugas se estiran y se le pueden ver los músculos y nervios del cuello—. Sí, cierto es que los que se han aventurado por las aguas de la Fosa dicen haber visto el fondo, pero mienten. Mienten como una alfombra que guarda secretos debajo y reciben el doble de palos que ella, pero no hay otro modo de espantarles el polvo.

He desistido de intentar comprender las cosas que dice el capitán, pero todavía me pesan. Como si me estuviera tal vez perdiendo algo. Algo importante y engañosamente evidente que solo consigo entender cuando ya es demasiado tarde.

—La profundidad es inconmensurable —dice el capitán—. Y no le permitáis a nadie que os cuente otra cosa.

# 3

## MEJOR ASÍ

Tengo este sueño: estoy tendido sobre una mesa, en una cocina demasiado iluminada donde todos los electrodomésticos son de un blanco muy brillante. No tanto nuevos como haciéndose pasar por nuevos. Plástico con acentos de cromado, pero plástico más que nada.

No puedo moverme. O no me quiero mover. O tengo miedo de moverme. Cada vez que tengo el sueño, es un poco distinto. Hay personas a mi alrededor, solo que no son personas, son monstruos disfrazados. Han entrado en mi mente y han arrancado imágenes de ella, para convertir después esas imágenes en máscaras que parecen personas a las que quiero, pero sé que es solo un engaño.

Se ríen y hablan de cosas que no significan nada para mí, y yo me quedo paralizado entre todos esos rostros falsos, siendo el centro de su atención. Me miran con interés, pero solo en el sentido en que se mira con interés algo que uno sabe que pronto se irá.

—Creo que lo has quitado demasiado pronto —dice un monstruo que lleva el rostro de mi madre—. No ha estado bastante tiempo.

—Solo hay un modo de averiguarlo —dice el monstruo que está disfrazado de mi padre. Noto risas alrededor, que no provienen de su boca, pues la boca de las máscaras no se mueve. La risa está en sus pensamientos, que me lanzan dardos envenenados, disparados desde sus recortados ojos.

—Te encontrarás mejor así —dice uno de los otros monstruos. Entonces les rugen las tripas, haciendo tanto ruido como una montaña al derrumbarse, cuando me acercan las garras y hacen trizas con ellas su plato principal.

# 4

## ES ASÍ COMO TE ATRAPAN

No puedo recordar cuándo empezó este viaje. Es como si siempre hubiera estado aquí, salvo que no puedo haber estado siempre aquí, pues hubo un antes, justo la semana pasada o el mes pasado o el pasado año. De lo que sí estoy bastante seguro, sin embargo, es de que sigo teniendo quince años. Aun cuando lleve años a bordo de la vieja reliquia que es este barco de madera, sigo teniendo quince. El tiempo es distinto aquí. No se mueve hacia delante: se mueve como de lado, como los cangrejos.

No conozco a muchos de los miembros de la tripulación. O tal vez, simplemente, no los recuerdo de un momento al momento siguiente, pues todos ellos tienen en sí una cualidad indescriptible. Están los mayores, que parecen haber pasado toda la vida en la mar. Son los oficiales del barco, si se les puede llamar así. Son piratas de Halloween, como el capitán, con los dientes falsamente ennegrecidos, llamando a las puertas del infierno como llaman los niños a las puertas de las casas esa noche de fantasmas. Me reiría de ellos si no creyera, sin lugar a dudas, que son capaces de sacarme los ojos con sus garfios de plástico.

Luego están los jóvenes como yo: chavales cuyos crímenes los expulsan de sus cálidos hogares, de sus fríos hogares, o de la ausencia de hogar por una conspiración paternal que los mira a todos con los ojos fijos e impasibles del Gran Hermano.

Mis compañeros de la tripulación, tanto chicos como chicas, se afanan en su trabajo y no me hablan salvo para decirme cosas como:

—Estáis en mi camino.

O:

—Apartad esas manos de mis cosas.

Como si alguno de nosotros tuviera cosas que mereciera la pena guardar. Algunas veces intento ayudarles en lo que están haciendo, pero ellos me dan la espalda, o me empujan, porque les da rabia que me ofrezca.

Sigo imaginándome que veo a bordo a mi hermanita, aunque sé que no está. ¿No se supone que estoy ayudándola con las mates? En mi mente la veo esperando y esperando por mí, pero no sé dónde está. Lo único que sé es que no llego a aparecer. ¿Cómo iba a hacerle eso a ella?

Todo el mundo a bordo está bajo el escrutinio constante del capitán, que en cierto modo resulta familiar, y en cierto modo no. Parece saberlo todo sobre mí, aunque yo no sé nada sobre él.

—Mis asuntos consisten en crispar los dedos en torno al corazón de vuestros asuntos —me ha dicho.

El capitán tiene un parche en el ojo y un loro. El loro tiene un parche en el ojo y una argolla de seguridad alrededor del cuello.

—Yo no tendría que estar aquí —le digo al capitán, preguntándome si no habré dicho eso ya antes—. Tengo exámenes parciales y trabajos que hacer y ropa sucia que no he recogido del suelo de mi habitación; y tengo amigos, muchísimos amigos.

El capitán tiene la mandíbula fija y no ofrece respuesta, pero el loro dice:

—¡Tienes amigos, muchísimos amigos también aquí, también aquí!

Entonces uno de los otros chicos me susurra al oído:

—No le digas nada al loro. Es así como te atrapan.

# 5

## YO SOY LA BRÚJULA

No se puede poner en palabras las cosas que siento; y si se pudiera, esas palabras no estarían en una lengua que pudiera comprender nadie. Mis emociones hablan en lenguas desconocidas. La alegría se convierte en rabia que se convierte en miedo y después en divertida ironía, como saltar de un avión, con los brazos abiertos, sabiendo sin lugar a dudas que sabes volar, para descubrir después que no sabes, y que no solo no tienes paracaídas, sino que no llevas puesto nada de ropa, y que la gente que está abajo llevan todos prismáticos y se están riendo mientras caes en picado hacia una muerte tremendamente vergonzosa.

El oficial de derrota me dice que no me preocupe por eso. Me señala el cuaderno de pergamino en el que dibujo a menudo, por pasar el rato:

—Expresad vuestros sentimientos en líneas y colores —me dice—. Colores, dolores, dólares... Las verdaderas riquezas yacen en la manera en que vuestros dibujos me atrapan, me gritan, me obligan a ver. Mis mapas nos enseñan el camino, pero vuestras visiones nos enseñan el modo. Vos sois la brújula, Caden Bosch. ¡Vos sois la brújula!

—Si soy una brújula, la verdad es que soy una brújula bastante inútil —le digo—. No soy capaz de encontrar el norte.

—Por supuesto que sois capaz —dice él—. Lo único que pasa es que en estas aguas el norte está todo el tiempo mordiéndose la cola.

Eso me hace pensar en un amigo que tuve una vez, que pensaba que el norte era cualquier dirección a la que él se dirigiera. Ahora pienso que tal vez tuviera razón.

El oficial de derrota solicitó tenerme como compañero de habitación cuando mi anterior compañero, al que apenas puedo recordar, desapareció sin dar explicaciones. Compartimos un camarote que es demasiado pequeño para uno, no digamos para dos.

—Vos sois el más decente de todos los indecentes que hay aquí —me dice—. Vuestro corazón no ha pillado el frío de la mar. Además, tenéis ingenio. Ingenio, insidia, envidia... Vuestro ingenio hará que el barco se ponga verde de envidia... ¡Acordaos de mis palabras!

Es un chico que ha hecho ya muchas travesías. Es hipermétrope. Eso quiere decir que cuando mira a alguien no lo ve, sino que ve algo que está detrás de él, en una dimensión muy separada de la nuestra. La mayor parte del tiempo el oficial de derrota no mira a nadie, pues está demasiado ocupado trazando cartas de navegación. Al menos así es como las llama. Están llenas de números y palabras y *flechas* y líneas que conectan los puntos para formar, a partir de las estrellas, constelaciones que yo no había visto nunca.

—Los cielos son diferentes aquí —dice—. Tenéis que ver dibujos nuevos en las estrellas: dibujos, rebujos, relujos, relojes. Tiene que ver con medir el día que pasa. ¿Lo comprendéis...?

—No.

—De la playa a la pava, de la pava a la cabra. Ahí tenéis la respuesta, os lo aseguro: en la cabra. La cabra come de todo, digiere el mundo convirtiéndolo en parte de su propio ADN, y lo vomita todo, marcando de ese modo el territorio. Territorio, irrisorio, emisorio, enemigo, oídme bien lo que os digo. El signo de la cabra encierra la respuesta de nuestro destino. Todo tiene un propósito. Buscad la cabra.

El oficial de derrota es inteligente. Tan inteligente que la cabeza me duele solo de estar en su presencia.

—¿Por qué estoy aquí? —le pregunto—. Si todo tiene un propósito, ¿cuál es mi propósito en este barco?

Él se vuelve a sus cartas, escribiendo palabras y añadiendo nuevas flechas encima de lo que ya está, amontonando sus pensamientos en capas tan gruesas que solo él los puede descifrar.

—Propósito, pósito, pórtico: vos sois el pórtico de la salvación del mundo.

—¿Yo...? ¿Estáis seguro?

—Tan seguro como que vamos en este tren.

# 6

## SUENA HORRIBLE

Pórtico, déltico, delfines danzando en las paredes de la habitación de mi hermana mientras yo estoy en la puerta. Hay siete delfines.

Lo sé porque los pinté yo para ella, cada uno representando uno de *Los siete samuráis* de Kurosawa, ya que yo quería que ella los siguiera apreciando cuando se hiciera mayor.

Los delfines me miran esta noche, y aunque la carencia de pulgares oponibles hace difícil el manejo de la espada, los encuentro mucho más amenazadores de lo normal.

Mi padre está arropando a Mackenzie en la cama. Es tarde para ella, pero no para mí, porque yo acabo de cumplir los quince, mientras que ella está a punto de cumplir los once. Faltan horas para que me duerma yo. Si es que me duermo. Tal vez no. No esta noche.

Mi madre está en el piso de abajo, hablando con la abuela por teléfono. La oigo que habla del tiempo y de las termitas, que se están comiendo nuestra casa a bocados.

—...Pero cerrar la casa entera con un plástico para fumigarla suena horrible —le oigo decir a mi madre—. Tiene que haber otro modo mejor.

Mi padre le da a Mackenzie el beso de buenas noches, y después se vuelve y me ve a mí allí, de pie, ni completamente dentro de la habitación ni completamente fuera.

—¿Qué pasa, Caden?

—Nada, es solo... No importa.

Se pone de pie, y mi hermana se vuelve para ponerse de cara a la pared de los delfines, dejando claro que ya está lista para irse al país de los sueños.

—Si pasa algo, me lo puedes decir —dice mi padre—. Lo sabes, ¿no?

Hablo en voz baja para que no me oiga Mackenzie:

—Bueno, es solo que... es ese chico del colegio.

—¿Sí...?

—Por supuesto, no estoy seguro...

—¿De qué?

—Bueno... Creo que quiere matarme.

# 7

## ABISMO CARITATIVO

En el centro comercial hay una hucha para depositar donativos. Es un gran embudo amarillo que recoge dinero para alguna ONG dedicada a niños en los que no es muy agradable pensar. «Niños mutilados en guerras en el extranjero» o algo así. Se supone que tienes que meter una moneda por una ranura y soltarla. La moneda gira y gira por el gran embudo amarillo durante un minuto más o menos, emitiendo un zumbido metálico que se va condensando, haciendo más intenso, más desesperado, conforme traza una espiral en la que cada vez se halla más próxima al agujero. Gira más y más rápido, con toda esa energía cinética obligada a descender hacia el cuello del embudo, hasta que la moneda suena como una alarma y termina enmudeciendo al caer en el negro abismo del embudo.

Yo soy esa moneda en su descenso, gritando en el cuello del embudo, sin otra cosa que mi propia energía cinética y mi fuerza centrífuga que trata de evitar que caiga en la oscuridad.

# 8

## LOS PIES EN LA TIERRA

—¿Qué es eso de que te quiere matar? —Mi padre sale al pasillo y cierra la puerta de la habitación de mi hermana. Al final del pasillo, un poco de luz sale del cuarto de baño en un ángulo prudente—. Caden, esto es serio. Si en el colegio hay un chico que te amenaza, tienes que contarme qué sucede.

Se queda allí de pie, esperando, y yo lamento haber abierto la boca. Mi madre sigue abajo, al teléfono, hablando con la abuela. Y yo empiezo a preguntarme si será realmente la abuela, si no estará fingiendo... hablando con otra persona, tal vez sobre mí, y tal vez usando palabras en clave... Pero ¿por qué iba a hacer eso? Es de locos. No, solo está hablando con la abuela. Sobre las termitas.

—¿Les has dicho algo de ese chico a los profesores...?

—No.

—¿Qué ha hecho? ¿Te ha amenazado abiertamente?

—No.

Mi padre respira hondo.

—Bueno, si realmente no te ha amenazado, tal vez la cosa no sea tan grave como piensas. ¿Ese chico lleva algún tipo de arma al colegio?

—No. Bueno, quizá. Sí, sí... creo que puede que tenga una navaja.

—¿Se la has visto?

—No, pero lo sé. Es el tipo de chico que puede llevar navaja, ¿sabes?

Mi padre vuelve a respirar hondo y se rasca en la cabeza, entre el pelo ralo. —Dime qué es lo que te ha dicho ese chico exactamente. Intenta recordarlo todo.

Busco y trato de encontrar las palabras para explicarme, pero no las encuentro.

—No es lo que ha dicho, sino lo que no ha dicho.

Mi padre es contable. Muy lineal, muy de hemisferio izquierdo, así que no me sorprende cuando dice:

—No te sigo.

Me vuelvo y toqueteo una foto de la familia que está colgada en la pared, dejándola torcida. Eso me molesta, así que me apresuro a ponerla bien otra vez.

—No importa —le digo—. No tiene importancia. —Intento escaparme bajando la escalera, porque me gustaría oír la conversación que está manteniendo mi madre, pero mi padre me coge del brazo con suavidad. Eso es suficiente para impedir que me vaya.

—Espera un poco —dice—. Vamos a aclarar esto. Ese chico que te preocupa... va a la misma clase que tú, y hay algo en su comportamiento que te resulta amenazador.

—En realidad, no coincidimos en ninguna clase.

—Entonces ¿cómo lo conoces?

—No lo sé. Pero a veces paso a su lado en el pasillo.

Mi padre baja la vista, haciendo cálculos mentales antes de volver a mirarme.

—Caden... Si tú no lo conoces, y nunca te ha amenazado, y lo único que habéis hecho es cruzaros en el pasillo, ¿qué te hace pensar que quiere hacerte daño? Seguramente ni siquiera sabe quién eres tú.

—Sí, tienes razón, estoy de los nervios...

—Seguramente estás dando demasiada importancia a algo.

—Sí, demasiada importancia. —En cuanto lo he dicho en voz alta, me doy cuenta de lo tonto que parezco. Porque la verdad es que ese chico ni siquiera sabe que existo. Yo ni siquiera sé cómo se llama.

—El instituto puede ser inquietante —dice mi padre—. Hay muchas cosas que te pueden poner nervioso. Siento que hayas estado calentándote la cabeza con eso. ¡Menudas cosas se nos ocurren a veces! Pero en ocasiones todos necesitamos poner los pies en la tierra, ¿no te parece?

—Es verdad.

—¿Ya te sientes mejor?

—Sí, mejor. Gracias.

Pero me sigue mirando detenidamente mientras me voy, tal vez porque sabe que le estoy mintiendo. Mis padres han notado lo nervioso que estoy últimamente. Mi madre opina que debería ir a yoga.

# 9

## NI ERES EL PRIMERO NI SERÁS EL ÚLTIMO

La mar se extiende en todas direcciones. Ante nosotros, detrás de nosotros, a babor, a estribor, y más, más, más allá. Nuestro barco es un galeón curtido por un millón de travesías que se remontan a edades aún más oscuras que esta.

—No hay mejor nave en su tipo —me dijo una vez el capitán—. Confía en ella y no se saldrá de su rumbo. —Lo cual es muy importante, teniendo en cuenta que nunca hay nadie al timón.

—¿Cómo se llama la nave? —le pregunté una vez al capitán.

—Nombrarla es hundirla —me dijo—. Lo que nombramos pesa más que el agua que desaloja. Pregunta en cualquier naufragio.

Sobre el arco de la escotilla principal hay un letrero grabado a fuego en la madera que dice: «Ni eres el primero ni serás el último», y me sorprende cómo esa frase me hace sentir al mismo tiempo insignificante y destacado entre los demás.

—¿Os dice algo? —pregunta el loro, posado sobre la escotilla, mirándome. Mirándome siempre.

—No realmente —le digo.

—Bueno, pues si lo hace, anotad todo lo que diga.

# 10

## EN LA COCINA DEL MIEDO

Visito la Cocina de Plástico Blanco casi todas las noches. Los detalles cambian cada vez, lo suficiente para que no pueda predecir el resultado del sueño. Si fuera el mismo, al menos yo sabría qué esperar... y si lo supiera, podría prepararme para lo peor.

Esta noche me estoy escondiendo. Hay muy poco sitio donde esconderse en la cocina. Estoy metido en una nevera de última generación. Tiemblo. Y me acuerdo del capitán, porque me llamó una vez cachorrito tembloroso. Alguien abre la puerta: es una máscara que no recuerdo, una mujer que mueve la cabeza hacia los lados como negando.

—Pobrecito, tienes que estar helado. —Sirve café de una jarra llena, pero en vez de ofrecerme, me atraviesa con la mano el ombligo para coger la leche que se encuentra en la nevera detrás de mí.

# 11

## TODAS LAS COSAS HORRIBLES
## TIENEN SU LADO HERMOSO

Bajo la cubierta principal están los camarotes de la tripulación. La cubierta de la tripulación es mucho más grande de lo que el barco parece desde fuera. Muchísimo más. Hay un largo pasillo que sigue y sigue y no parece terminar nunca. Entre las tablas de madera que forman el casco y las cubiertas del barco hay una pez maloliente que impide que entre el agua. Ese olor no es tan fuerte en ningún sitio como allí abajo. Es un olor acre, orgánico, como si las formas vivas que el tiempo ha destilado hasta convertirlas en alquitrán no hubieran acabado de descomponerse por completo. Huele a sudor concentrado y a olor corporal, y también a esa sustancia que se acumula debajo de las uñas de los pies.

—¡El olor de la vida! —dijo con orgullo el capitán cuando le pregunté por ese hedor—. Vida en transformación, tal vez, pero vida de todos modos. Es como el olor salobre de una poza de marea, muchacho: acre y pútrido, pero al mismo tiempo refrescante. Si una ola bate la orilla rociándonos las narices, ¿la vamos a maldecir? ¡No! Porque nos recuerda lo mucho que nos gusta la mar. Ese olor estival de la playa que os lleva al más sereno confín de vuestra alma no es nada más que una suave bocanada de putrefacción marina. —Entonces, satisfecho, respiró hondo para demostrar que tenía razón—. Por supuesto, todas las cosas horribles tienen su lado hermoso.

# 12

## LA FIESTA

Cuando mis amigos y yo éramos más pequeños y estábamos en el centro comercial muriéndonos de aburrimiento, solíamos jugar a ese juego. Lo llamábamos «la fiesta del comprador psicópata». Elegíamos a una persona, o a una pareja, o a veces a una familia entera, aunque para el propósito del juego era mejor elegir a una persona que estuviera haciendo sus compras sola. Inventábamos una historia sobre el objetivo secreto de la persona elegida. Normalmente ese objetivo tenía algo que ver con un hacha o con una sierra mecánica, y con un sótano o bien un desván. Una vez elegimos a aquella viejecita con la cara tensa de determinación, decidiendo que era la asesina en serie perfecta para aquel día. La historia que nos inventamos fue que ella compraría un montón de cosas en el centro comercial, demasiado para llevárselo, y haría que se lo llevaran a casa. Entonces atraparía al chico del reparto, y lo mataría utilizando cada una de las cosas que él le había llevado. La ancianita poseía una auténtica colección de armas recién compradas, y también de repartidores en el sótano y/o desván.

Así seguíamos durante veinte minutos, pensando que aquello era para partirse la caja... hasta que la ancianita entró en una cuchillería y la vimos comprar un hermoso cuchillo de carnicero. Entonces la cosa se volvió aún más graciosa.

Sin embargo, cuando salió de la tienda, la miré a los ojos, más que nada por ver si me atrevía a hacerlo. Sé que solo era cosa de mi imaginación, pero vi una mirada cruel y maligna en sus ojos que no olvidaré nunca.

Últimamente veo esos ojos por todas partes.

# 13

## NO EXISTE TAL COSA COMO ABAJO

Permanezco de pie en el medio de la salita, hundiendo los dedos de los pies en la mullida moqueta beis carente de alma.

—¿Qué haces? —me pregunta Mackenzie cuando llega a casa de la escuela, tirando al sofá la mochila—. ¿Por qué estás ahí quieto y de pie?

—Estoy escuchando —le digo.

—¿Escuchando qué?

—Escuchando las termitas.

—¿Puedes oír las termitas? —La idea la horroriza.

—Quizá.

Juguetea nerviosa con los grandes botones azules de su chaqueta amarilla de borreguillo, como si el remedio para alejar las termitas fuera el mismo que para alejar el resfriado: abotonarse bien. Entonces prueba a acercar la oreja a la pared, supongo que imaginándose que será más fácil oírlas de ese modo que quedándose de pie en el medio de una silenciosa salita. Escucha un momento, y después dice, un poco incómoda:

—Yo no oigo nada.

—No te preocupes —le digo yo con mi voz más consoladora—. Las termitas no son más que termitas. —Y aunque no podría haber una afirmación más vacía, consigue desactivar cualquier preocupación relacionada con insectos que yo haya activado en ella. Satisfecha, se va a la cocina para comer algo.

Yo no me muevo. No puedo oír las termitas pero sí que puedo sentirlas. Cuanto más pienso en ellas, más las siento, y eso me distrae. Hoy estoy muy distraído. No por las cosas que veo, sino por las cosas que no veo. Las cosas de las paredes, y las muchas cosas que hay debajo de mis pies, que siempre me han fascinado de una manera rara. Esa fascinación se ha apoderado hoy de mí, como los bichitos devoradores de la madera que lentamente devoran nuestro hogar.

Me digo que eso es una buena distracción, porque me evita caer en espirales de pensamientos sobre cosas desagradables que pueden o no estar ocurriendo en el instituto. Es una distracción útil, así que por un rato me la permito.

Cierro los ojos y siento, empujando mis ideas a través de las plantas de mis pies.

Mis pies están seguros sobre el suelo firme, pero eso no es más que una ilusión. Nosotros somos los propietarios de nuestra casa, ¿no? Sí pero no realmente, pues el banco conserva la hipoteca. Entonces ¿de qué somos propietarios? ¿De la tierra...? Otra vez incorrecto, pues aunque tenemos una escritura de la tierra en que se asienta nuestra casa, no poseemos los derechos minerales. ¿Y qué son los minerales? Todo lo que está en el suelo. Básicamente, aquello que es valioso, o que puede llegar a ser valioso algún día, no es propiedad nuestra. Solo nos pertenece si no vale nada.

Entonces ¿qué hay realmente debajo de mis pies, dejando aparte la mentira de que nos pertenece? Cuando me concentro, puedo sentir lo que hay ahí abajo. Debajo de la moqueta hay una losa de hormigón que yace sobre la tierra que fue compactada hace veinte años con maquinaria pesada. Debajo de ella hay vida perdida que no encontrará nunca nadie. Podrían ser restos de civilizaciones destruidas por las guerras o por bestias o por sistemas inmunes que suspendieron un repentino examen sorpresa bacteriano. Siento los huesos y caparazones de criaturas prehistóricas. Entonces mando mis pensamientos aún más hondo en la roca, donde las bolsas de gas burbujean y hierven con las dificultades intestinales de la tierra, que intenta digerir su larga y a menudo triste historia vital. El lugar donde todas las criaturas del Señor son finalmente destiladas por la roca en la porquería negra que después nosotros extraemos del suelo y quemamos en nuestros coches, convirtiendo lo que una vez fueron seres vivos en gases de efecto invernadero, que supongo que será mejor cosa que pasarse la eternidad en forma de lodo.

Más hondo todavía, puedo sentir que el frío de la tierra se transforma en calor, y que hay cavernas de magma al rojo vivo, y después al blanco vivo, magma que se revuelve bajo una presión inimaginable. El núcleo externo, y después el núcleo interno, hasta el centro mismo de la gravedad. Y después de eso la gravedad se invierte, el calor y la presión empiezan a disminuir, la roca fundida vuelve a solidificarse. Atravieso el granito, el lodo, los huesos, la tierra, los gusanos y las termitas, hasta abrirme paso y salir en un arrozal de China, demostrando que no existe tal cosa como «abajo», porque al final abajo es arriba.

Abro los ojos, casi sorprendido de encontrarme en la salita de mi casa, y se me ocurre que hay una conexión directa entre mi casa y alguna parte de China, y me pregunto si atravesar esa conexión con mis pensamientos tal como acabo de hacer no será algo peligroso. ¿Mis pensamientos podrían ser magnificados por el calor y la presión de la tierra, y podrían salir por el otro lado en forma de terremoto?

Sé que no es más que una ocurrencia tonta, pero a la mañana siguiente, y a la otra mañana después, y todas las mañanas después de aquel momento, miro las noticias con secreto terror para ver si ha habido un terremoto en China.

# 14

## NO PUEDES LLEGAR ALLÁ DESDE AQUÍ

Aunque varios tripulantes asustados me han advertido que no debo aventurarme por los recovecos desconocidos del barco, no puedo evitarlo. Algo me empuja a buscar cosas que sería mejor dejar en paz. Y ¿cómo podría alguien navegar en un gran galeón y no ir a curiosear?

Una mañana, en vez de dirigirme a cubierta cuando pasaban lista, me levanto lo bastante pronto para explorar. Empiezo a recorrer el largo y apenas iluminado pasillo de la cubierta de la tripulación. Llevo conmigo el cuaderno de pergamino y dibujo rápidas impresiones.

—Perdonad —le digo a una tripulante a la que no había visto hasta ese momento, atisbando en la oscuridad de su camarote. Tiene los ojos abiertos como platos, lleva en ellos rímel que se le ha corrido, y una gargantilla de perlas que parece que la está ahogando—. ¿Adónde va este pasillo?

Ella me mira con recelo:

—No va a ninguna parte, se queda donde está.

Entonces ella se agacha para volver a entrar y cierra la puerta. Yo guardo su imagen en mi mente, y dibujo la cara en mi cuaderno, con el aspecto que tenía cuando al esconderse en la penumbra.

Sigo caminando, llevando la cuenta de la distancia que recorro por el interminable pasillo por el procedimiento de contar las escalerillas: una, dos, tres... Llego a la décima escalerilla, pero el pasillo todavía continúa delante de mí. Finalmente, me rindo y subo por la décima escalerilla, solo para descubrir que estoy saliendo a la cubierta a través de la escotilla central del barco. Y entonces comprendo que cada una de aquellas escalerillas, sin importar dónde se encuentre en la cubierta de la tripulación, tiene salida a la misma escotilla. He estado recorriendo aquel pasillo durante veinte minutos, y no he ido a ninguna parte.

Posado en la barandilla, por encima de mí, está el loro, como si estuviera esperando allí solamente para burlarse de mí.

—No puedes llegar allá desde aquí —dice—. ¿No lo sabes? ¿No lo sabes?

# 15

## NO DAR CUENTA DEL AVANCE

Mi trabajo en el barco es de «estabilizador». No me acuerdo de cuándo me asignaron esta tarea, pero sí recuerdo al capitán explicándome en qué consiste:

—Estaréis pendiente de cuándo escora el barco a un lado, y entonces os colocaréis en el lado opuesto, a babor cuando escore a estribor, y a estribor cuando escore a babor —me dijo el capitán.

En otras palabras, al igual que la vasta mayoría de los tripulantes, mi trabajo consiste en correr de lado a lado de la cubierta y luego otra vez para el otro lado para contrarrestar el balanceo de la mar. Es completamente absurdo.

—¿Cómo va a notarse nuestro peso en un barco de este tamaño? —le pregunté una vez.

Él me miró con su ojo inyectado en sangre:

—Entonces, ¿preferiríais ir de lastre?

Eso me hizo cerrar la boca, pues había visto el «lastre»: marineros apretujados en la bodega como sardinas, cuya finalidad era hacer descender el centro de gravedad del barco. Si no hay tarea para uno en este barco, entonces lo convierten en lastre. Tendría que haber tenido más cuidado y no quejarme.

—Cuando nos acerquemos a nuestro destino —me dijo una vez el capitán—, seleccionaré un equipo especial para nuestra gran misión. Cumplid vuestro trabajo con esfuerzo y vigor, y podréis ganarle a vuestro inútil pellejo un puesto en ese equipo.

Aunque no estoy seguro de desear tal cosa, podría ser mejor que dar vueltas sin sentido por la cubierta. Una vez le pregunté al capitán cómo estábamos de lejos de la Fosa de las Marianas, pues cada día la mar es exactamente igual. Es como si no estuviéramos más cerca ni más lejos de ningún sitio.

—Es propio del horizonte líquido no dar cuenta del avance —dijo el capitán—. Pero cuando estemos cerca de la Fosa lo sabremos, porque veremos señales y oscuros portentos.

No me atrevo a preguntarle al capitán qué portentos serán esos.

# 16

## EL GRUMETE

Cuando la mar está en calma, y yo no tengo que correr de lado a lado, a veces me quedo en la cubierta con Carlyle. Carlyle es el grumete del barco, un chico con el pelo rojo brillante, muy rizado, como una pelusilla corta, y una sonrisa más amable que la de ningún otro que vaya a bordo. No es de los jóvenes, es mayor, como los oficiales del barco, pero tampoco acaba de ser uno de ellos. Parece hacer su propia jornada y obedecer sus propias reglas, con poca interferencia del capitán, y es el único en el barco que tiene algo de sentido.

—Soy grumete por voluntad propia —me dijo una vez—. Lo hago porque se necesita. Y porque vosotros sois todos unos vagos.

Hoy he visto ratas que escapaban como locas del agua de su fregona, para desaparecer por los rincones oscuros de la cubierta.

—¡Malditos bichos! —dice Carlyle, hundiendo la fregona en un caldero de agua turbia y lavando la cubierta—. Nunca nos desharemos de ellos.

—Siempre hay ratas en los barcos viejos —le digo yo.

Él levanta una ceja:

—¿Ratas? ¿Eso te crees que son...?

Sin embargo, no me ofrece ninguna teoría alternativa. La verdad es que se escapan tan aprisa, y se esconden tan hondo en la oscuridad, que no puedo estar seguro de lo que son. Eso me pone nervioso, así que cambio de tema.

—Decidme algo del capitán que no sepa.

—Es vuestro capitán. Cualquier cosa que merezca la pena saber sobre él ya debéis de saberla.

Pero por el modo en que responde esto, me doy cuenta de que él está en el ajo de un modo en que muy pocos lo están. Sin embargo, me imagino que si quiero obtener alguna respuesta, tengo que ser más específico en mis preguntas.

—Contadme cómo perdió el ojo.

Carlyle suspira, mira a su alrededor para asegurarse de que no nos observan, y empieza a hablar en susurros:

—Según tengo entendido, el loro perdió el ojo antes que el capitán. Tal como lo he oído contar, el loro vendió su ojo a una bruja para hacer una poción mágica que le convertiría en águila. Pero la bruja lo engañó, se bebió la poción ella misma, y se marchó volando. El loro, que no quería ser el único con un parche en el ojo, le sacó el suyo al capitán con la garra.

—Eso no es verdad —le digo con una sonrisa.

Carlyle mantiene su expresión solemne mientras salpica agua jabonosa por la cubierta:

—Es todo lo verdad que hace falta.

La pez que cubre las rendijas entre las tablas parece retirarse ante aquella inundación.

# 17

## ¡PAGARÍA POR VERLO!

El oficial de derrota dice que echar un vistazo desde la cofa me traerá «consuelo, claridad, caridad, castidad».

Si es un examen tipo test, elijo la «A» y la «B», aunque considerando la tripulación, también puedo marcar la «D» con mi lápiz del número dos.

La cofa es una especie de cesta circular que está en lo alto del palo mayor. Es lo bastante grande para contener a un vigía, dos como mucho. Creo que sería un buen lugar para quedarme a solas con mis pensamientos, pero ya debería saber que mis pensamientos nunca están solos.

Es última hora de la tarde cuando trepo por los deshilachados flechastes que cubren el barco como sudarios. La última insinuación de luz se desvanece lentamente del horizonte, y en ausencia del sol, las desconocidas estrellas se van animando a brillar.

El entramado de los flechastes se estrecha al acercarme a la cofa, haciendo que la ascensión parezca cada vez más peligrosa. Finalmente, me meto en la pequeña cesta de madera que abraza el mástil, y entonces me doy cuenta de que no tiene nada de pequeña. Como la cubierta de la tripulación, puede parecer pequeña desde fuera, pero una vez dentro el espacio circular parece que tuviera treinta metros de diámetro. Allí hay miembros de la tripulación reclinados en butacas de terciopelo, sorbiendo cócteles fosforescentes con los ojos ausentes, y escuchando un grupo en vivo que toca *smooth jazz*.

—¿Una persona sola...? Venga por aquí —dice una camarera que me lleva hasta mi propia butaca de terciopelo, que está orientada mirando al reflejo de la luna que riela en el agua.

—¿Sois un saltador? —pregunta un hombre pálido que está sentado en la butaca de al lado, bebiendo algo azul y seguramente radiactivo—. ¿O habéis venido solo a mirar?

—He venido a aclarar las ideas.

—Probad uno de estos —dice él, señalando su bebida radiactiva—. Hasta que encontréis vuestro propio cóctel podéis compartir el mío. Aquí todo el mundo tiene que encontrar su cóctel, o de lo contrario le dan unos buenos latigazos y lo mandan a la cama. Así es como terminan aquí todas las rimas infantiles. Hasta las que no riman.

Yo miro a mi alrededor a la docena aproximada de personas que disfrutan de su sopor vagamente psicodélico.

—No comprendo cómo puede caber todo esto en la cofa del barco.

—La elasticidad es un principio fundamental de la percepción —dice mi compañero—. Pero igual que las tiras de goma se rompen cuando permanecen mucho tiempo al sol, sospecho que la cofa terminará por darse cuenta de que hemos abusado de su gran elasticidad y se romperá también, recuperando su tamaño apropiado. Cuando eso ocurra, todos aquellos a los que pille dentro quedarán aplastados, y su sangre, sus huesos y sus diversas interioridades serán exprimidos y rezumarán como plastilina por los nudos de la madera.

—Entonces levanta su copa—. ¡Pagaría por verlo!

A unos metros de distancia, un miembro de la tripulación que lleva puesto un mono azul se sube al borde de la cofa, abre los brazos completamente, y salta a una muerte segura. Yo me levanto y miro por el borde, pero el hombre ha desaparecido. Todos los allí reunidos aplauden cortésmente, y el grupo de jazz empieza a tocar *Cielo de color azul,* pese a que el cielo del crepúsculo es más bien amoratado.

—¿Por qué se queda todo el mundo ahí sentado? —grito—. ¿No ven lo que acaba de ocurrir?

Mi compañero de bebida se encoge de hombros:

—Los saltadores hacen lo que hacen los saltadores. Nuestro trabajo es aplaudir su valor y brindar por su vida. —Mira hacia abajo como quien no quiere la cosa—. Pero eso está tan abajo, que uno nunca los ve hacer «paf». —Entonces se termina la copa de un trago—. ¡Y pagaría por verlo!

# 18

## UN CENICERO MISTERIOSO

No hay nadie en el instituto que quiera hacerme daño. Me digo esto cada mañana después de oír las noticias en busca de terremotos en China. Me lo digo cuando voy corriendo de una clase a otra. Me lo digo en esas ocasiones en que paso al lado del chico que me quiere matar, y que, sin embargo, no parece saber que existo.

—Estás reaccionando de manera exagerada —me había dicho mi padre. Lo cual podía ser cierto, pero eso implicaba que había algo realmente a lo que reaccionar. En mis mejores momentos me daría de palos a mí mismo por ser tan tonto como para pensar que ese chico me tiene manía. Bueno, ¿qué dice de mí el hecho de que las ganas de darme de palos a mí mismo me entren en mis mejores momentos?

—Tienes que centrarte más —diría mi madre. Ella va en plan meditación y comida vegana y cruda, supongo que como reacción a lo mucho que odia tener que ganarse la vida sacando cachitos de carne de los dientes de la gente.

Eso de centrarse, sin embargo, es más fácil de decir que de hacer. Esto lo aprendí en una clase de cerámica a la que fui una vez. La profesora hacía que tornear una vasija pareciera fácil, pero la verdad es que requiere mucha precisión y habilidad. Se pone la bola de arcilla en el centro absoluto del torno, y con manos bien firmes se coloca el pulgar en el medio, para ir abriendo muy poco a poco. Pero cada vez que intentaba hacerlo, mi vasija se desequilibraba y deformaba enseguida, y cada intento que hacía para arreglar las cosas no hacía más que empeorarlas, hasta que el borde se partía, las paredes se derrumbaban, y yo me quedaba con lo que el profesor llamaba «un cenicero misterioso», que terminaba en el cubo de la arcilla.

Entonces, ¿qué pasa cuando tu universo empieza a desequilibrarse, y no tienes experiencia que te ayude a volver a centrarlo? Lo único que se puede hacer es librar una batalla perdida, esperando a que las paredes se derrumben, y a que tu vida se convierta en un enorme cenicero misterioso.

# 19

## DECONSTRUYENDO A ZARGON

Mis amigos Max y Shelby y yo quedamos algunos viernes después del instituto. Creemos que estamos diseñando un juego de rol, pero llevamos dos años haciéndolo y el juego no parece más próximo a su fin que al principio. Tal vez sea porque, conforme cada uno de nosotros aprende y mejora en su propio campo, tenemos que tirarlo todo por la borda para empezar de nuevo, pues el viejo material nos parece infantil y poco profesional.

Max es el que tira de todos. Es él el que sigue en mi casa mucho después de agotar la paciencia de mis padres porque, aunque es el genio informático de nuestro trío, su propio ordenador es un cacho de basura que peta si oye susurrar las palabras «diseño gráfico» en menos de un metro a la redonda.

Shelby es nuestra creadora conceptual.

—Me parece que he dado con el problema de la historia —dice esta tarde. Igual que dice cada vez que trabajamos en esto—. Creo que necesito limitar el armamento bio-integrado de los personajes. Si no, cada batalla se convierte en un baño de sangre, y eso es aburrido.

—¿Quién ha dicho que los baños de sangre son aburridos? —pregunta Max—. A mí me gustan.

Shelby me mira como pidiendo mi apoyo, pero está mirando en la dirección equivocada.

—En realidad a mí también me gustan —le digo yo—. Supongo que es cosa de chicos.

Ella me mira y me arroja unas páginas de nuevas descripciones de personajes.

—Tú dibuja los personajes y dales armadura suficiente para que los golpes no sean todos mortales. Especialmente a Zargon, porque tengo grandes planes para él.

Abro mi cuaderno de dibujo.

—¿No prometimos dejarlo si alguna vez empezábamos a parecer unos obsesos de la informática? Creo que la conversación de hoy marca el comienzo oficial de ese momento.

—¡Por favor...! Ese momento tuvo lugar el año pasado —señala Shelby—. Si eres tan inmaduro que te da miedo que los imbéciles te llamen friki, entonces vete, que ya encontraremos otro artista.

Siempre me ha gustado la manera que tiene Shelby de decirle a todo el mundo lo que piensa exactamente. No es que haya habido ni fuera a haber nunca nada romántico entre nosotros. Creo que para los dos ese barco encalló hace tiempo. Nos gustamos uno al otro demasiado para implicarnos de tal modo que lo echara todo a perder. Además, nuestra amistad a tres bandas tiene sus ventajas. Como la ventaja de enterarnos por Shelby de cosas sobre las chicas que nos gustan a Max y a mí, y poder contarle a Shelby lo que necesite saber de algún tío que le guste. Todo funciona demasiado bien para andar estropeándolo.

—Escuchad —dice Shelby—, nosotros no vivimos de esto, no es más que una afición. Le dedicamos unos días al mes. Yo, sin ir más lejos, no me siento socialmente ahogada por esto.

—Bueno —dice Max—, eso es porque tienes muchas otras cosas con las que ahogarte.

Ella le da un golpe lo bastante fuerte para mandar el ratón inalámbrico disparado desde la mano de él a la otra punta de la habitación.

—¡Eh! —grito yo—. Si eso se rompe, mis padres me lo harán pagar. Son unos fanáticos de la responsabilidad personal.

Shelby me mira con mirada fría, casi fulminante:

—No te veo dibujar.

—A lo mejor estoy esperando que me llegue la inspiración —respondo. Pero, inspirado o no, respiro hondo y leo las descripciones de los personajes. Después miro la página en blanco de mi cuaderno de dibujo.

Lo que me llevó al arte fue un problema con el espacio vacío. Veo una caja vacía, y tengo que llenarla. Veo una página en blanco, y no puedo dejarla como está. Las páginas en blanco me gritan que las llene con las tontadas que me salgan de la cabeza.

La cosa empezó con garabatos. Luego los garabatos se convirtieron en bocetos, los bocetos en piezas, y las piezas ahora son «obras». O mejor aún, «oeuvres», si nos ponemos realmente pretenciosos, como algunos de los chicos de mi clase de arte que llevan boina, como si su cerebro fuera tan creador que necesitaran taparlo de manera más especial que el resto de la gente. Mis propias «oeuvres» son principalmente de estilo cómic. Manga y cosas así, pero no siempre. Últimamente mi arte se ha vuelto más y más abstracto, como si las líneas tiraran de mi mano en vez de al revés. Ahora cuando empiezo estoy nervioso. Siento una necesidad urgente de ver adónde me llevan esas líneas.

Trabajo con toda la diligencia que puedo en los bocetos de los personajes de Shelby, pero estoy impaciente al respecto. En el momento en que tengo un lápiz de colores en la mano, siento el deseo de soltarlo y coger otro distinto. Veo las líneas que estoy dibujando, pero no el conjunto. Me encanta dibujar personajes, pero hoy es como si la alegría fuera varios metros por delante de mis ideas, y no pudiera alcanzarla.

Le muestro mi boceto de Zargon: su nuevo y mejorado capitán de ejército a prueba de baños de sangre.

—Pobre —dice ella—. Si no te lo vas a tomar en serio...

—Es lo mejor que puedo hacer hoy, ¿vale? Hay días que lo siento, y otros días que no. —Y entonces añado—: Tal vez sean tus descripciones tan pobres lo que hace que mis dibujos sean tan pobres también.

—Inténtalo otra vez —dice ella—. Tú eras tan... concreto.

Me encojo de hombros.

—Bueno, el estilo de todo el mundo evoluciona. Mira Picasso.

—Está bien. Cuando Picasso diseñe un juego de ordenador, te lo diré.

Y aunque nuestros encuentros son un poco de lucha libre, que es la mitad de la gracia, hoy resulta distinto porque en el fondo sé que Shelby tiene razón. Mi arte no está evolucionando, se está deconstruyendo, y no sé por qué.

# 20

## LOS LOROS SONRÍEN SIEMPRE

El capitán me convoca a una reunión pese al hecho de que he intentado no destacar de ninguna manera.

—Ahora estáis metido en un embrollo —me dice el oficial de derrota cuando salgo del camarote—. Embrollo, empollo, engulle... Se sabe que engulle a los hombres de la tripulación de una sentada.

Eso me hace pensar en mi sueño en la Cocina de Plástico Blanco... pero el capitán no está en mi sueño.

El camarote del capitán está en la popa, al final mismo del barco. Dice que es para que pueda reflexionar sobre dónde ha estado. Precisamente ahora no está reflexionando. No está en su camarote en absoluto. Allí solo está el loro, colocado en una percha entre el abarrotado escritorio del capitán y un globo terráqueo en el que todos los continentes e islas están equivocados.

—¡Qué bien que habéis venido, qué bien que habéis venido! —dice el loro—. Sentaos, sentaos.

Me siento y aguardo. El loro se va de un lado de la percha al otro, para volver adonde estaba.

—Bueno, ¿por qué estoy aquí? —le pregunto.

—Exacto —dice el loro—. ¿POR QUÉ estáis aquí? ¿O debería más bien preguntar por qué ESTÁIS aquí? O ¿por qué estáis AQUÍ?

Empiezo a perder la paciencia.

—¿Va a venir el capitán? Porque si no...

—El capitán no os ha llamado —dice el loro—. Fui yo, fui yo.

Entonces balancea la cabeza de arriba abajo, para indicar una hoja que hay en el escritorio.

—Por favor, cumplimentad el cuestionario.

—¿Con qué? —pregunto—. No hay ninguna pluma.

El loro baja de un saltito al escritorio, revuelve entre todas las cosas, y como no encuentra ninguna pluma, se arranca una de la parte de atrás. Cae en el escritorio como una antigua pluma de escribir.

—Muy inteligente —le digo—, pero tampoco hay tinta.

—Moja en la pez de las tablas del barco —dice el loro.

Yo alcanzo con la punta de la pluma la sustancia negra que cubre la junta entre dos tablas en la pared más cercana, y algo más oscuro que la tinta penetra en la oquedad del cañón de la pluma. Ver aquello me hace temblar. Mientras relleno el cuestionario, pongo mucho cuidado en que aquella sustancia no entre en contacto con mi piel.

—¿Todo el mundo tiene que hacer esto? —pregunto.

—Todo el mundo.

—¿Tengo que responder a todas las preguntas?

—A todas las preguntas.

—¿Qué importancia tiene nada de esto?

—La tiene.

Cuando he acabado, nos miramos uno al otro. Me da por pensar que los loros siempre parecen tener una sonrisa agradable, un poco como los delfines, así que uno nunca sabe lo que están pensando. Un delfín podría estar pensando en arrancarte el corazón de un mordisco, o en matarte clavándote su nariz de botella como podría hacerlo un tiburón, pero como siempre están riéndose, te piensas que es amigo tuyo. Eso me hace recordar los delfines que pinté en la pared del dormitorio de mi hermana. ¿Sabe que podrían matarla? ¿Lo habrán hecho ya?

—¿Os lleváis bien con el resto de la tripulación, la tripulación? —pregunta el loro.

Me encojo de hombros:

—Supongo.

—Decidme algo que pueda usar contra ellos.

—¿Por qué iba a hacer eso?

El loro exhala un silbido que es un suspiro:

—Vaya, vaya, qué poco dispuestos a colaborar que estamos hoy... —Cuando se da cuenta de que no me sacará nada, se vuelve a su percha de otro salto—. Hemos acabado por hoy, por hoy —dice—. Ahora fuera, a cenar, que hay lampuga y alcuzcuz.

# 21

## CUESTIONARIO PARA TRIPULANTES

Por favor, indicad vuestra conformidad con las frases siguientes usando la siguiente escala del uno al cinco, teniendo en cuenta que significan:

**1:** *totalmente de acuerdo;* **2:** *absolutamente de acuerdo;*
**3:** *entusiásticamente de acuerdo;* **4:** *rotundamente de acuerdo;* **5:** *pero ¿cómo lo han adivinado?*

A veces me preocupa que el barco pueda hundirse. ① ② ③ ④ ⑤

Mis compañeros de la tripulación esconden armas biológicas. ① ② ③ ④ ⑤

Las bebidas energéticas me permiten volar. ① ② ③ ④ ⑤

Yo soy Dios, y Dios no rellena cuestionarios. ① ② ③ ④ ⑤

Disfruto de la compañía de peces de colores brillantes. ① ② ③ ④ ⑤

La muerte normalmente me da hambre. ① ② ③ ④ ⑤

Los zapatos me aprietan, y llevo un corazón dos números por debajo de mi tamaño. ① ② ③ ④ ⑤

Creo que todas las respuestas yacen en el fondo de la mar. ① ② ③ ④ ⑤

Me encuentro a menudo rodeado por zombis sin alma. ① ② ③ ④ ⑤

A veces oigo voces procedentes de la teletienda. ① ② ③ ④ ⑤

Puedo respirar bajo el agua. ① ② ③ ④ ⑤

Tengo visiones de universos paralelos y/o perpendiculares. ① ② ③ ④ ⑤

Necesito más cafeína. Ahora mismo. ① ② ③ ④ ⑤

Huelo a muerto. ① ② ③ ④ ⑤

# 22

## EL COLCHÓN NO LO SALVÓ

Mi familia y yo nos vamos a Las Vegas por dos días, mientras cubren la casa completamente para liquidar las termitas. Me paso todo el viaje dibujando en el cuaderno, y me mareo. Estoy a punto de vomitar. Lo cual, supongo, hace que me guste todo lo demás en Las Vegas.

Nuestro hotel es una pirámide de treinta pisos con ascensores en diagonal. Los habitantes de Las Vegas se sienten muy orgullosos de sus ascensores. Los de cristal, los de espejos, los que tienen arañas de luz que tiemblan y tintinean como si cada ascenso y cada descenso fuera un seísmo. Los hoteles compiten por ver quién puede mandar más aprisa a sus huéspedes desde sus respectivas habitaciones al casino. Hay un hotel que hasta tiene máquinas tragaperras en los ascensores para la gente que no puede aguantar la impaciencia.

Estoy nervioso, pero no sé por qué.

—Tienes que comer —me dice mi madre. Yo como, pero los nervios no se me pasan.

—Tienes que dormir un poquito —me dice mi madre, como si fuera un niño pequeño, pero tampoco es eso, y los dos lo saben.

—Tienes que superar tu ansiedad social, Caden —me dicen más de una vez. Pero el caso es que yo nunca había tenido ansiedad social, yo siempre he sido bastante seguro de mí mismo y sociable. No saben (ni siquiera lo sé yo todavía) que este es el comienzo de algo más grande. No es más que la punta oscura de una pirámide mucho más grande, mucho más profunda, mucho más negra.

Mis padres se pasan la mitad del día jugando hasta que deciden que ya han perdido bastante dinero. Entonces discuten y se echan la culpa uno al otro.

—¡Tú no sabes jugar al blackjack!

—¡Ya te lo dije, prefiero la ruleta!

Todo el mundo necesita alguien a quien echarle la culpa. Los casados se echan la culpa uno al otro. De esa manera es más fácil.

Y todo se vio agravado por el hecho de que a mi madre se le rompió el tacón izquierdo de sus zapatos rojos favoritos, y tuvo que volver al hotel cojeando, porque caminar descalza por las calles de Las Vegas no es una opción: caminar sobre carbones encendidos sería menos doloroso.

Mientras nuestros padres se consuelan con tratamientos de spa, yo salgo con mi hermana y andamos por la Franja, contemplando el espectáculo de las fuentes de Bellagio. Me molesta un poco estar con Mackenzie justo ahora, porque resulta que ella está chupando su caramelo favorito, un caramelo azul, que se coloca en el dedo como si fuera un anillo. Eso hace que parezca mucho más pequeña de lo que es, con sus casi once años, y me hace sentir como una canguro. También me da apuro andar por ahí con alguien cuya boca se ha vuelto azul.

Cuando vamos andando, recojo tarjetas que anuncian servicios de ciertas señoritas de mano de unos tipos con mala pinta que se las entregan a todo el que esté dispuesto a cogerlas. No es que yo vaya a llamar a los números de las tarjetas, pero me gusta cogerlas. Como si fueran tarjetas de béisbol. Solo que estas tienen fotos de chicas en ropa interior, y valen por todo un equipo de la liga nacional.

Sé que uno de estos edificios de la Franja era antes el Hotel MGM Grand, que sufrió un incendio mortal hace mucho tiempo. La cosa daba tan mal fario que la compañía lo vendió a otra cadena de hoteles, y construyó un nuevo hotel, una enorme catedral verde del juego que recordaba la película de *El mago de Oz*. Pero ahora el viejo hotel está camuflado bajo otro nombre distinto. Un montón de gente murió en aquel incendio. Hubo un tipo que saltó desde una ventana alta a un colchón para escapar de las llamas, pero el colchón no lo salvó.

Me pongo a pensar en nuestro hotel, y en lo que pasaría si hubiera un incendio. ¿Podría escapar alguien de una pirámide de cristal en llamas en la que las ventanas no se abren? Mis pensamientos empiezan a darme vueltas en la cabeza.

¿Y si uno de estos tipos asquerosos de la calle decide que está cansado de repartir tarjetas guarras y que estaría bien montar un pequeño incendio? Y cuando miro a uno de ellos, cuando realmente lo miro, lo veo en su cara, y sé que es él el que lo va a hacer. He tenido una fuerte premonición, casi como una voz que me dice que no puedo volver al hotel. Porque él me está mirando. Porque puede que me estén mirando todos ellos. Tal vez todos esos sórdidos repartidores de tarjetas trabajen juntos.

Y no puedo volver al hotel porque, si lo hago, entonces se cumplirá. Así que convenzo a mi hermana, que está quejándose de que le duelen los pies, para que siga andando, aunque no le digo por qué. Tengo la sensación de que protegerla del terror depende solo de mí.

—Vamos a ver el Palacio del César —le digo a Mackenzie—. Dicen que mola muchísimo.

Cuando entramos, empiezo a sentirme un poco más seguro. Hay unos enormes centuriones de piedra, con lanza y armadura, que protegen la entrada. Ya sé que solo son decorativos, pero me hacen sentirme seguro frente a aquellos asquerosos maquinadores de incendios.

Dentro, entre las tiendas que ofrecen perfumes, diamantes, cuero y abrigos de visón, hay una hornacina que contiene otra escultura de piedra. Esta es una réplica perfecta, en mármol, del *David* de Miguel Ángel. Todo en Las Vegas es una réplica perfecta. La Torre Eiffel, la Estatua de la Libertad, la mitad de la ciudad de Venecia... El mundo real convertido en falso para divertirnos.

—Eh, ¿qué pasa con ese tío desnudo? —pregunta Mackenzie.

—No seas boba, es el *David*.

—Ah —dice ella, y afortunadamente no pregunta: «¿David qué más?». Lo que pregunta es—: ¿Qué lleva en la mano?

—Es una honda. Parecido a un tirachinas.

—A mí no se me parece un tirachinas.

—Es una honda de tiempos de la Biblia —le explico—. David la usó para matar a Goliat.

—¡Ah! —dice Mackenzie—. ¿Podemos irnos ahora?

—En un segundo. —No puedo irme todavía, porque estoy fascinado con los ojos de piedra del *David*. Su cuerpo parece relajado, porque el reino ya es suyo, pero la expresión de su rostro... está llena de preocupación, de una preocupación que trata de disimular. Empiezo a preguntarme si David no sería como yo, si no iría por todas partes viendo monstruos y comprendiendo que no hay hondas suficientes en el mundo para deshacerse de ellos.

# 23

## OCHO COMA CINCO SEGUNDOS

Mis padres están un poco bebidos la primera noche de nuestra loca escapada a Las Vegas. La riña que tuvieron echándose la culpa de las pérdidas en el juego de aquel día ya es cosa pasada. Han decidido superarlo todo. De manera literal. El caso es que todos los hoteles de Las Vegas tienen su trampa, y la mayor trampa de todas está en la Torre Estratosfera, que asegura que cuenta con ciento trece pisos, aunque me parece que miden los pisos en centímetros vegasianos, que se estiran y se contraen para encajar en la mentira que quiera uno vender en ese momento. Aun así, resulta bastante impresionante esa corona de cristal puesta encima de una elegante aguja de hormigón. El chico del ascensor nos asegura que la torre cuentan con los ascensores más rápidos de la civilización occidental. ¡Las Vegas y sus ascensores!

La corona de cuatro pisos alberga un restaurante y una cafetería con música en vivo. La gente se sienta en butacas de terciopelo rojo y toma bebidas fosforescentes que parecen radiactivas. La torre tiene hasta sus propias atracciones de feria, una de las cuales te deja caer ciento ocho pisos casi en caída libre, sin siquiera un colchón para que te haga compañía en el descenso. Una cámara va contigo, sin embargo, para grabar en vídeo tu muerte simulada, y que puedas volver a casa y revivir esos ocho coma cinco segundos en la comodidad de tu sala de estar.

—¿Te apetece...? —pregunta mi padre—. No hay cola.

Al principio pienso que lo dice de broma, pero por el brillo de sus ojos me doy cuenta de que no. Mi padre bebe raramente, pero cuando lo hace, se convierte en el abogado perfecto de las decisiones equivocadas.

—¡No, gracias! —le digo intentando escaparme, pero él me coge y dice que aquello será todo un acontecimiento familiar. Y que tiene cupones de descuento. Dos por el precio de uno. Cuatro por el precio de dos. Qué suerte.

—Relájate, Caden —dice—. Entrégate al universo.

Mi padre no vivió los años sesenta, pero el alcohol lo transforma de militante con carné del partido republicano en un hippie de los de Woodstock.

—¿De qué tienes miedo? —pregunta—. Es completamente seguro.

Delante de nosotros, una persona sujeta en un arnés y vestida con un mono azul salta al vacío, y desaparece por un lateral de la torre para no volver a ser vista. La gente aplaude, y yo empiezo a notar entumecimiento en los dedos.

—¿Nadie hace nunca «paf»? —les pregunta a los encargados un idiota que bebe una bebida fosforescente, y entonces se echa a reír con sus amigos igual de idiotas—. ¡Pagaría por verlo!

—O vamos todos o no va ninguno —dice mi padre, que anima a mi hermana para que me convenza, y esta se queja de que yo siempre le amargo la vida. Mi madre no hace más que reírse con una risita tonta, porque las margaritas la convierten en una niña de doce años en el cuerpo de una señora de cuarenta.

—¡Vamos, Caden! —dice mi padre—. ¡Vive el momento, tío! ¡Esto será algo que recordarás el resto de la vida!

Sin duda. Los ocho coma cinco segundos, sin olvidar una décima.

Dejo de protestar porque son tres contra uno. Entonces, cuando miro a los ojos de mi padre, lo veo. Lo mismo que vi en aquel tipo siniestro que repartía tarjetas y que sé que quiere incendiar nuestro hotel. ¿Quién es mi padre, realmente? ¿Y si forma parte de una sociedad secreta? ¿Y si todo en mi vida ha sido un engaño, como la imitación de Venecia en Las Vegas, y todo ha sido montado para traerme aquí y convencerme de que salte y me mate? ¿Quiénes son estas personas? Y aunque una parte de mí sabe lo ridículos que son mis pensamientos, hay otra parte de mí que cree en todos mis «¿y sí...?». Es la misma parte de mí que, sin que lo vea nadie, mira bajo mi cama y en los armarios después de ver una película de terror.

Antes de que me dé cuenta, nos hemos puesto el mono azul y salimos a un castillete, con nuestro aspecto de astronautas, y mi hermana va la primera porque quiere demostrar que es la chica más valiente del planeta Tierra, y entonces mi madre se engancha al cable y salta, y la risita tonta se le convierte en un chillido muy profundo, y mi padre aguarda detrás de mí, asegurándose de que yo voy delante de él, porque sabe que, si se descuida, me escaparé y bajaré en el ascensor.

—¡Será divertido, ya lo verás!

Pero no hay diversión que valga, porque esa nubecilla que reside en la parte de mi mente y que es la que me hace mirar debajo de la cama se ha convertido ahora en una niebla que se extiende por mi cerebro, como el ángel de la muerte sobre los primogénitos de Egipto.

La gente mira con moderado interés a través de la pared de cristal de la corona de la torre, gente bien vestida que come caracoles y bebe radiactividad mientras el restaurante gira lentamente, y yo comprendo que soy parte de la diversión de aquella noche. Como en el circo, todo el mundo, inconfesablemente, quisiera ver a alguien haciendo «paf».

Y mi terror no es un simple hormigueo en el estómago. No se trata solo de esa adrenalina que, cuando uno está en lo alto del primer descenso de una montaña rusa, anticipa lo que va a pasar inmediatamente. Yo sé sin lugar a dudas, SIN LUGAR A DUDAS, que solo están fingiendo que me atan al cable. Sé que mi vida está a punto de terminar, a alta velocidad, en una explosión de dolor. Veo la verdad en los ojos de todos. Y el dolor que me produce saberlo me está matando más de lo que me matará la muerte, así que salto solo para acabar con él.

Gritando, gritando y gritando desciendo por el lateral de la torre al pozo negro sin fondo, tan real que siempre, siempre creeré que es verdad. Y sin embargo, ocho coma cinco segundos más tarde, la caída pierde velocidad y me recoge un equipo de personas en la base de la torre. Me sorprendo de seguir con vida, no puedo dejar de temblar, y el único trofeo que me llevo esta noche horrible es que mi padre, que salta detrás de mí, vomita mientras cae, pero ni siquiera eso me puede quitar la infernal sensación de agujero negro de que sigo de pie sobre una cornisa, al borde de algo impensable.

# 24.

## NO OS CREÁIS QUE ES SOLO VUESTRA

Con el violento movimiento del barco, me despierto de una pesadilla que no puedo recordar. El farol que cuelga del bajo techo de nuestro camarote se balancea como loco, arrojando vacilantes sombras que suben y bajan tan inquietantes como las olas. El barco entero cruje en un doloroso lamento, y las tablas transpirantes del casco se extienden y contraen, ejerciendo presión contra la triste pez negra que las mantiene pegadas. La pez misma parece quejarse del esfuerzo.

El oficial de derrota mira para abajo desde su litera, que está encima de la mía, y no parece importarle que la mar enfurecida esté a punto de convertir el barco en astillas a la deriva.

—¿Un mal sueño? —me pregunta.

—Sí —contesto en un chillido.

—¿Estabais en la cocina?

Eso me pilla por sorpresa, porque yo nunca se lo he contado.

—¿Conocéis algo de ese sitio...?

—Todos vamos alguna vez a la Cocina de Plástico Blanco —dice el oficial de derrota—. No os creáis que es solo vuestra, porque no lo es.

Voy al lavabo, que está por el pasillo. Mis pies parecen encadenados al suelo. Mis brazos parecen encadenados a la pared. Eso, añadido al movimiento del barco, convierte mi viaje al baño en una terrible experiencia de quince minutos.

Cuando, finalmente, vuelvo a la cama, el oficial de derrota deja caer un papel en el que ha trazado líneas y flechas que se curvan en todos los sentidos.

—Salida, fuera, casa, camino a casa —explica—. Llevaos esto con vos la próxima vez que estéis en la cocina. Así sabréis cómo salir.

—No me puedo llevar un papel a un sueño —observo.

—Bueno, siendo así —responde molesto conmigo—, estáis jodido.

# 25

## NO SE OS HA DADO PERMISO

—Dibujadme —dice el loro, mirando mi cuaderno de dibujo—. Dibujadme.

Yo no me atrevo a decir que no.

—Colocaos en una pose —le digo. Él se coloca sobre la borda, se acicala, levanta majestuosamente el pico, y ahueca las plumas. Yo me tomo mi tiempo. Cuando he acabado, se lo enseño. Es un dibujo de un zurullo recién depositado.

Lo examina por un momento, y dice:

—Se parece más a mi hermano. Después de que se lo comiera un cocodrilo, claro.

Eso me hace sonreír. Así que hago un segundo dibujo que se parece al loro, con el parche en el ojo y todo.

El capitán, sin embargo, ha estado mirando, y cuando ve que el loro se sacude muy satisfecho de sí mismo, me confisca el lápiz y el cuaderno. Pero al menos no manda que me corten la mano con la que he hecho el dibujo. Corre el rumor de que los miembros de la tripulación que tienen pata de palo es porque los pillaron jugando al fútbol en la cubierta.

—No se os ha dado permiso para tener talento —me dice el capitán—. Eso puede ofender a otros miembros de la tripulación que no lo tienen.

Y aunque el talento es algo que uno tiene, pida o no permiso para ello, inclino la cabeza y pregunto:

—Por favor, señor... ¿me daríais permiso para tener talento para dibujar?

—Pensaré en ello. —Mira el retrato del loro, arruga la nariz, y lo tira por la borda. Entonces mira el dibujo del zurullo reciente y dice—: El parecido es asombroso. —Y entonces lo tira también por la borda.

# 26

## COSAS POCO AGRADABLES

Por la mañana, el camarero me llama a la cofa para prepararme mi cóctel. Hoy no hay saltadores, así que el lugar no está tan lleno.

—Este cóctel será vuestro y solo vuestro. —Me mira a los ojos largo rato, hasta que yo muevo la cabeza de arriba abajo para mostrarle que estoy conforme. Satisfecho, coge botellas y pociones del estante, y mueve tan rápido las manos que se podría pensar que tiene más de dos. Entonces lo agita todo en una coctelera oxidada.

—¿Qué es lo que lleva? —pregunto.

Él me mira como si yo fuera imbécil por preguntar. O tal vez un imbécil que se cree que va a tener respuesta:

—Basura, especias y cosas poco agradables.

—¿Concretamente...?

—Cartílago de vaca —me dice—, y columna vertebral de escarabajo negro.

—Los escarabajos no tienen columna vertebral —señalo—. Son invertebrados.

—¡Exacto! Por eso es tan difícil de conseguir.

Llega el loro, sacudiéndose las alas desde muy abajo, y se posa en la caja registradora. Al ver la caja registradora recuerdo que no puedo pagar, y se lo digo al camarero.

—Eso no es problema —dice este—. Le mandaremos la factura al seguro.

Vierte la poción en una copa aflautada de champán y me la entrega. La mezcla tiene burbujas rojas y amarillas, pero los dos colores no se mezclan. Mi cóctel es como una lámpara de lava.

—Bebe, bebe —dice el loro.

Vuelve ligeramente la cabeza y me mira con su ojo bueno. Yo tomo un sorbo. Es amargo pero no completamente desagradable. Con un leve aroma de banana y almendras.

—¡Hasta el fondo! —digo, y entonces me lo bebo de un solo trago, posando luego en la barra la copa vacía.

El loro mueve la cabeza, profundamente satisfecho.

—¡Excelente! Vos visitaréis la cofa dos veces al día.

—¿Y si no quiero visitarla? —le pregunto.

Él me guiña un ojo:

—Entonces la cofa os visitará a vos.

# 27

## LAS MASAS Y EL GEL PARA LAS MANOS

Nuestra familia hizo un viaje a Nueva York hace mucho tiempo. Como todos los hoteles que nos iban bien estaban reservados o requerían en pago varios ojos de la cara, terminamos fuera del consabido circuito turístico.

Nuestro hotel estaba en el quinto pino, en el distrito de Queens. Era una zona de Queens con el desafortunado nombre de «Cisterna». Los padres fundadores de Nueva York, como la mayor parte de los neoyorquinos, tenían un fino sentido de la ironía.

Por acortar una larga historia, como diría un neoyorquino: teníamos que coger el metro para ir a cualquier sitio, lo cual era siempre una aventura. Creo que una vez terminamos en Staten Island, y eso que ni siquiera cuenta con estación de metro. Se nos acababa el dinero en nuestras tarjetas de metro, que vomitaban efectivo digital cada vez que pasábamos por un torniquete, y mi padre añoraba los tiempos en que se usaban fichas en el metro, aquella la edad dorada en que uno podía contar los viajes que le quedaban en la palma de la mano.

Mi madre fue muy clara sobre las NORMAS DEL METRO, que incluían mucho gel antiséptico para las manos y no establecer nunca contacto visual con nadie.

Durante aquella semana me convertí en un estudioso de las multitudes, en especial de las masas impuras cuyas manos no conocían el gel antiséptico. En la calle descubrí que los neoyorquinos nunca levantan la vista a los sobrecogedores edificios que se alzan sobre ellos. Se mueven aprisa, con eficiencia, a través de densas multitudes, como si tuvieran un recubrimiento antiadherente, y muy raramente se chocaban unos con otros. Y en el metro, donde todo el mundo tiene que estarse quieto mientras el tren va traqueteando de una estación a otra, la gente no solo no establece contacto visual, sino que cada uno existe en un universo propio, extremadamente estrecho, como si cada uno de ellos llevara una escafandra invisible. Es un poco como conducir por una autovía, salvo que el espacio personal propio llega tan solo un centímetro más allá de donde acaba la ropa, si es que llega. Yo me maravillaba de que las personas pudieran vivir tan cerca unas de otras, que pudieran estar rodeadas de miles de desconocidos que se encontraban a solo unos centímetros de distancia, y sin embargo permanecer totalmente aislados. Me resultaba difícil de imaginar. Y es lo único que me cuesta trabajo imaginar.

# 28

## UN ARCO IRIS DE MANTEQUILLA
## DE CACAHUETE

Ahora nuestra casa está destermitada, y las maravillas de la Ciudad del Pecado son recuerdos que más valdría borrar. Pero la casa no resulta más cómoda. Yo siento el impulso de andar de un lado al otro y no parar. Pero no me sirve para nada. Cuando no ando de un lado para el otro, dibujo; cuando no dibujo, pienso, lo cual me lleva otra vez a caminar de un lado para otro y a volver a dibujar. Tal vez me estén afectando los residuos del pesticida.

Me siento ante la mesa del comedor. Ante mí tengo una gran cantidad de lápices de colores, de ceras y de carboncillos. Hoy trabajo con los lápices de colores, pero los agarro tan fuerte y aprieto con ellos con tanta ansia que no dejan de romperse. No solo se me rompen las puntas, sino los lapiceros mismos. Tiro por encima del hombro los que ya no valen, porque no me quiero entretener.

—Pareces un científico loco —observa mi madre.

Lo oigo unos diez segundos después de que lo diga. Es demasiado tarde para responder, así que no lo hago. Además, estoy demasiado ocupado para responder. En la cabeza tengo algo que necesito transmitir a la hoja antes de que me cambie la forma del cerebro. Antes de que me lo corten las líneas de colores, como un alambre para cortar queso.

Mis dibujos han perdido toda sensación de forma. Son garabatos y sugerencias, azarosos pero no del todo. Me pregunto si otros verán en ellos las cosas que veo yo. Estas imágenes tienen que significar algo, ¿no? ¿Por qué, si no, iban a ser tan intensas? ¿Por qué esa voz silenciosa que tengo dentro se muestra tan categórica al ordenarme que las saque fuera de mí?

El lápiz magenta se rompe. Yo lo tiro y cojo el bermellón.

—No me gusta —dice Mackenzie, pasando con una cuchara llena de mantequilla de cacahuete que lame como si fuera una piruleta—. Es espeluznante.

—Solo dibujo lo que tengo que dibujar —le respondo.

Entonces siento un destello de impulsiva inspiración. Alargo la mano, meto el pulgar en su cuchara, y embadurno la página, de un lado al otro, con una mancha ocre.

—¡Mamá! —grita Mackenzie—. ¡Caden está dibujando con mi mantequilla de cacahuete!

A lo cual responde mi madre:

—Te está bien empleado. No deberías comer mantequilla de cacahuete antes de la cena.

Aun así, mi madre aparta un momento la mirada de la cocina para dirigirla a mí y a mi trabajo. Yo siento su acceso de preocupación como una estufa al aire libre: débil e ineficaz, pero constante.

# 29

## ALGUNOS DE MIS MEJORES AMIGOS SON DE CIRCO

Me siento con mis amigos para la comida. Pero no. Quiero decir que estoy sentado entre ellos, pero no siento que esté con ellos. Antes encajaba fácilmente con los amigos con los que estuviera. Alguna gente necesita una camarilla para sentirse segura. Tienen esa pequeña burbuja protectora de amigos de los que raramente se apartan. Yo nunca fui así. Siempre podía ir libremente de una mesa a la otra, de un grupo a otro. Los atletas, los cerebritos, los hipsters, los locos de la música, los del monopatín... Le caía bien a todo el mundo y todo el mundo me aceptaba, y yo tenía la camaleónica virtud de volverme como los que me rodeaban.

Qué extraño me resulta, por tanto, encontrarme ahora en una pandilla de un solo integrante, incluso cuando estoy en medio de un grupo. Mis amigos se zampan la comida, y se ríen por algo que no he oído. No es que desconecte intencionadamente, pero por algún motivo no consigo meterme en la conversación. Sus risas me parecen tan lejanas que es como si tuviera algodones en los oídos. Cada vez me sucede más. Es como si ni siquiera hablaran mi idioma, como si hablaran esa extraña lengua falsa que hablan los payasos en el Cirque du Soleil. Mis amigos conversan todos en lengua circense. Normalmente les sigo la corriente. Me uno a las risas para camuflarme y dar la impresión de que estoy en la misma onda que los que me rodean. Pero hoy no estoy de humor para fingir. Mi amigo Taylor, que es un poco más observador que los otros, nota mi ausencia y me da un golpe suave en el brazo.

—¡Eh, Tierra llamando a Caden Bosch! ¿dónde te encuentras, tío?

—Al lado de un marciano —le digo, cosa que hace reír a todo el mundo, y empieza la ronda de pullas y chistes graciosos de unos contra otros, que me suenan a lengua circense, porque ya he vuelto a desconectar.

# 30

## LOS MOVIMIENTOS DE LAS MOSCAS

Mientras los miembros de la tripulación hacemos nuestro trabajo, yendo de un lado al otro de la cubierta sin finalidad aparente, el capitán está de pie al timón, por encima de nosotros. Como un predicador, pontifica en su personal rama de la sabiduría.

—¡Haced la cuenta de las veces que dais las gracias por todo lo que tenéis! —dice el capitán—. ¡Y si la cuenta no os llega a diez, cortaos los dedos que os sobren!

Yo miro al loro, que departe con los miembros de la tripulación de uno en uno, posándose en su hombro, o encima de su cabeza, por un ratito antes de irse volando a hablar con el siguiente. Me pregunto qué estará tramando.

—¡Quemad todos los puentes! —prosigue el capitán—. ¡Si es posible, antes de cruzarlos!

El oficial de derrota se sienta en un tonel agujereado y maloliente que una vez estuvo lleno de comida, pero cuyo hedor es testigo de que los alimentos que contenía se han convertido en otra cosa. Dibuja una nueva carta de navegación basada en los movimientos de las moscas que dan vueltas alrededor del tonel.

—Sus movimientos son más de fiar que las estrellas —me dice—, porque las moscas vulgares tienen ojos compuestos.

—¿Y eso qué importancia tiene? —me atrevo a preguntar.

Él me mira como si la respuesta fuera evidente:

—Ojos compuestos, bulos expuestos.

Me doy cuenta de por qué se llevan tan bien él y el capitán.

El loro se posa en mi hombro mientras realizo mis interminables desplazamientos por cubierta.

—¡Tripulante Bosch! ¡Agarraos fuerte, agarraos fuerte! —Entonces me mira en la oreja con su ojo bueno, cabeceando al mismo tiempo—. Sigue ahí —dice—. ¡Me alegro por vos, me alegro por vos!

Supongo que se referirá a mi cerebro. Se va volando a hablar al oído de otro marinero. Su silbido bajo revela decepción ante lo que encuentra (o deja de encontrar) entre las orejas del muchacho.

—¡No hay nada que temer, más que al miedo mismo! —anuncia el capitán desde el timón—. Y a algún monstruo devorador de hombres que aparece de vez en cuando.

# 31

## ¿ES ESO TODO LO QUE VALEN?

Aunque los residuos del pesticida han desaparecido de la casa, no puedo dejar de pensar en las termitas. Si, como dicen, el jabón antibacteriano produce supergérmenes, ¿la fumigación de una casa no producirá superinsectos? Me siento con mi cuaderno de dibujo en esta especie de mecedora New Age que tenemos en el salón, un mueble que queda de cuando Mackenzie y yo éramos bebés y mi madre nos daba de mamar. Estoy seguro de que debo de tener algún viejo recuerdo sensitivo de aquello, porque cuando me siento en la mecedora y me balanceo, normalmente me encuentro más relajado y contento, aunque, afortunadamente, el recuerdo de la leche materna se ha perdido en el túnel de los tiempos.

Hoy, sin embargo, no me siento relajado ni mucho menos. No puedo dejar de pensar en cosas retorcidas que se van desarrollando. Empiezo a dibujar lo que tengo en la cabeza, como si por dibujarlo, tal vez, fuera a exorcizar los superbichos de mi cerebro.

Al cabo de un rato levanto la vista y veo a mi madre, que está ahí de pie, mirándome. No tengo ni idea de cuánto tiempo lleva ahí. Y cuando vuelvo a bajar los ojos, veo que la página sigue en blanco. No he dibujado nada de nada. Le doy vuelta a la hoja para ver si el dibujo está en la página anterior, pero no. Los bichos siguen en mi cabeza, y no quieren salir.

Ella debe de ver algo inquietante en mi cara, porque dice:

—¿Un centavo por tus pensamientos?

No me apetece compartir mis pensamientos, así que me salgo por la tangente:

—¿De verdad, un centavo? ¿Es eso todo lo que valen? ¿Un centavo...?

Mi madre lanza un suspiro:

—No es más que una expresión hecha, Caden.

—Bueno, pues mira a ver cuándo se inventó esa expresión, y actualízala de acuerdo a la inflacción.

Niega con la cabeza.

—De eso solo tú serías capaz, Caden. —Entonces se va y me deja cociéndome en pensamientos que me niego a vender.

# 32

## MENOS QUE NADA

Leo en alguna parte que van a retirar las monedas de centavo un día de estos, porque supongo que los pensamientos son lo único que se puede comprar con ellos. El saldo de las cuentas bancarias se redondeará para terminar en cero o cinco centavos. Las fuentes de los turistas rechazarán las perras. Los precios, por ley, tendrán que terminar también en cero o cinco. No se permitirá nada entre medio, aunque haya quien esté en contra.

Será como todas esas fichas de metro que se quedaron anticuadas cuando Nueva York empezó a imponer las tarjetas magnéticas. Nadie sabía qué hacer con aquellas fichas. Eran como aquel tesoro del dragón formado por baratijas que no querría ni el hermano anodino de Smaug. Teniendo en cuenta cómo estaba el mercado inmobiliario en la ciudad, el coste de almacenarlas sería seguramente astronómico. Me apuesto a que contrataron a la mafia para que las echara al río Este, junto con el cuerpo del urbanista que había pensado que las tarjetas del metro eran una buena idea.

Si los centavos dejaban de tener valor, ¿eso devaluaría nuestros pensamientos a menos que nada? Me pone triste pensar en eso. Miles de millones de trocitos de cobre cayendo en espirales por el embudo amarillo hasta el olvido. Me pregunto adónde irán. Todos esos pensamientos tienen que terminar en alguna parte.

# 33

## LA DEBILIDAD ABANDONANDO EL CUERPO

Decido presentarme a la prueba para atletismo en pista, para evitar que la mente se me quede sin nada que hacer, y reconectar con mis compañeros humanos. Mi padre está entusiasmado. Sé que para sus adentros está marcando esto como un momento crucial para mí. El final de mis días de nerviosismo. Creo que tiene tantas ganas de que eso ocurra, que no se da cuenta de que sigo nervioso. Pero el hecho de que piense que estoy bien hace que me sienta bien. Olvidémonos de la energía solar: si se pudiera aprovechar la fuerza de los que se niegan a aceptar la realidad, habría energía suficiente para mover el mundo durante generaciones.

—Siempre has corrido aprisa —dice—, y con esas piernas largas que tienes, me apuesto algo a que podrías correr carreras de obstáculos.

Mi padre formaba parte del equipo de tenis de su instituto. Tenemos fotos de él en unos ridículos pantalones cortos de Adidas que no dejan nada a la imaginación, y con una cinta sujetándole atrás el largo pelo negro, la mayor parte del cual se ha ido desde entonces por el desagüe.

—El entrenador quiere que vayamos a todas partes andando o corriendo —les digo a mis padres.

Ahora me voy andando al instituto y vuelvo también andando cada día. A mis pies les salen callos y rozaduras. Los tobillos me duelen todo el tiempo.

—Ese dolor es bueno —me dice mi padre, y entonces cita a no sé qué gurú del deporte, diciendo—: «El dolor es la debilidad abandonando el cuerpo». Salimos a comprar unas zapatillas de correr nuevas y caras, y también mejores calcetines. Mis padres dicen que intentarán asistir a la primera competición en la que participe, aunque tengan que pedir permiso para faltar al trabajo. Eso estaría muy bien, si no fuera por una cosa. Que no estoy realmente en el equipo de atletismo en pista.

No digo ninguna mentira... al principio. Realmente me puse a correr, pero solo practiqué tres días. Por mucho que lo intentara, no lo vivía. Últimamente siento en torno a mí una especie de burbuja aislante, como la del metro, y cuando estoy en un sitio en el que todo el mundo se lleva bien, como en un equipo deportivo, es aún peor. «No abandones», es lo que mi padre me ha dicho siempre. Así me educaron, pero ¿se considera abandono cuando uno no ha llegado a entrar?

Así que ahora, en vez de correr, voy andando al instituto. Antes andar era solo una manera de ir de un sitio a otro, pero últimamente parece ser tanto el medio como el fin. Es como ese impulso de llenar de dibujos los espacios vacíos. Veo una acera vacía, y tengo que llenarla. Camino varias horas al día. Los callos y los tobillos doloridos son todos de andar. Y veo cosas. O no tanto las veo como las siento. Patrones de conexión entre las personas con las que me cruzo. Entre los pájaros que descienden de los árboles. Hay significado en todo eso, si uno es capaz de encontrarlo.

Un día camino durante dos horas bajo la lluvia, con la capucha empapada y el cuerpo calado hasta los huesos.

—Tendría que hablar con ese entrenador tuyo —dice mi madre, preparándome un té caliente—. No debería hacerte correr bajo un chaparrón como este.

—No lo hagas, mamá —le digo—. ¡No soy un bebé! Todo el mundo lo hace en el equipo, ¡y no quiero privilegios!

Me pregunto cuándo la mentira se convirtió en algo tan fácil.

# 34

## A SUS ESPALDAS

—Caden, tengo un reto para vos —dice el capitán—, para ver si tenéis agallas para la misión. —Me pone en el hombro su gran mano, y aprieta tanto que me duele. Entonces señala al frente del barco.

—¿Veis ahí? ¿El bauprés? —Indica el palo que, a modo de mástil, sobresale en la proa del barco como la nariz de Pinocho después de la segunda o la tercera mentira—. El sol lo ha envejecido y la mar lo ha curtido. Ya es hora de sacarle brillo a ese bauprés. —Entonces me pone un trapo en una mano, y una lata de cera en la otra—. Poneos a ello, mozalbete. Si lo conseguís y no morís en el intento, formaréis parte de los elegidos.

—No me importa formar parte de los rechazados —le respondo.

—No lo habéis comprendido —dice el capitán con severidad—. Nadie os está dando a elegir. —Entonces, ante mi inmutable reticencia, gruñe—: Vos habéis estado en la cofa, ¿no? Habéis sido partícipe de sus detestables libaciones. ¡Os lo veo en los ojos!

Miro al loro que lleva en el hombro, y el loro mueve la cabeza hacia los lados, que es su manera de indicarme que debería mantener la boca cerrada.

—¡No me mintáis, muchacho!

Y no le miento. Lo que hago es decir:

—Si queréis que el bauprés quede en condiciones, señor, necesitaré más cera y un trapo más grande.

Él me mira fijamente un poco más, y entonces estalla en una carcajada, antes de ordenar a otro miembro de la tripulación que me aprovisione mejor.

Afortunadamente, aquel día hay calma chicha. La proa se eleva y desciende solo ligeramente al atravesar las olas. No me dan ninguna soga, ningún medio de asegurarme. Me desplazo a duras penas por la punta misma del mástil, sin otra protección que mi sentido del equilibrio para no caer a la mar, donde me vería arrastrado bajo el barco, y destrozado por el casco lleno de percebes incrustados.

Con el trapo en una mano y la cera en la otra, me siento a horcajadas sobre el bauprés, apretando los muslos para no caerme al insondable azul. El único modo de hacerlo es empezar por el final e ir luego hacia atrás retrocediendo con una nalga y después con la otra, pues una vez la madera esté encerada será demasiado resbaladiza para agarrarse a ella, así que con mucho cuidado me voy hasta la punta y empiezo a encerar, haciendo todo lo posible por olvidar las aguas que pasan por debajo. Me duelen los brazos del trabajo, me duelen las piernas de sujetarme con tanta fuerza. Da la impresión de que no se acaba nunca, pero al final llego al punto de partida, en la proa.

Entonces me giro con cuidado para ponerme mirando al barco, y el capitán sonríe de oreja a oreja:

—¡Muy bien hecho! —dice—. Ahora salid de ahí antes de que la mar o algo que habite en ella devore ese pellejo no completamente inútil. —Y se va, contento de haberme atormentado lo suficiente.

Tal vez sea que me he puesto gallito al ver mi triunfo, o tal vez que a la mar le da rabia no haberme engullido, el caso es que mientras regreso a la proa, el barco es sacudido por una ola repentina, y yo me resbalo y mi pie pierde el contacto con el mástil.

Ese debería ser el final de mi miserable vida, pero alguien me agarra, y yo me veo colgando, aferrado por un solo brazo, a unos metros por encima de la muerte. Levanto la mirada y veo quién me ha salvado la vida. La mano que aferra la mía es marrón, pero no marrón de carne. Es un marrón ceniciento, y los dedos son duros y ásperos. Mi mirada asciende desde aquel brazo para ver que quien me está sujetando es el mascarón: una doncella de madera tallada en la proa que se encuentra debajo mismo del bauprés. No sé si sentirme más agradecido o más aterrado, pero el terror desaparece cuando me doy cuenta de lo bella que es. Las ondas de madera de su cabello se disuelven en las vigas del barco. Su perfecto torso se estrecha hasta fundirse en la proa, como si el resto del barco fuera solo una parte de su cuerpo. Y su rostro no me resulta exactamente familiar, sino que es más bien un recuerdo de chicas que he visto en secretas fantasías. Chicas que me ruborizan cuando pienso en ellas.

Ella me examina mientras yo permanezco allí colgado. Sus ojos son tan oscuros como la caoba.

—Debería dejaros caer —dice ella—, por mirarme como un objeto.

—Pero vos sois un objeto —observo, y comprendo que no es lo más adecuado que decir, a menos que desee morir.

—Puede que sí —dice ella—, pero no me gusta que me traten como tal.

—¿Me salvaréis? Os lo ruego... —le pido, avergonzado de implorar, pero sintiendo que no tengo más remedio que hacerlo.

—Me lo estoy pensando —dice ella.

Su agarre es firme y fuerte, y yo sé que mientras se lo esté pensando no me dejará caer.

—Hay cosas que ocurren a mis espaldas, ¿no? —me pregunta.

Y dado que ella es el mascarón de proa, la respuesta, naturalmente, es:

—Sí.

—¿Hablan mal de mí? ¿El capitán y su mascota? ¿Los miembros de la tripulación, y sus demonios, que se esconden en las grietas?

—No hablan de vos ni bien ni mal —le digo—. Al menos desde que llegué yo.

Eso no le hace gracia:

—Se ve que los ojos que no ven son de corazones que no sienten —dice ella con la pegajosa amargura de la savia de roble. Entonces me vuelve a examinar un poco más—. Os salvaré —dice— si me prometéis que me contaréis todo lo que pasa a mis espaldas.

—¡Trato hecho!

—Muy bien. —Me aprieta más la mano, y yo sé que tendré terribles moratones, pero no me importa—. Hacedme visitas, pues, para dar variedad a mis días. —Entonces esboza una sonrisita—. Y puede que uno de estos días os permita que me enceréis también a mí, no solo el bauprés.

Entonces me columpia de un lado al otro, aumentando el impulso, para terminar descargándome en la proa, en cuya cubierta caigo de manera nada suave.

Miro a mi alrededor. No hay nadie cerca. Todo el mundo, en cubierta, está ocupado en su obsesión particular. Decido mantener este encuentro en secreto. Tal vez la doncella de madera esté a mi lado cuando tenga necesidad de una aliada.

# 35

## SOSPECHOSOS INHABITUALES

Ha sido elegido el equipo para la misión. El capitán reúne a media docena de nosotros en la sala de mapas, una especie de biblioteca al lado de su camarote, llena de mapas enrollados, algunos de los cuales ya dan señales de que el oficial de derrota ha hecho con ellos lo que suele hacer. Hay seis sillas, tres a cada lado de la agujereada mesa. A mi lado están el oficial de derrota y la chica de cara de grito que lleva la gargantilla de perlas. Enfrente de nosotros están otra chica con el pelo tan azul como una bahía de Tahití, un chico mayor con una cara triste en la que Dios olvidó poner pómulos, y el chaval gordito que nunca falta.

A la cabecera de la mesa, de pie, está el capitán. No tiene silla. Eso está hecho a propósito, pues de ese modo él se cierne por encima de nosotros. La luz de una lámpara parpadeante detrás del capitán cruza la mesa con su sombra, una mancha oscilante que casi, pero no del todo, repite sus movimientos. El loro está posado sobre algunos rollos, clavando las garras en el pergamino.

Carlyle, el grumete, también está allí. Se sienta en una silla, en el rincón, haciendo tallas en el palo de la mopa, como si quisiera convertirlo en un poste tótem muy fino. Observa, pero al principio no dice nada.

—Este barco cabecea sobre muchas cosas no vistas —empieza diciendo el capitán—. Montañas de misterios yacen ahí abajo, en las aplastantes profundidades sin luz...

Pero, como todos sabéis, no son las montañas las que nos obsesionan, sino los valles.

Entonces me mira su único ojo. Sé que nos mira a los ojos a cada uno de nosotros mientras habla, pero no puedo evitar sentir que me distingue de los demás mientras entona su canción del pirata.

—Así es, los valles y las fosas. Y una en particular. La Fosa de las Marianas... y ese lugar de heladas profundidades llamado Abismo Challenger.

El loro se va volando hasta su hombro.

—Vigilado os hemos, eso hecho hemos —dice el loro.

Hoy habla como Yoda.

—Por supuesto que hemos estado escudriñando todo lo que hacéis —añade el capitán—, y voto a Bríos que creemos que vosotros sois los indicados para jugar una parte crucial en esta misión.

Pongo los ojos en blanco ante su forzado piratismo. Estoy seguro de que, si escribe, lo escribirá todo con triple errre.

Todo se queda en silencio por un momento, y desde su rincón, Carlyle, sin levantar la mirada de su talla, dice:

—Claro está que yo estoy aquí solo de oyente, pero todo esto sería más suave si los seis compartierais vuestras opiniones.

—Hablad —ordena el loro—. Todos tenéis que contar lo que sabéis del lugar que buscamos.

El capitán no dice nada. Parece un poco irritado de ver socavada su autoridad por el loro y el grumete. Se cruza de brazos exhibiendo su fuerza, y espera a que alguno de nosotros diga algo.

—Bueno, empezaré yo —dice la chica de la gargantilla de perlas—. El Abismo Challenger es un lugar profundo, oscuro, terrible, en el que hay monstruos de los que no quiero hablar... —Y entonces empieza a hablarnos sobre monstruos de los que ninguno de nosotros quiere oír hablar. Hasta que la interrumpe el gordito obligatorio.

—No —dice él—. Los peores monstruos no están dentro de la Fosa, sino guardándola. Los monstruos se encuentran antes de llegar allí.

La chica de la gargantilla, que insistía en que no quería hablar de los monstruos, evidentemente quería hacerlo, pues se muestra ofendida de que la interrumpan. Ahora la atención general ha pasado al chico gordito.

—Vamos —dice el capitán—. Todos estamos aquí para escuchar.

—Bueno... los monstruos no dejan acercarse a nadie. Al que lo intenta, lo matan. Y si no lo hace uno, lo hará otro.

—Muy bien —dice el capitán—. ¡Muy bien dicho! Os sabéis de qué va la cosa.

—Sabio —dice el loro—. Hacedlo Experto en Sabidurías.

—Una decisión evidente —accede el capitán—. Vos seréis nuestro Experto en Sabidurías.

El gordito se echa a temblar:

—Pero si yo no sé nada... Solo os oí a vos una vez hablando...

—Entonces aprended. —El capitán estira el brazo hasta un estante que un momento antes yo no me había dado cuenta de que estuviera allí, coge un volumen del tamaño de un diccionario de los gordos, y lo deja caer con estruendo en la mesa, delante del pobre muchacho.

—Gracias por compartir —dice Carlyle desde su rincón, lanzando una astilla desde el filo del cuchillo al suelo.

El capitán vuelve su mirada a la muchacha del pelo azul, esperando su contribución. Ella desvía la mirada mientras habla, como si la falta de contacto visual fuera su modo de rebelarse contra la autoridad.

—Debe de haber un tesoro hundido o algo así —dice—. De otro modo, ¿por qué ibais a querer ir allí vos?

—Así es —dice el capitán—. Todos los tesoros perdidos en la mar buscan el punto más bajo. El oro y los diamantes y las esmeraldas y los rubíes engullidos por la celosa mar son arrastrados con sus acuosos tentáculos por el suelo marino y dejados caer en las ignotas profundidades del Abismo Challenger. Hay allí más riquezas de las que se podrían pedir por un rey secuestrado, sin los inconvenientes de secuestrar a un rey.

—Secuestro, confieso, costuras, criaturas —dice el oficial de derrota—. Criaturas nunca vistas por el ojo humano esperan allí que llegue un atrevido.

—¿Y quién es el atrevido? —pregunta el muchacho sin pómulos.

El capitán vuelve la mirada hacia él:

—Ya que vos lo habéis preguntado, vos profetizaréis las respuestas. —Entonces se dirige al loro—: Traedle los huesos.

El loro cruza la sala volando y vuelve con un saquito de cuero en el pico.

—Os llamaremos el profeta, y leeréis los huesos para nosotros —dice el capitán.

—Estos —explica el loro—, son los huesos de mi padre.

—Al que nos comimos unas buenas Navidades —añade el capitán—, en las que nadie quería hacer de pavo.

Trago saliva y pienso en la Cocina de Plástico Blanco. Entonces el capitán me mira y me doy cuenta de que han hablado todos menos yo. Pienso en lo que han dicho todos los demás, y me hierve la sangre. El capitán con su único ojo inyectado en sangre; el loro, moviendo la cabeza de arriba abajo, impaciente por ver qué tonterías añado a todas las ya dichas.

—La Fosa de las Marianas —digo— tiene casi once mil metros de profundidad, y es el lugar más profundo de la

Tierra. Se encuentra al sudoeste de la isla de Guam, que ni siquiera aparece en vuestra bola del mundo. El ojo del capitán se abre tanto que parece que se ha quedado sin párpados:

—Proseguid.

—Fue explorada por primera vez por Jacques Piccard y el teniente Don Walsh en 1960, en un sumergible llamado *Trieste*. No encontraron ni monstruos ni tesoros. Y si hay algún tesoro, vos no lo cogeréis nunca sin una fortísima campana de inmersión, un batiscafo hecho de acero cuyas paredes tendrían que tener un grosor de al menos quince centímetros. Pero como esta es una nave preindustrial, no creo que eso vaya a suceder, puesto que no contáis con ese tipo de tecnología, ¿me equivoco? Así que esto no es más que una pérdida de tiempo para todo el mundo.

El capitán se cruza de brazos:

—¡Qué anacrónico por vuestra parte! —dice—. ¿Y esas cosas las creéis por...?

—Porque hice un trabajo sobre el tema —le digo—, en el que me pusieron un sobresaliente.

—Me parece que no —contesta el capitán, que entonces llama a Carlyle—. ¡Grumete! —le dice—: este miembro de la tripulación acaba de ganarse un Muy Deficiente. Y ordeno que esa nota se la marquen en la frente.

El profeta se ríe por lo bajo, el Experto en Sabidurías gruñe, y todos los demás esperan a ver si la cosa se queda en una amenaza vacía o no.

—Podéis salir todos —dice el capitán—. Todos salvo nuestro insolente M. D.

Los demás salen de allí arrastrando los pies, y el oficial de derrota me dirige una mirada compasiva. Carlyle sale corriendo y vuelve en cosa de segundos, con un hierro de marcar que humea al rojo vivo, como si hubiera estado aguardando a la puerta con él. Dos de los oficiales del barco sin nombre me sujetan contra el mamparo; y aunque me resisto, no puedo soltarme.

—Lo siento mucho —dice Carlyle, sujetando el hierro al rojo vivo, cuyo calor noto a medio metro de distancia.

El loro sale volando porque no quiere mirar, y el capitán, antes de dar la orden, se inclina un poco hacia mí. Huelo su aliento, que apesta a trozos de carne vieja conservada en ron.

—Este no es el mundo que vos creéis —dice.

—Entonces ¿qué mundo es? —pregunto, negándome a sucumbir al terror.

—¿No lo sabéis...? Este es un mundo de risas y un mundo de lágrimas. —Entonces se levanta el parche del ojo, mostrando un desagradable agujero tapado con un hueso de melocotón—. Pero, sobre todo, es un mundo de lágrimas.

Y le hace seña a Carlyle para que me marque un M. D. por mi trabajo.

# 36

## SIN ELLA ESTARÍAMOS PERDIDOS

Después de que me marquen, el capitán se vuelve amable. Casi como si se disculpara, aunque no llega a disculparse realmente. Se sienta al lado de mi cama y me remoja la herida. Carlyle y el loro se acercan por allí, pero solo por un momento. En cuanto ven al capitán, se retiran.

—Todo es culpa del loro —me dice el capitán—. Y de Carlyle. Los dos os meten ideas en la cabeza, y os la calientan cuando yo no estoy por ahí.

—Vos siempre estáis por ahí —le recuerdo. El capitán no me escucha, y vuelve a mojarme la frente.

—Esos malditos viajes a la cofa tampoco os hacen ningún bien. Deberíais echar a los espíritus, y mandar vuestra poción al diablo. Acordaos de mis palabras: esas pócimas impuras os pudrirán de dentro afuera.

No le digo que fue el loro el que insistió en que me tomara un cóctel.

—Subisteis arriba porque queríais ser como los demás —dice—. Ya sé cómo son esas cosas. Lo mejor que podéis hacer es tirarlo por la borda cuando no mira nadie.

—Lo tendré en cuenta —le digo. Pienso en la doncella solitaria que decora la proa, en que me pidió que fuera sus ojos y sus oídos en el barco. Me imagino que si el capitán alguna vez va a estar abierto a mis preguntas, puede que sea en este momento, cuando se siente culpable por haber mandado marcarme el MD.

—Cuando estaba en el bauprés, vi el mascarón de proa. Es muy hermosa.

El capitán mueve la cabeza en señal de afirmación.

—¡Una obra de arte, sin duda!

—Los marinos creían que el mascarón protegía al barco. ¿Vos lo creéis también?

El capitán me mira con curiosidad, pero sin recelo.

—¿Ella os ha dicho eso?

—Es un trozo de madera —me apresuro a contestar—. ¿Cómo iba a decirme nada?

—Correcto. —El capitán se toquetea la barba y añade—: Ella nos protege de los retos que tenemos que encarar antes de llegar a nuestro destino. Los monstruos a los que nos acercamos.

—¿Tiene poder sobre ellos?

El capitán elige sus palabras con cuidado:

—Ella vigila. Ve cosas que no ve ningún otro, y sus visiones resuenan en los huecos del barco, fortaleciéndolo contra las arremetidas. Ella da buena suerte, pero lo que es más: su mirada puede cautivar la naturaleza de las bestias acuáticas.

—Me alegro de que contemos con su protección —le digo. Y no trato de preguntarle más, porque podría empezar a sospechar de mis preguntas.

—Sin ella estaríamos perdidos —dice el capitán, y entonces se levanta—. Espero que estéis mañana por la mañana cuando pasemos lista. Sin quejas.

Entonces se va con paso decidido, tirándole al oficial de derrota el trapo húmedo con el que me ha humedecido la frente, cosa que el oficial, evidentemente, no tiene intención de hacer él mismo.

# 37

## UN OJO EN LA FRENTE

El dolor de cabeza que tengo es como una marca a fuego en la frente. Me dificulta concentrarme en el trabajo escolar, me dificulta hacer cualquier cosa. El dolor viene y se va, y cada vez que regresa es un poco peor. Cuanto más pienso más me duele la cabeza, y últimamente he tenido el cerebro funcionando a toda marcha, sin parar. Me ducho para enfriarlo, igual que le echan agua a una máquina que se ha sobrecalentado. Normalmente me siento mejor después de la tercera o cuarta ducha.

Después de las múltiples duchas de hoy, bajo la escalera y le pido una aspirina a mi madre.

—Tomas demasiadas aspirinas —me dice mi madre, y me da un bote de paracetamol.

—El paracetamol es una mierda —le digo.

—Pues calma la fiebre.

—Yo no tengo fiebre. Lo único que me pasa es que me está saliendo un ojo en la frente.

Ella me mira, preguntándose si hablo en serio, y eso me fastidia:

—Estoy de broma.

—Lo sé —dice ella, apartándose—. Solo estaba mirando tu manera de arrugar la frente. Por eso te dan los dolores de cabeza.

—Bueno, ¿me puedo tomar una aspirina?

—¿Qué tal ibuprofeno?

—Vale —digo. Normalmente funciona, aunque cuando se empieza a pasar el efecto me pone de un humor de perros. Me voy al baño con un refresco y me tomo tres pastillas, sintiéndome demasiado rebelde para aceptar la dosis recomendada de dos. En el espejo puedo ver las arrugas de mi frente de las que hablaba mi madre. Intento relajarme, pero no puedo. Mi reflejo parece preocupado. ¿Estoy preocupado? No es exactamente lo que siento hoy, pero últimamente mis emociones son tan líquidas que fluyen de una a otra sin que yo lo note. Ahora me doy cuenta de que sí que estoy preocupado. Me preocupa estar preocupado.

# 38

## ¡AH, AHÍ ESTÁ LA PROBÓSCIDE!

Tengo este sueño: estoy colgando del techo, con los pies a unos centímetros del suelo. Entonces, cuando miro hacia abajo, veo que no tengo pies. Mi cuerpo termina en un trozo de carne retorcida, como de gusano, como si yo fuera una versión larvaria de mí mismo suspendida sobre el oscuro suelo.

Pero ¿suspendida por qué? Me doy cuenta de que estoy atrapado en algo que es como una red, pero más orgánico. Como una telaraña densa y pegajosa. Me estremezco al pensar qué tipo de criatura podría tejer una tela como esa.

Puedo mover los brazos, pero requiere una increíble fuerza de voluntad mover un solo centímetro, y no parece que valga la pena hacer el esfuerzo. Pienso que hay otros aquí conmigo, pero no puedo verlos porque están detrás de mí, más allá del borde de mi visión periférica.

A mi alrededor está oscuro, pero oscuro no es la palabra adecuada, es más bien una no-luz. Como si el concepto de luz y oscuridad no hubieran nacido todavía, dejando todo en un gris persistente, sombrío, y me pregunto si era así el vacío antes de que hubiera nada. Cuando no existía siquiera la Cocina de Plástico Blanco en este sueño.

El loro sale de la oscuridad y se me acerca pavoneándose, pero tiene el tamaño de un hombre. Es aterrador ver un pájaro de ese tamaño, un dinosaurio con plumas y con un pico que me podría arrancar la cabeza de un solo bocado. Me mira con esa sonrisa que nunca lo abandona, y parece aprobar la indefensión en que me encuentro.

—¿Qué tal te encuentras? —me pregunta.

«Como si estuviera esperando que algo me chupara la sangre», intento decirle, pero lo que me sale es:

—Esperando.

El loro mira detrás de mí, por encima de mi hombro. Intento volver la cabeza, pero no puedo hacerlo lo bastante aprisa para ver qué es lo que mira.

—¡Ah, ahí está la probóscide! —dice.

—¿Qué es eso? —pregunto, comprendiendo demasiado tarde que se trata de una palabra cuya definición sería mejor no oír.

—El aguijón. El único dolor que sentirás es el pinchazo, y después todo será tan fácil, como si te quedaras dormido.

Y, sin lugar a dudas, siento el aguijón, potente y doloroso. No sé exactamente dónde me lo clava la criatura que no veo. ¿En la espalda? ¿En un muslo? ¿En el cuello? Entonces caigo en la cuenta de que es en todas partes al mismo tiempo.

—Ya ves, no ha sido tan terrible, ¿a que no?

Incluso antes de que el terror alcance su plenitud, el veneno me hace efecto y en un instante deja de preocuparme. Me da igual todo. Me quedo allí colgado, en completa paz, mientras soy devorado lentamente.

# 39

## ESTRELLAS EN LA HOJA DE EXAMEN

Un examen de ciencias para el que, por una vez, no he estudiado. Pienso que no necesito hacer el examen porque sé más que el profesor. Sé mucho más. Sé cosas que no están en el libro. Conozco el funcionamiento interno de todas las cosas biológicas hasta el nivel celular. Porque he averiguado cosas. SÉ cómo funciona el universo. Prácticamente estoy reventando de conocimiento.

    ¿Cómo puede una sola persona tener tanto en el cerebro y que la cabeza no le explote? Ahora conozco la razón de mis dolores de cabeza. Este conocimiento no es nada específico que pueda describir. Las palabras son para ello completamente ineficaces. Pero puedo dibujarlo. Lo he estado dibujando. Sin embargo, tengo que tener cuidado con respecto a quién le dejo saber las cosas que sé yo. No todo el mundo quiere que se divulgue la información.

    —Tendréis cuarenta minutos para hacer el examen. Os recomiendo emplear ese tiempo con sensatez.

    Me río por lo bajo. Hay algo en lo que ha dicho que me resulta muy gracioso, pero no sabría decir qué.

    En el momento en que recibo la hoja y le doy vuelta, comprendo que las palabras que hay en el papel no son el verdadero examen ni mucho menos. El verdadero examen es algo más profundo. Que esté teniendo problemas para concentrarme en las preguntas es un claro indicio de que tengo que buscar respuestas más significativas.

Empiezo a rellenar los pequeños círculos con mi lápiz del número dos, y el mundo se va. El tiempo se va. Encuentro patrones ocultos en la cuadrícula. La clave de todo, y de repente...

—¡Posad los lápices! El tiempo ha terminado. Pasad hacia delante las hojas.

No recuerdo que hayan pasado cuarenta minutos. Miro ambos lados de mi examen para ver constelaciones que no existen en los cielos, y que sin embargo son más auténticas que las estrellas que vemos. Lo único que hace falta es alguien que conecte los puntos.

# 40

## EL INFIERNO EN LA MAR

La chica del pelo azul es nombrada Señora del Tesoro y le dan un baúl lleno de manifiestos de carga de barcos hundidos. Su trabajo consiste en leerlos y encontrar pruebas del tesoro perdido, basadas en lo que que se incluía como carga del barco. No sería un trabajo tan duro si las páginas no estuvieran todas rasgadas en trocitos minúsculos que hay que volver a juntar. Trabaja en ello todos los días.

El chico regordete, al que todo el mundo llama Experto en Sabidurías, se devana los sesos tratando de aprender todo lo que pueda del enorme tocho que le infligió el capitán. Por desgracia, el libro entero está escrito en runas, en algún idioma que sospecho que o está muerto, o no existió nunca.

—Esto es el infierno en la Tierra —me declara con frustración el Experto en Sabidurías, y el loro, que parece oír las cosas antes de que se digan, hace la observación de que, como no se ve la tierra, sería mejor describirlo como «el infierno en la mar». La chica de la gargantilla ha sido nombrada Oficial de Entusiasmo, y está a cargo de la elevación de la moral. Cosa rara, pues ella se muestra siempre taciturna.

—Vamos a morir todos, y será doloroso —ha comentado ella varias veces, aunque siempre encuentra el modo de decir básicamente lo mismo. Para subir la moral.

El Lector de Huesos ha aprendido bastante bien a predecir la suerte. Sostiene la pequeña bolsa de cuero con los restos del padre del loro, listo para agitarla e interpretar lo que dicen siempre que se lo pida el capitán.

El Lector de Huesos me confiesa que se inventa la mayoría de sus predicciones, pero tratando de ser lo bastante vago como para que después pueda comprobar que la profecía se cumplió cualquiera que desee que la profecía se haya cumplido.

—¿Cómo sabéis que no revelaré vuestro secreto? —le pregunto.

Él sonríe y dice:

—Porque si lo hacéis puedo profetizar que seréis arrojado por la borda por un miembro de la tripulación destinado a ser rico y famoso.

Lo cual, naturalmente, haría que cualquier miembro de la tripulación quisiera tirarme por la borda. Tengo que admitir que el tipo este no es idiota.

El oficial de derrota sigue haciendo lo que ha hecho desde la primera vez que lo vi. Traza rutas de navegación, buscando indicios que nos guíen hacia la Fosa, y luego de vuelta.

—El capitán tiene propósitos específicos para vos —me dice el oficial de derrota—. Creo que os gustarán. —Y dicho esto, convierte en cuatro pasos los «propósitos específicos» en «ganglios escocidos», y empieza a notar dolor de garganta.

—Vos, mi insolente M. D., seréis nuestro artista de a bordo —me dice el capitán. La mención a la marca me hace recordar el dolor de la frente, que no me acaba de dejar. Afortunadamente no hay espejos a bordo, así que no puedo ver la marca, solo sentirla—. Vuestro propósito será documentar nuestro viaje en imágenes.

—El capitán prefiere las imágenes a las palabras —me susurra el oficial de derrota—, porque no sabe leer.

# 41

## NADA DE INTERÉS

Sé que debería odiar al capitán con toda el alma, y sin embargo no me ocurre. No sabría explicar por qué. La razón debe de ser tan profunda como la Fosa hacia la que vamos, debe de esconderse en algún lugar al que no llega la luz, salvo la luz que uno pueda llevar consigo, y precisamente ahora me encuentro en la más completa oscuridad.

Miro más allá de la borda del barco, sopesando las profundidades, preguntándome qué ignotos misterios yacen bajo nosotros. Cuando contemplo durante tiempo suficiente las agitadas aguas de la mar, descubro cosas en el azar de las olas. Esas olas están llenas de ojos que me escrutan, que me juzgan.

El loro también observa. Se viene hacia mí caminando por la borda, pavoneándose.

—«Mirad a las profundidades del abismo y el abismo mirará en vuestras profundidades», dice el loro—. Esperemos que el abismo no encuentre nada de interés.

A pesar del desprecio que muestra el capitán por la cofa, yo sigo subiendo dos veces al día para tomarme mi cóctel y hallarme en íntima comunión con mis compañeros de tripulación, aunque con la poción en la mano pocos de ellos se muestran sociables.

Hoy la mar es una montaña rusa que describe bucles y vueltas de sacacorchos, y el movimiento del barco siempre resulta peor en la cofa, que se balancea a un lado y al otro en lo alto del palo mayor, como la lenteja en el péndulo de un metrónomo. Aunque trato de sujetar mi cóctel con firmeza, este se agita dentro de la copa, derramando parte al suelo, donde corre hasta desaparecer en los oscuros intersticios de las tablas.

—Está vivo, ya lo sabéis —dice el maestro de armas, un avezado tripulante que está al cargo del cañón y que lleva los brazos llenos de desagradables tatuajes—. Está vivo y hay que darle de comer. —Entonces me doy cuenta de que la voz no le sale de la boca, sino de una de las calaveras que tiene tatuadas en el brazo. Una que tiene dados por ojos.

—¿Qué es lo que está vivo? —le pregunto al tatuaje—. ¿El barco?

La calavera niega moviéndose hacia los lados:

—El barro oscuro que mantiene unidas las tablas del barco.

—No es más que pez —digo, y eso hace que todas las demás calaveras se echen a reír.

—Vos podéis pensar lo que queráis —dice la calavera de los dados en los ojos—, pero cuando despertéis con varios dedos de menos en los pies, sabréis que ha estado probando a ver a qué sabéis.

# 42

## ESPÍRITU DE BATALLA

En medio de la noche, evitando a los miembros de la tripulación que están de guardia, me subo al bauprés. Una vez allí, me deslizo intencionadamente desde el bien encerado mástil y, tal como esperaba, la doncella (el mascarón de proa) me coge. Al principio me sujeta por las muñecas, pero después tira de mí para estrecharme con sus brazos de madera.

Aunque solo sus brazos evitan que me caiga a las profundidades marinas, en cierto modo me siento más seguro allí que a bordo del barco.

Esta noche la mar está en calma. Solo alguna ola ocasional nos rocía con su leve y salada niebla. Mientras la doncella me abraza, le susurro las cosas de las que me he enterado.

—El capitán piensa que traéis buena suerte —le digo—. Y que vuestra mirada encantará a los monstruos marinos.

—¿Buena suerte? —se mofa ella—. ¿Tengo buena suerte yo, que me toca aguantar eternamente en la proa del barco, y soportar todos los abusos que la mar quiera infligirme? Y en cuanto a monstruos marinos, lo único que les encantará es llenar bien la barriga, de eso podéis estar seguro.

—Yo solo os cuento lo que dijo él.

Encontramos una ola grande, y el barco se eleva sobre ella para luego descender. La doncella me agarra tan fuerte que yo puedo soltarme si quiero. Por eso le paso la mano suavemente por el largo y suelto cabello de madera de teca.

—¿Tenéis nombre? —le pregunto.

—Calíope. Me pusieron el nombre de la musa de la poesía. No la he llegado a conocer, pero me han dicho que es hermosa.

—Como tú.

—Tened cuidado —dice ella con la más leve de las sonrisas—, los halagos falsos me hacen perder fuerza en los brazos, y os podríais caer. ¿Y entonces qué?

—Me mojaría.

—¿Tenéis nombre vos? —pregunta Calíope.

—Caden.

Ella piensa en mi nombre:

—Es bonito —dice.

—Significa «espíritu de batalla» —le explico.

—¿En qué lengua?

—No tengo ni idea.

Se ríe, y yo me río con ella. El océano parece reír, pero no en plan de burla.

—Dadme calor, Caden —susurra ella con una voz que es como el crujido de una rama tierna—. Yo no tengo calor por mí misma, solo el que me da el sol, y el sol se encuentra a mitad de camino alrededor del mundo. Así que dadme calor.

Cierro los ojos, irradiando mi calor corporal. Es tan dulce estar allí que ni siquiera me importan las astillas.

# 43

## TODO ES KABUKI

—¿Sabes por qué te hemos llamado? —pregunta la orientadora del instituto. Se llama Sassel, y a los chicos les gusta decirlo porque el nombre es sugerente.

Me encojo de hombros:

—¿Para hablar con usted...?

—Sí, pero ¿sabes por qué estás aquí para hablar conmigo?

Guardo silencio, sabiendo que cuanto menos diga más control tendré sobre la situación. Sin embargo, el que no pueda dejar quietas las rodillas debilita cualquier sensación de control.

—Estás aquí por el examen de ciencias.

—Ah, eso... —Aparto la mirada, y entonces me doy cuenta de que uno no debe nunca apartar la mirada de la orientadora del instituto, pues enseguida encontrará algo profundamente psicológico en ese gesto. Así que me obligo a mirarla a los ojos.

Abre una carpeta. ¿Hay una carpeta de mí en el despacho de la orientadora? ¿Quién más tiene copia de mi carpeta? ¿Quién mete cosas en esa carpeta, y quién las saca? ¿Tiene eso algo que ver con mi expediente escolar? ¿Qué es un expediente escolar? ¿Cuándo deja de seguirte? ¿Tendré que pasarme la vida mirando por encima del hombro por si me sigue mi expediente escolar?

La señora Sassel (a mí también me gusta decirlo) saca de la carpeta mi hoja del examen de ciencias, que tiene más círculos marcados de lo normal.

—Es una interpretación... muy creativa de lo que es un examen.

—Gracias.

—¿Podrías decirme por qué lo hiciste?

Solo hay una respuesta posible para una situación semejante:

—En ese momento me pareció buena idea.

Ella sabía que yo diría eso. Y yo sé que ella lo sabía, y ella sabe que yo sé que ella lo sabía. Para los dos, es todo una especie de actuación ritual. Como el teatro kabuki japonés. La verdad es que siento que ella tenga que pasar por esto.

—El señor Guthrie no es el único profesor que ha expresado su preocupación por ti, Caden —dice ella con toda la amabilidad posible—. Estás faltando a clases. Y tu atención no es la que debería ser. Esto no encaja con la manera en la que te comportabas según tu historia.

¿Según mi historia? ¿Me estudian como si fuera historia? ¿En algún sitio se examinan sobre mí? ¿Les ponen nota en esos exámenes que hacen sobre mí, o es solo un apto/ no apto?

—Estamos preocupados, y solo queremos ayudarte, si nos dejas.

Ahora es mi momento de lanzar un suspiro. No tengo paciencia para el kabuki:

—Vamos al grano: usted piensa que me drogo.

—No he dicho eso.

—Entonces yo tampoco.

Ella cierra la carpeta y la deja a un lado, un gesto que tal vez significa que nuestra conversación pasa a ser informal y extraoficial. Yo no me lo trago. Ella se inclina para estar más cerca de mí, pero su mesa de trabajo es como una tierra baldía que se interpone entre nosotros.

—Caden, yo lo único que sé es que algo va mal. Podrían ser montones de cosas y, sí, las drogas son una de esas cosas, pero solo una de ellas. Me gustaría que me dijeras tú lo que está pasando, si es que quieres contármelo.

«¿Lo que está pasando? Estoy en el último carro de una montaña rusa en lo más alto de todo, mientras las filas de delante ya se entregan al efecto de la gravedad. Oigo gritar a los que van delante y sé que solo faltan unos segundos para que grite yo. Estoy en ese momento en que se oye el tren de aterrizaje de un avión colocándose en su sitio con un estruendoso rasponazo, en ese instante que tiene lugar antes de que la mente racional le diga a uno que no es más que el tren de aterrizaje. Estoy saltando de un precipicio solo para descubrir que soy capaz de volar... y después comprender que no hay ningún sitio en el que aterrizar. Nunca. Eso es lo que está pasando». —¿Así que no me vas a decir nada? —me pregunta la señora Sassel.

Me agarro las rodillas con las manos, apretándolas para no dejarlas moverse. Y no aparto mis ojos de los suyos.

—Mire, tuve un mal día, y eso se notó en el examen. Sé que fue una idiotez, pero de todas maneras el profesor Guthrie no cuenta los exámenes con peores notas, así que eso no me afectará.

Ella se inclina hacia atrás un poco petulante, aunque intente disimularlo:

—¿Eso se te ocurrió antes o después de entregar el examen?

Yo nunca he sido un buen jugador de póquer, pero en ese momento me echo un farol como el mejor:

—Vamos, ¿de verdad piensa que lo habría hecho si pensara que iba a afectar a mi nota? Según mi historia, no soy tan tonto.

La señora Sassel solo se lo traga a medias, pero es lo bastante buena orientadora como para saber que presionarme sería contraproducente.

—Muy bien —dice.

Pero yo sé que en esto no hay nada que esté bien.

# 44

## LLAVE PRINCIPAL

La necesidad de andar me llena más y más. Camino por mi habitación cuando debería estar haciendo los deberes. Camino por el salón cuando debería estar viendo la tele.

Los programas habituales de la tarde han sido reemplazados por un reportaje en directo sobre un niño de alguna parte de Kansas que se cayó a un viejo pozo abandonado. Hay entrevistas con los compungidos padres del chaval, con bomberos, con miembros del equipo de rescate y con expertos en pozos, pues hoy día hay expertos en todo. No dejan de ofrecer imágenes aéreas tomadas desde un helicóptero, como si estuvieran retransmitiendo una persecución en carretera, pero el niño del pozo no se está yendo a ningún lado.

Durante todo esto yo camino, atraído por el drama pero incapaz de permanecer parado.

—Caden, si quieres ver la tele, siéntate —dice mi madre, dando una palmada en el sofá, a su lado.

—He estado sentado todo el día en el instituto —respondo—. Sentarme es lo que menos me apetece ahora.

Me subo a la habitación para librarme de ella un rato, y me tiendo en la cama durante diez segundos completos, antes de levantarme para ir al baño, aunque no tengo motivo para ir, y después bajo la escalera para servirme algo de beber aunque no tengo sed, y luego vuelvo a subir.

—¡Párate, Caden! —dice Mackenzie cuando paso por delante de su habitación por décima vez—. Me estás poniendo de los nervios.

Mackenzie se ha vuelto adicta a un videojuego al que no dejará de jugar hasta que consiga ganar, lo cual no ocurrirá hasta dentro de cuarenta o cincuenta horas. Yo ya he conseguido ganar, aunque dudo mucho de que ahora tuviera la paciencia necesaria para jugar.

—¿Me puedes ayudar? —pregunta. Yo miro a la pantalla. Hay un gran cofre del tesoro en un calabozo en el que no parece haber entrada ni salida. El cofre tiene brillos rojos y dorados. Por eso se sabe que no es un cofre de tesoro cualquiera. A veces te matas para conseguir uno, y después te das cuenta de que dentro no hay más que una apestosa rupia. Pero los cofres que tienen brillos rojos y dorados, esos son los que contienen los verdaderos tesoros.

—La llave principal está ahí dentro —dice Mackenzie—. Me costó una hora encontrar la llave para abrir el cofre, y ahora no puedo cogerla.

Es curioso que se necesite una llave para abrir un cofre en el que solo hay otra llave mayor.

Ella sigue corriendo alrededor del calabozo, como si las barras de hierro fueran a desaparecer a la siguiente vuelta.

—Mira un poco más arriba —le digo.

Ella lo hace y ve el pasadizo secreto justo encima de la cabeza de su avatar. ¡Es tan fácil cuando uno ya lo sabe...!

—Pero ¿cómo llego ahí arriba? —me pregunta.

—Invirtiendo la gravedad.

—¿Y eso cómo se hace?

—¿No has encontrado la palanca...?

Ella gruñe de pura frustración:

—¡Dime dónde está!

Pero no puedo hacerlo, porque mi necesidad de andar ha alcanzado el punto crítico.

—No puedo hacerlo todo por ti, Mackenzie. Es como las matemáticas: te puedo ayudar, pero no te puedo dar la respuesta.

Ella me lanza una mirada asesina:

—Los videojuegos no son como las matemáticas, ¡y no me quieras convencer de que sí lo son, porque te odiaré!

Resignada, se pone a buscar la palanca antigravedad, y yo me salgo. No solo de su habitación, sino de la casa. Aunque sea casi de noche, aunque solo falten unos minutos para la cena, tengo que caminar. Así que mientras Mackenzie suda la gota gorda en los templos del juego, yo paseo por mi vecindario girando al azar, tal vez en busca de mi propia llave principal.

# 45

## A DIEZ TUMBAS DE PROFUNDIDAD

¿Cuánta mala suerte tiene que tener un niño para caerse a un pozo abandonado? Se oyen continuamente estas historias. Cierto niño está jugando en el campo con su perro, y allá cae, a quince o más metros de profundidad, y desaparece.

Si el niño tiene suerte y el perro no es demasiado tonto, la gente se dará cuenta a tiempo y llamarán a alguien sin clavículas para que baje al pozo y saque al niño. Entonces el tipo sin clavículas vivirá el resto de su vida sabiendo que había una razón para que él naciera sin clavículas, o casi sin ellas: que el niño rescatado pueda transmitir su material genético a las generaciones venideras. Si el niño no tiene suerte, entonces muere allí abajo, y el cuento termina mal.

¿Cómo será verse tragado de repente por la tierra, encontrándose a casi diez tumbas de profundidad? ¿Qué ideas pasarán por la mente de esa persona? La frase «esto es una mierda» no parece que esté a la altura de la situación.

A veces siento que soy yo el niño que grita en el fondo del pozo, y que mi perro, en vez de pedir ayuda, se dedica a corretear haciendo pis en los árboles.

# 46

## DISCUSIONES POR LA COMIDA

—Estás en los huesos —me dice mi madre al día siguiente, durante la cena.

—¡Tiene que comer más carne! —aporta al instante mi padre como solución, atacando los intentos que hace mi madre por veganizarnos—. Proteína para crear músculo.

Mi padre no se ha dado cuenta de que no he estado más que dándole vueltas a la comida por el plato. Como siempre me ponen de comer, él da por hecho que como, lo mismo que da por hecho que respiro. Pero el caso de mi madre es distinto, porque es ella la que tira a la basura mi plato casi entero.

—Como —digo. Y es verdad, lo que pasa es que como poco. A veces no tengo ganas, y otras veces se me olvida.

—Suplementos —dice mi padre—. Te compraré unos compuestos proteínicos.

—Compuestos proteínicos —repito—. Bien.

Mi respuesta parece satisfacerles, pero ahora los dos están en alerta sobre mis patrones alimenticios, y me vigilan el plato como si fuera una bomba de relojería.

# 47

## TENEMOS HASTA UNA CAMPANA DE INMERSIÓN

Nuestro barco se ha vuelto de cobre. Sucedió esta noche: toda la madera, mi litera, los escasos muebles... Todo se ha convertido en un metal mate que tiene el color de la calderilla vieja.

—¿Qué ha pasado? —Lanzo la pregunta más que nada a mí mismo, pero el oficial de derrota me responde desde el otro lado del cuarto:

—Vos dijisteis que el barco era demasiado anticuado para la misión, y aquí lo que se dice importa —me explica—. Importa, infiere, interfiere: habéis interferido en el orden de las cosas, es lo que quiero decir. Tendríais que haber dejado las cosas como estaban. Me gustaba este lugar cuando era de madera.

Paso los dedos por la pared. En vez de chapas suaves, como uno esperaría en un barco de metal, la superficie sigue rugosa, pero las planchas parecen haber cambiado en un nivel molecular, dado que la madera que se ha petrificado en cobre. No hay pernos ni remaches: las tablas siguen unidas unas a otras por la misma pez oscura que parece retorcerse en las grietas.

Dejo el camarote y subo a la cubierta para ver que todo el barco se ha convertido en metal marrón, brillante en algunos sitios pero apagado y mate en la mayoría, empezando a volverse verde en las esquinas, que es lo que le pasa al cobre. Sigue siendo el mismo barco, pero ahora es un galeón de cobre. Muy *steampunk* pero sin el *steam*, ni el *punk*. No me imaginaba que hubiera tanto cobre en el mundo.

El capitán me ve y sonríe:

—Mirad de lo que han servido vuestros pensamientos —dice en voz alta, señalando con un gesto la cubierta de cobre.

Ya no viste su atuendo de pirata. Ahora lleva un uniforme que parece propio de un falso buque del siglo XIX: una chaqueta azul de lana con grandes botones de latón y borlas doradas en los hombros, más un sombrero igualmente ridículo.

Bajo la mirada y veo que mi ropa también tiene otro aspecto, de marino, aunque está tan rota y deshilachada como antes. Las zapatillas que llevo en los pies son de charol muy raspado. La camisa de rayas parece un poste de los que hay a la puerta de las barberías, pero más descolorido por el sol.

—Tras cuidadosa consideración, nos hemos modernizado de acuerdo con vuestras sugerencias —me dice el capitán, aunque lo que veo no tiene nada de moderno—. ¡Tenemos hasta una campana de inmersión!

Y señala una réplica perfecta de la Campana de la Libertad que está colocada con todo su peso en la cubierta. Tiene una ventanilla abierta en la parte de delante, y por ella veo a un solitario marinero atrapado dentro. Oigo que golpea el metal pidiendo que lo dejen salir.

—¿Veis lo que habéis hecho? —pregunta el loro desde el hombro del capitán—. ¿Lo veis? ¿Lo veis?

Los ojos de los demás marineros están puestos en mí, y no sé si las suyas son miradas de aprobación o desdén.

# 48

## TAN SOLA

Esa primera noche de nuestra cuprífera transformación, me aventuro a ver cómo ha llevado el cambio Calíope. Me deslizo bajo ella, y sus brazos me abrazan con un tipo de firmeza diferente, más dura.

—No deberíais haberle ofrecido al capitán una parte tan grande de vuestros pensamientos —dice—. Ahora hace frío. Yo estoy fría.

Y es verdad. Ahora está mucho más fría. Y su piel es más lisa, más dura.

—Dadme calor, Caden. Y os prometo que nunca os dejaré caer.

Como ella afronta la continua rociada de agua salina, la piel de cobre ya se le ha vuelto verde, pero le sienta majestuosamente.

—Ahora sois como... la Estatua de la Libertad —le digo, pero eso no la consuela.

—¿Tan sola estoy? —pregunta.

—¿Sola?

—Esa pobre cáscara de mujer tiene que estar eternamente sujetando su antorcha en alto mientras el mundo, alrededor de ella, se dedica a sus cosas —dice Calíope con tristeza—. ¿No habéis pensado nunca lo sola que está una chica puesta en un pedestal?

# 49

## ¿NO TE APETECE UNA HAMBURGUESA?

Lleno con mi presencia las calles vacías del barrio. Es un sábado en medio de las vacaciones de primavera, así que tengo todo el tiempo del mundo. Esta tarde voy a ver una película con mis amigos, pero tengo toda la mañana para caminar.

Empiezo a jugar un juego. Me propongo obedecer lo que digan las señales de tráfico que vea.

GIRO A LA IZQUIERDA OBLIGATORIO.

Giro bruscamente a la izquierda y cruzo la calle.

NO PARA PEATONES.

Dejo de andar y cuento hasta diez antes de volver a moverme.

ZONA QUINCE MINUTOS.

Me siento en el bordillo de la acera durante quince minutos, poniéndome el reto de quedarme inmóvil durante todo ese tiempo.

Las señales de la carretera se vuelven muy repetitivas, así que amplío la obligatoriedad a otras indicaciones. Hay un anuncio en un autobús que dice: «¿Te apetece una hamburguesa?». No me apetece, pero me voy al Burger King más próximo y me pido una. No me acuerdo si me la como o no. Tal vez la dejara allí.

«¿Hora de mejorar? ¡Visita hoy la tienda Verizon de tu barrio!». La más cercana está realmente lejos, pero me lo tomo como una excursión, y dejo que el dependiente se pase veinte minutos tratando de venderme un teléfono que no tengo intención de comprar.

¡Hay tantas indicaciones en la calle! Estoy fuera hasta que se pone el sol. No llego a ir al cine.

No recuerdo cuándo dejó de ser un juego.

No recuerdo cuándo empecé a creer que las señales y anuncios me estaban dando instrucciones.

# 50

## VIUDAS DE GARAJE

No todas las arañas hacen telas perfectas. La viuda negra no las hace. En nuestro garaje hay viudas negras, o al menos las había antes de que fumigaran la casa. Pero aunque ya no las haya, volverán antes de que lo hagan las termitas. Las viudas negras son fáciles de identificar, porque tienen en la panza el dibujo de un reloj de arena. Son duras y brillantes, y casi parecen esas arañas de plástico que se utilizan en Halloween. No son tan mortales como se piensa la gente. Sin antídoto podrías perder como mucho un brazo o una pierna. Se necesitarían tres o cuatro picaduras de diferentes arañas para matar a un ser humano adulto. Y lo curioso es que son arañas tímidas. No pican tan fácil, preferirían que las dejaran en paz. Son dadas a recluirse. La gracia es que es la araña llamada «reclusa parda» la que no se recluye e irá detrás de ti para picarte. Y su veneno sí que es mortal.

Siempre sé por la tela cuándo hay una viuda negra en el garaje. La viuda negra teje a lo loco, sin diseño claro. Como si el mecanismo de su diminuto cerebro que se encarga de tejer las telas estuviera estropeado. Carecen de la habilidad ingeniera necesaria para hacer dibujos perfectos que al mismo tiempo atrapen las moscas. O tal vez es que les importan un rábano los dibujos perfectos. Tal vez lo que les gusta es el azar. Puede que las líneas que trazan tengan para ellas un significado que el resto del mundo arácnido no entiende.

Por este motivo, siento una empatía que va más allá de lo habitual cuando las aplasto con el zapato.

# 51

## NO ESTOY COMPLETAMENTE DENTRO DE MÍ

—No me puedo contener —le digo a Max cuando trabajamos juntos en la sala de estar de mi casa en un trabajo del instituto.

—¿Qué se supone que quiere decir eso? ¿Que eres feliz o algo así?

No se molesta en apartar la vista del PowerPoint que está haciendo en mi ordenador. Yo no estoy cómodo en mi silla. Me pregunto si realmente parezco feliz o es que él no tiene ojos en la cara.

—¿Has tenido alguna vez una experiencia extracorporal? —le pregunto.

—¿De qué vas?

—Te he hecho una pregunta sencilla. ¿Es tan difícil de responder?

—No es que sea difícil de responder, es que te estás portando como un friki.

—Puede que yo sea normal y los frikis sean los demás. ¿No lo has pensado?

—Da igual. —Por fin me mira—. ¿Quieres trabajar conmigo en esto, o lo tengo que hacer todo yo? Tú eres el artista, tú tendrías que estar haciendo el PowerPoint.

—Lo digital no es mi medio —le digo. Y entonces por primera vez pongo mi atención en la pantalla—. ¿De qué era el trabajo?

—Me tomas el pelo, ¿no?

—Sí, claro que te tomo el pelo —le digo, pero no es verdad. No estaba bromeando, y eso me preocupa.

Max mueve el ratón como si fuera una cosa viva. Tal vez lo sea. El ratón hace clic, arrastra cosas y las mete dentro de otras cosas. Está creando un terremoto ficticio en Miami. Un trabajo de ciencias. Ahora lo recuerdo. Después de mi último examen, sé que tendría que tomarme esto en serio, pero mi mente sigue revoloteando por ahí. Elegimos Miami porque los rascacielos de la ciudad están diseñados para soportar huracanes, no terremotos. En nuestro PowerPoint, las torres de cristal se derrumban. Una mega-destrucción. Tendría que ponernos sobresaliente.

Pero eso me hace pensar en el terremoto que me preocupa causar en China si pienso demasiado en ello.

—¿Un siete coma cinco provocaría tantos daños? —pregunta él. Yo observo cómo su mano sigue moviendo el ratón, pero a veces me parece como si fuera mi mano en vez de la suya. Noto mis dedos haciendo clic en el ratón. Me pone de los nervios.

—No estoy completamente dentro de mí —le digo. Quiero decírmelo para mí, en mi cabeza, pero me sale por la boca.

—Deja de decir tontadas frikis, ¿vale?

Pero no puedo parar. Tampoco sé si quiero hacerlo:

—Lo que me pasa es como si yo estuviera en... todas las cosas que me rodean. Estoy en el ordenador, y estoy en las paredes.

Me mira, moviendo la cabeza en señal de negación.

—También estoy en ti —le digo—. De hecho, sé lo que estás pensando, porque ya no soy del todo yo. Parte de mí está en tu cabeza.

—A ver, ¿qué estoy pensando?

—Helado —digo al instante—. Quieres un helado. De menta con virutas, para ser exactos.

—Te equivocas. Estaba pensando en cómo se moverían las tetas de Kaitlin Hick en un terremoto de escala siete coma cinco.

—No, te equivocas —le digo—. Eso es lo que estaba pensando yo. Pero lo puse en tu cabeza.

Max se va unos minutos después, caminando hacia atrás al salir por la puerta, como si dentro hubiera un perro que pudiera morderle en el instante que le dé la espalda.

—Terminaré el trabajo yo solo —dice—. No te preocupes, lo haré yo.

Y se va antes de que pueda despedirme de él.

# 52

## PRUEBAS DE LA VERDAD

Después de una cena para la que no he tenido apetito, mi padre me llama con ese tono de voz de «tenemos que hablar». Siento el deseo repentino de echar a correr, pero no lo hago. Querría ponerme a andar por la sala, pero me obligo a sentarme en el sofá. Aun así, las rodillas se me mueven como si mis pies fueran una cama elástica en miniatura.

—Le he puesto un correo electrónico al entrenador de atletismo para pedirle un calendario de las pruebas —me dice—. Y me ha dicho que en el equipo no hay ningún Caden Bosch.

Sabía que aquello sucedería tarde o temprano.

—¿Ah, sí...? —digo.

Mi padre lanza un suspiro exasperado que podría apagar velas.

—Está muy mal que nos hayas mentido sobre eso... pero esa es otra conversación.

—Bueno, ¿entonces puedo irme?

—No. Mi pregunta es ¿por qué? Y ¿adónde vas después del instituto? ¿Qué has estado haciendo?

—Eso son tres preguntas.

—No te pongas impertinente.

Me encojo de hombros:

—Voy a andar —digo con sinceridad.

—¿A andar dónde?

—Por ahí.

—¿Cada día? ¿Durante horas?

—Sí, durante horas. —Mis pies doloridos son prueba de que digo la verdad, pero eso no le basta a mi padre. Se pasa los dedos por el pelo, imaginando que su pelo le otorga fuerzas.

—Esto no es propio de ti, Caden.

Me levanto y me descubro bostezando. No es que quisiera hacerlo, pero me encuentro haciéndolo.

—¿DESDE CUÁNDO ES UN CRIMEN ANDAR?

—No es solo andar. Es tu comportamiento. Tu manera de pensar.

—¿De qué me acusas?

—¡De nada! ¡Esto no es un interrogatorio!

—No me cogieron en el equipo, ¿vale? Me rechazaron y yo no quería decepcionaros, así que ahora voy a andar, ¿vale? ¿Estás contento?

—¡Eso es lo de menos!

Pero no le voy a contar más. Me dirijo a la puerta.

—¿Adónde vas?

—A dar un paseo. A menos que me castigues por no haber sido aceptado en el equipo.

Y antes de que pueda responderme, ya he salido por la puerta.

# 53

## RETROSPECTIVA A MIS PIES

Un día hace unos años, cuando nos llevaba al colegio, mi padre experimentó un momento extraño. Extraño porque normalmente, cuando a mi padre le pasa algo, es tan predecible como la tabla de multiplicar, pero aquello fue diferente. Mackenzie iba atrás, y yo iba en el asiento de delante. Desde el momento en que salió de casa, mi padre se mostró nervioso, como si se hubiera tomado demasiado café. Pensé que tendría algo que ver con el trabajo, hasta que soltó un suspiro de inquietud y dijo:

—Pasa algo.

Yo no dije nada, solo esperé a que se explicara, porque cuando mi padre nunca dice algo así sin explicarse después. Mackenzie, sin embargo, no tenía paciencia para esperar.

—¿Qué es lo que pasa? —preguntó.

—Eh... —dijo mi padre—. No lo sé. —Estaba lo bastante distraído como para no ver un semáforo en ámbar, y cuando se puso en rojo tuvo que dar un frenazo para no meterse en la intersección. Miró nervioso los coches a nuestro alrededor, y dijo:

—Hoy tengo problemas para conducir.

Empecé a preocuparme de que fuera a darle un infarto o una embolia o algo así, pero antes de expresar mi preocupación, noté que había algo a mis pies, justo al lado de mi mochila. Era metálico y tenía una forma rara, pero eso era solo a causa del sitio en que estaba. En realidad se trataba de un objeto bastante común, solo que es algo que uno no espera encontrarse en el suelo. Solo después de cogerlo comprendí lo que era.

—¿Papá...?

Él me miró, vio lo que yo tenía en la mano, y al reconocerlo todo su nerviosismo se transformó en una breve carcajada.

—Bueno, eso lo explica todo, ¿no?

Mackenzie se inclinó hacia delante para ver.

—¿Qué es?

Se lo enseñé:

—El espejo retrovisor —le dije.

Mi padre aparcó a la orilla de la carretera para hacerse a la idea de conducir sin poder ver de inmediato lo que pasaba a su espalda.

Recuerdo que miré la almohadilla adhesiva del parabrisas, de la que debería colgar el espejo, y que negué con la cabeza como si mi padre fuera un inútil.

—¿Cómo no te has dado cuenta de que faltaba?

Mi padre se encogió de hombros:

—Conducir es algo automático —dijo—. Uno no se da cuenta de esas cosas. Lo único que notaba era que había un problema...

No lo entendí aquel día, pero esa sensación, la de saber que pasa algo pero no ser capaz de identificar el problema, es algo a lo que he llegado a habituarme. La diferencia es que yo no he podido encontrar nada tan sencillo y tan evidente como un retrovisor tendido a mis pies.

# 54

## HACER LO QUE HAY QUE HACER

Me quedo mirando los deberes, incapaz de levantar un dedo para realizarlos. Es como si el bolígrafo me pesara mil toneladas. O como si estuviera electrificado. Eso es... está electrificado, y si lo toco me matará. O el papel me cortará una arteria. Los cortes hechos por el papel son los peores. Tengo razones legítimas para no hacer los deberes. Miedo a la muerte. Pero la mayor razón de todas es que mi mente no quiere ponerse. Está en otros lugares.

—¿Papá...?

Nos acercamos a «esa época del año», y mi padre está sentado ante la mesa de la cocina con su portátil, estresado y trastornado por el nuevo código impositivo, y por la caprichosa colección de recibos de algunos clientes.

—¿Sí, Caden?

—Está ese chico del instituto que me quiere matar.

Me mira a mí, dentro de mí y a través de mí. Odio que haga eso. Vuelve a mirar al portátil, respira hondo y lo cierra.

Me pregunto si lo hará para ocultarme algo. No, no puede ser. ¿Qué me iba a ocultar? Es una locura. Aun así...

—¿Es el mismo chico de la otra vez?

—No —le digo—. Es otro distinto.

—Otro distinto...

—Sí.

—Un chico distinto.

—Sí.

—Y piensas que te quiere matar.

—Matarme. Sí.

Mi padre se quita las gafas, y se pellizca el puente de la nariz.

—Vale. Vamos a hablar de eso. Vamos a hablar de esas cosas que sientes...

—¿Cómo sabes que solo es una cosa que siento? ¿Cómo sabes que no ha hecho algo ya? ¡Algo malo!

Vuelve a respirar hondo.

—¿Qué ha hecho, Caden?

Empiezo a hablar más alto, no puedo evitarlo.

—No es lo que ha hecho... ¡es lo que va a hacer! ¡Puedo verlo en él! ¡Lo sé! ¡Lo sé!

—De acuerdo, pero tranquilízate.

—¿No me estás escuchando?

Mi padre se levanta, tomándose por fin esto con la seriedad debida.

—Caden, tu madre y yo estamos preocupados.

—Bien, eso es bueno, ¿no? Tenéis motivos. Porque él podría ir también a por vosotros.

—No por él —dice mi padre—. Estamos preocupados por ti. ¿No lo entiendes?

Mi madre entra por detrás, y me da un susto. Mi hermana viene con ella.

Mis padres se miran a los ojos, y es como leerse la mente. Puedo notar sus pensamientos como balas disparadas a través de mí: de mi padre a mi madre y otra vez a mi padre. Un pimpón mental a través de mi alma.

Mi madre se vuelve hacia mi hermana:

—Vete a tu cuarto.

—No, yo quiero quedarme.

Mi hermana pone una cara a juego con su voz lastimera, pero mi madre no cede.

—No me discutas: ¡sube!

Mi hermana deja caer los hombros y sube la escalera pisando fuerte, exagerando cada pisada. Ahora estoy a solas con mis padres.

—¿Qué sucede? —pregunta mi madre.

—¿Recuerdas lo que te conté? ¿Lo del chico del instituto? —dice mi padre, dejando muy claro que no les puedo contar a ninguno de ellos nada esperando que no se lo cuenten al otro. Le doy a mi madre los detalles, y ella los sopesa un poco distinto a mi padre.

—Bueno, tal vez tengamos que investigar esto. Enterarnos por nosotros mismos sobre ese chico.

—¿Ves?, eso es lo que estoy diciendo. ¡Investigar! —Me siento ligerísimamente aliviado.

Mi padre abre la boca como si fuera a decir algo, pero la vuelve a cerrar, reconsiderando lo que debe hacer.

—Vale —dice después—. Estoy a favor de hacer lo que hay que hacer, pero...

No llega a terminar la frase. Lo que hace es entrar en la sala y arrodillarse ante la estantería.

—¿Dónde está el anuario del curso pasado? —pregunta—. Vamos a echarle un vistazo a ese chico.

Y ahora que me creen, me siento mejor. Pero no realmente. Porque sé que no me creen. Solo están haciendo gestos para tranquilizarme. Para hacer que sienta que están a mi lado. Pero no están a mi lado. Son como la señora Sassel y mis profesores y los compañeros que me miran con malas intenciones. Es como si no fueran mi padre y mi madre, sino solo unas máscaras, y yo no supiera lo que había detrás de esas máscaras. Sé que no puedo contarles nada más.

# 55

## LA PLAGA

Lo que una vez había pensado que eran ratas en la cubierta del barco no eran ratas en absoluto. Aunque preferiría que lo fueran.

—Son un incordio —me dice Carlyle, mientras hace lo que puede por sacarlos de los rincones y echarlos de la cubierta. Escapan del agua jabonosa. No les gusta que los mojen, ni que los limpien. Pero cuando uno piensa que ya se ha deshecho de ellos, aparecen más en la cubierta. Algunos barcos están infestados de roedores. Otros de cucarachas. El nuestro está infestado de cerebros de distintos tamaños. Los más pequeños son como una nuez, los más grandes como un puño.

—Esos malditos se escapan de la cabeza de los marineros cuando están dormidos, o cuando no prestan atención, y se asilvestran. —Carlyle ataca con el mocho a una tanda asustadiza, y estos se escapan correteando sobre unas patitas dendríticas de color morado.

—Cuando llegue el día de sumergirse —me dice Carlyle—, quisiera asegurarme de que no queda en la cubierta ni un solo cerebro de estos para estropear las cosas.

—Si son cerebros de miembros de la tripulación, ¿por qué son tan pequeños? —pregunto.

Carlyle suspira con tristeza:

—O bien no los han usado, y se les han atrofiado, o los han usado demasiado, y los han consumido. —Mueve la cabeza hacia los lados en señal de negación—. ¡Menudo desperdicio!

Hunde el mocho en el caldero de agua jabonosa y lo mete por los rincones oscuros, haciendo salir a los desventurados cerebros de sus escondrijos, y echándolos a la mar por los desagües del barco. Encuentra uno pequeño que se agarra a las greñas del mocho, y tiene que golpear este contra la borda para desprenderlo.

—No hay manera de acabar con ellos. Pero tengo que echarlos del barco antes de que críen.

—Y... ¿qué les sucede a los marineros que se han quedado sin cerebro? —pregunto.

—Bueno, el capitán encuentra algo con lo que rellenarles la cabeza, y después se van tan contentos como unas pascuas.

Pero a mí la cosa no me parece para estar tan contento.

# 56

## LAS ESTRELLAS TIENEN RAZÓN

Estamos a mitad de la noche. Yo me encuentro de pie, por encima de Calíope, en la punta de la proa, y me embarga un feo presentimiento. Algo así como la sensación que tiene uno cinco minutos antes de darse cuenta de que va a vomitar. Hay una tormenta en el horizonte. Los rayos iluminan las nubes distantes en imprevisibles estallidos, pero están demasiado lejos para oír los truenos. La mar está demasiado brava esta noche para dejarme caer en brazos de ella. Y ella tiene que gritar fuerte para que la pueda oír.

—El capitán no se equivoca del todo al pensar que soy mágica —me dice—, porque veo cosas que no ve nadie.

—¿Cosas en la mar? —le pregunto—. ¿Cosas debajo de las olas?

—No: yo proyecto los ojos hacia el horizonte. Veo el futuro en las estrellas que cabalgan el horizonte. No solo un futuro, sino todos los futuros posibles al mismo tiempo, y no sé cuál es el de verdad. Es una maldición ver todo lo que podría suceder pero no saber nunca lo que sucederá.

—¿Cómo puedes ver nada en las estrellas? —le pregunto—. Las estrellas están todas equivocadas.

—No —me dice ella—. Las estrellas tienen razón. Es todo lo demás lo que está equivocado.

# 57

## QUÍMICA ENTRE TÚ Y YO

Max y Shelby ya no vienen a nuestras sesiones de creación lúdica. Max ni asoma por aquí, pese a que mi casa ha sido para él como un segundo hogar. Hasta me evita en el instituto. Shelby, por otro lado, hace un esfuerzo para conversar, pero dudo de sus motivos. Si de verdad tuviera ganas de hablar conmigo, no sería tan forzado. ¿Qué es lo que se trae entre manos? ¿Qué le dice a Max sobre mí cuando yo no estoy cerca? Estoy seguro de que han encontrado a otro artista para el juego. Me asestarán la noticia en cualquier momento. O no me dirán nada.

Shelby me acorrala para hablar conmigo. Intenta mantener una conversación intrascendente. Shelby es más de hablar que de escuchar, lo cual normalmente está bien, solo que últimamente a mí no se me da bien lo de escuchar. Más que nada, asiento con la cabeza cuando pienso que es lo que debo hacer, y si es necesario responder, normalmente digo:

—Perdona, ¿qué decías...?

Pero esta vez Shelby no acepta nada de eso. Me hace sentarme en la cafetería, y me obliga a mirarla a los ojos.

—Caden, ¿qué es lo que te pasa?

—Esa parece la pregunta del mes. Tal vez es lo que os pasa a vosotros.

Entonces se inclina hacia mí y baja la voz:

—Escucha, yo conozco estas cosas. Mi hermano empezó a beber en décimo curso, y eso estuvo a punto de acabar con él. Yo podría haber hecho lo mismo, pero vi lo que le pasaba.

Yo me separo un poco:

—Yo no bebo, ¿vale? Puede que una cerveza en una fiesta una vez cada tantas, ya sabes, pero nada más. No me emborracho.

—Bueno, sea lo que sea, me lo puedes contar. Yo lo comprenderé. Y Max también lo comprenderá, lo que pasa es que él no sabe cómo decírtelo.

De repente, empiezo a hablarle a Shelby pronunciando mucho las consonantes:

—¡Estoy bien! No estoy haciendo nada. No estoy fumando crack, no esnifo Ritalín ni chupo el gas de las latas de nata batida ni me chuto el desatascador del fregadero.

—Vale —dice Shelby, sin creerme ni por un instante—. Cuando tengas ganas de hablar, puedes contar conmigo.

# 58

## EL CHAVAL DE LOS CABEZAZOS

Me acuerdo de aquel chaval que conocí allá en segundo curso. Cuando se ponía furioso, se daba cabezazos contra la pared o la mesa, contra cualquier cosa que tuviera cerca y a la que pudiera darle cabezazos. Todos pensábamos que era divertido, así que intentábamos ponerle furioso a la menor ocasión, solo para ver cómo se daba cabezazos. Yo era tan culpable como los demás. El profesor lo cambiaba de sitio en el aula, esperando encontrar un lugar donde se encontrara bien. Al final lo puso a mi lado. Recuerdo que una vez le agarré el lápiz mientras resolvía problemas de matemáticas, y lo hice con tanta fuerza que se rompió la mina. Se puso furioso, pero no tanto. Me lanzó una mirada asesina y se fue a afilar el lápiz. Cuando regresó esperé un minuto, y entonces le tiré de la hoja, de manera que el lápiz trazó una raya por todo el papel. Se puso furioso, pero no lo suficiente. Así que esperé otro minuto, y entonces le di una patada a su pupitre lo bastante fuerte para tirarle el libro de matemáticas, que salió despedido de la mesa, al suelo. A la tercera fue la vencida. Me miró con ojos de loco, y recuerdo que pensé que había ido demasiado lejos. Se pondría furioso conmigo, y sería culpa mía. Pero en vez de eso, empezó a pegarse cabezazos contra el pupitre. Todo el mundo se partía de la risa y el profesor tuvo que sujetarlo para impedir que siguiera haciéndolo.

El caso es que nunca lo vi como a una persona, solo como un objeto de diversión cómica. Pero un día lo encontré en el patio de recreo. Jugaba solo. Parecía bastante contento, y pensé que su extraño comportamiento lo había dejado sin amigos. Tan sin amigos que no conocía nada mejor. Hubiera querido ir a jugar con él, pero tenía miedo. No sé de qué. Tal vez de que fuera contagioso lo de pegarse cabezazos. O lo de no tener amigos. Me gustaría saber dónde está hoy, para poder decirle que comprendo cómo era la cosa. Y lo fácil que es encontrarte solo de repente en el patio de recreo.

# 59

## HOMBRE EN LLAMAS

Nunca he faltado a clase. Faltar sin permiso supone que te castiguen a quedarte después de clase o algo peor. No soy de ese tipo de chicos. Pero ¿qué remedio me queda ahora? Las señales están ahí. Por todas partes, a mi alrededor. Sé que va a ocurrir. Y sé que será malo. No sé qué va a ser ni de qué dirección llegará, pero sé que traerá desgracia, lágrimas y dolor. Horrible. Horrible.

Ahora hay un montón. Chicos con ideas malvadas. Me los cruzo en el pasillo. Empezó con uno, pero se ha extendido como una epidemia. Como un hongo. Se envían uno al otro señales secretas cuando se cruzan entre clases. Están tramando algo, y sé que yo soy el objetivo. El primero de muchos. O tal vez no sean los alumnos. Tal vez sean los profesores. No hay manera de estar seguro. Pero sé que las cosas se calmarán si yo no estoy en el medio. Sea lo que sea lo que están planeando, no ocurrirá si yo me voy. Puedo salvar a todo el mundo si me voy.

Suena el timbre. Salgo corriendo de clase. Ni siquiera sé qué clase era. Hoy el profesor estaba hablando lengua circense. Hoy los sonidos y las voces llegan apagados por un miedo líquido tan insoportable que nadie se enteraría aunque me ahogara en las aguas, hundiéndome hasta las profundidades de una fosa sin fondo.

Mis pies quieren llevarme a mi siguiente clase por la fuerza de la costumbre, pero hay otra fuerza más poderosa que ahora obliga a mis pies a salir por la entrada principal del instituto, mientras mis pensamientos corren delante de mí como un hombre en llamas.

—¡Eh! —grita un profesor, pero es una queja impotente, incompetente. Yo ya estoy fuera, y nadie me puede detener.

Corro por la calle. Tocan las bocinas. No me atropellarán. Con la mente, curvo los coches en torno a mi cuerpo. ¿Oís cómo se quejan los neumáticos? Soy yo el que lo hace.

Hay una fila de tiendas que llegan en diagonal hasta el instituto: restaurantes, tienda de mascotas, un puesto de rosquillas. Yo estoy libre, pero no. Porque puedo sentir la nube de ácido detrás de mí. Algo malo, algo malo. No en el instituto, no. ¿Qué estaba pensando? No era en el instituto. ¡Era en casa! Ahí es donde va a ocurrir. A mi madre, o mi padre, o mi hermana. El incendio los atrapará. Un francotirador les disparará. Un coche perderá el control y se empotrará en la sala de estar de nuestra casa, pero no será un accidente. O tal vez sí. No puedo estar seguro, lo único de lo que estoy seguro es de que ocurrirá.

Tengo que avisarles antes de que sea demasiado tarde, pero cuando saco mi móvil veo que tiene la batería agotada. ¡Me han agotado la batería! ¡Quieren impedir que avise a mi familia!

Corro de un lado para el otro sin saber qué hacer, hasta que me encuentro en un rincón, rogando a todo el que pasa que me deje su móvil. La mirada que me dirigen (miradas sin vida) me deja helado. Me ignoran, o se apresuran a alejarse, porque quizá ven esta lanza de terror que me atraviesa el cráneo y me llega hasta el alma.

# 60

## LAS COSAS QUE DICEN

El pánico ha remitido. La insoportable sensación de que algo horrible está a punto de suceder se ha apaciguado, aunque no se ha ido del todo. Mis padres no saben que me he ido del instituto antes de la hora. El instituto ha realizado una llamada automatizada en la que informa de que «Kah+den Boosh» (porque la voz pregrabada no es capaz de pronunciar bien mi nombre) ha faltado a una o más clases. La borro del buzón de voz.

Me acuesto en la cama, intentando sacar algo en claro del caos, examinando el cenicero misterioso que contiene los restos de mi vida. No puedo controlar estos sentimientos. Ni quiero pensar en estas cosas. Pero los pensamientos están ahí, como regalos de cumpleaños indeseados y feos que uno no puede devolver.

Hay ideas en mi cabeza, pero no parecen completamente mías. Son casi como voces. Me dicen cosas. Hoy, cuando miro por la ventana de mi cuarto, las voces-pensamiento me dicen que las personas que van en un coche que pasa me quieren atacar. Que el vecino que está comprobando la tubería del aspersor no está buscando en realidad una fuga. Los aspersores son en realidad serpientes disimuladas, y él las está entrenando para devorar las mascotas del vecindario, lo cual tiene cierto sentido, pues le he oído quejarse de los ladridos de los perros. Las voces-pensamiento son divertidas, además, porque yo nunca sé lo que van a decirme. Algunas veces me hacen reír, y la gente se pregunta de qué me estoy riendo, pero yo no quiero decírselo.

Las voces-pensamiento me dicen que debería hacer algo: «Ve y arranca los aspersores del vecino, mata a las serpientes». Pero yo no les hago caso. No voy a destrozar algo que es propiedad ajena. Sé que no son realmente serpientes. «¿Ves ese fontanero que vive en esta misma calle?», me dice la voz-pensamiento. «En realidad es un terrorista que está haciendo bombas caseras. Cógele el camión y aléjate con él. Despéñalo por un barranco». Pero eso tampoco voy a hacerlo. Las voces-pensamiento pueden decir un montón de cosas, pero no pueden obligarme a hacer nada que realmente no quiera hacer. Aun así, eso no les impide atormentarme, obligándome a pensar en hacer esas cosas terribles.

—Caden, ¿sigues despierto?

Levanto la mirada y veo a mi madre en la puerta de mi cuarto. Fuera está oscuro. ¿Cuándo ha oscurecido?

—¿Qué hora es?

—Casi medianoche. ¿Qué haces levantado todavía?

—Pensar en cosas.

—Últimamente te pasas el tiempo haciendo eso.

Me encojo de hombros.

—Hay muchas cosas en las que pensar.

Ella apaga la luz:

—Duerme un poco. Sea lo que sea lo que tienes en la cabeza, lo verás más claro por la mañana.

—Sí, estará más claro por la mañana —le digo, aunque sé que todo estará igual de turbio.

Entonces ella se queda vacilando en el umbral de la puerta. Me pregunto si se irá si finjo que me estoy durmiendo, pero no lo hace.

—Tu padre y yo creemos que quizá sería buena idea que hablaras con alguien.

—No quiero hablar con nadie.

—Lo sé. Eso es parte del problema. Pero quizá sería más fácil para ti hablar con alguien distinto. No conmigo ni con tu padre, sino con alguien nuevo.

—¿Con un loquero?

—Con un terapeuta.

No la miro. No quiero mantener esta conversación.

—Sí, claro. Lo que queráis.

# 61

## COMPRUEBE EL CEREBRO

Los motores de automóvil no son tan complicados. Lo parecen cuando uno no sabe mucho de ellos, con todos esos tubos y cables y válvulas, pero en realidad el motor de combustión apenas ha cambiado desde que se inventó. Los problemas que tiene mi padre con los coches no se reducen a la caída de espejos retrovisores. Básicamente, él no sabe nada de coches. Lo suyo son los números y las matemáticas, los coches sencillamente no son lo suyo. Dadle una calculadora y cambiará el mundo, pero cuando se estropea un coche, y el mecánico le pregunta qué ha pasado, su respuesta es un: «Se ha estropeado». La industria del automóvil adora a las personas como mi padre, porque eso significa que pueden hacer un montón de dinero con reparaciones que el coche tal vez no necesite. Eso a mi padre le fastidia infinitamente, pero lo racionaliza pensando: «Vivimos en una economía de servicios. Todos tenemos que contribuir a ella». No es que los fabricantes de coches sean de mucha ayuda. Me refiero a que, con la moderna tecnología, uno podría esperar que los coches pudieran diagnosticarse su propio problema, pero no, lo único que dice el salpicadero es un estúpido «COMPRUEBE EL MOTOR», con una lucecita que se enciende siempre que hay algún problema, lo cual demuestra que los automóviles son más orgánicos de lo que pensamos. Evidentemente, han sido modelados en el cerebro humano.

La lucecita del «COMPRUEBE EL CEREBRO» se puede iluminar de varias maneras, pero el problema está en que el conductor no puede verla. Es como si la lucecita estuviera puesta en lugar para posar el vaso del asiento de atrás, debajo de una lata de refresco que lleva un mes allí olvidada. Nadie la ve salvo el que vaya en los asientos de atrás, y eso solo si la busca, o cuando la luz brilla tanto y emite tanto calor que derrite la lata y de paso incendia el coche entero.

# 62

## MÁS VIVO DE LO QUE PENSÁIS

—Tenéis mucho que aprender —dice el capitán, paseando por la cobreada cubierta, sujetándose las manos a la espalda. El almidonado uniforme de lana que lleva ahora está empezando a resultar casi tan natural en él como el anterior atuendo de pirata. Ahora hasta lo lleva de manera diferente. Con majestuosidad. El hábito hace al monje.

Mientras hace sus rondas, se asegura de que todo el mundo está ocupado en su particular y trivial actividad. Hoy mi cometido es ser su sombra: observar y aprender.

—Los descubrimientos marinos requieren más que el conocimiento marítimo normal —pontifica el capitán—. Requieren intuición. Impulsividad. Locura tanto como fe. ¿Me seguís la corriente?

—Sí, señor —le digo.

—Respuesta equivocada —me suelta—. No hay que seguir las corrientes porque puede uno atrapar una gripe.

—Entonces salta a la escalerilla de cuerda, a modo de tela de araña, que asciende al palo mayor—. Subid conmigo por los flechastes. —Trepa por las cuerdas, y yo voy detrás de él.

—¿Vamos a la cofa? —le pregunto.

—Por supuesto que no —responde él, ofendido por la pregunta—. Solo ascendemos a las velas. —Ascenderemos lo suficiente para tocar con la mano la vela mayor—. Quiero enseñaros un secreto —dice. Entonces se saca un cuchillo de la chaqueta y acuchilla la vela, haciendo un corte de treinta centímetros. El viento pasa a través de él, abriéndolo como si fuera un ojo.

—¿Para qué habéis hecho eso?

—Observad —dice el capitán.

Miro la vela estropeada... y veo cómo se repara ella sola poco a poco. La vela se cura como una membrana, hasta que lo único que queda del desgarro es una leve cicatriz, donde había estado el desgarro, de un color beis ligeramente más oscuro que el resto del lienzo.

—Este barco está más vivo de lo que pensáis, muchacho. Siente el dolor. Y se le puede hacer una herida, pero esa herida, también, puede curarse.

Agarrado a la escalera de cuerda, me sacude un escalofrío que no tiene nada que ver con el viento que ruge.

—¿Y le duele a Calíope? —pregunto.

El capitán vuelve los ojos hacia mí:

—No lo sé. ¿Cómo es que sabéis su nombre?

Me doy cuenta del error que he cometido. Pero puede que sea una de esas locuras que cuentan con la aprobación del capitán.

—La tripulación habla —le digo. Lo cual es verdad, así que no estoy diciendo ninguna mentira. Aun así, el capitán parece que recela.

—Es importante saber si ella siente o no el dolor del barco. Es una pregunta para la cual me encantaría recibir una respuesta.

—Lo tendré en mente —le digo. Me pregunto si está dándome permiso para hablar con ella, o si me está tendiendo una trampa para descubrir si lo he hecho.

# 63

## GENTE QUE NO CONOZCO EN SITIOS QUE NO PUEDO VER

—Yo lo siento todo —me dice Calíope una noche, cuando descanso en sus brazos metálicos suspendido por encima de una mar en calma—. Siento no solo las velas, sino también el casco. No solo el barco, sino también la mar. Y no solo la mar, sino también el cielo. Y no solo el cielo: también las estrellas. Lo siento todo.

—¿Cómo puede ser eso?

—No espero que lo comprendáis. Y sin embargo lo hago.

—Yo también tengo conexiones —le digo—. A veces siento lo que sienten por dentro las personas que están conmigo. Creo que sé lo que piensan. Y si no lo que piensan, al menos cómo lo piensan. Hay ocasiones en que estoy seguro de estar ligado a personas que están al otro lado del mundo. Personas a las que no he conocido nunca. Me parece que las cosas que hago les afectan. Me desplazo hacia la izquierda, y ellos se desplazan hacia la derecha. Yo trepo, y ellos se caen de un edificio. Sé que es verdad, pero no puedo demostrar lo que le ocurre a gente que no conozco en lugares que no conozco.

—¿Y cómo os sentís por eso?

—Me resulta al mismo tiempo maravilloso y terrible.

Dobla el cuello para mirarme a los ojos, en vez de mirar hacia el horizonte. Es un movimiento más difícil para ella que plegar los brazos para sujetarme. Oigo el chirrido del cobre al doblarse:

—Entonces no somos tan distintos —dice.

Y entonces sé, por primera vez, que he traspasado su soledad. Y ella la mía.

# 64

## SI LOS CARACOLES HABLARAN

El doctor tiene un doctorado en psicología por la Universidad Americana, algo que para mí suena demasiado genérico para ser real. Un diploma enmarcado cuelga orgullosamente en la sala de espera, encima de un ficus puesto en una maceta, que tiene las hojas demasiado verdes para ser reales, también.

—Me gustaría que sintieras que puedes hablar conmigo de cualquier cosa —dice el médico, hablando con voz tranquila y con una cadencia de deliberada lentitud, igual que hablaría un caracol si los caracoles hablaran—. Cualquier cosa que me digas o que hagas aquí quedará en la más estricta confidencia, a menos que quieras que yo lo cuente.

Suena como si un policía me estuviera leyendo mis derechos.

—Sí. En confidencia. Comprendo.

Lo comprendo, pero no me lo creo ni por un instante. ¿Cómo puedo confiar en un terapeuta si hasta la planta de su sala de espera es una mentira? Ahí es donde están ahora mis padres. Están en la sala de espera hojeando ejemplares de *Psychology Today* y de *FamilyFun*, y hablando de mí. Han estado aquí, en la consulta, con el médico de la palabra y conmigo durante los primeros minutos. Yo pensaba que ellos le lanzarían rápidamente un listado completo de todas las cosas que he estado haciendo, pero parecían incómodos cuando intentaban hablarle de mí a un extraño.

—El comportamiento de Caden está siendo algo... —Mi padre se esforzaba por encontrar las palabras—: fuera de lo ordinario.

Me pareció que tanto él como mi madre se sintieron aliviados cuando el médico les pidió que salieran de la sala.

—Bueno —dice el doctor de la palabra ahora que estamos solos—: fuera de lo ordinario. Podríamos empezar por ahí.

Sé que aquí tengo que hablar con lógica. Siento como si mi vida entera dependiera de que hablara con lógica. Este hombre no me conoce. No puede ver dentro de mí. Solo tendrá de mí lo que yo le dé.

—Mire —le digo—, mis padres tienen buena intención, y sé que piensan que me están ayudando, pero se trata de su problema, no del mío. Están totalmente estresados y son sobreprotectores. Usted los ha visto, ¿no? Están tan nerviosos que me ponen nervioso a mí.

—Sí, veo que tienes ansiedad.

Intento dejar de mover las manos, y mantener los talones firmes en el suelo. Solo lo consigo en parte.

—Dime —dice él—, ¿tienes problemas para dormir?

—No —respondo. Es verdad. No tengo problemas para dormir, porque sencillamente no duermo. En absoluto.

—¿Y cómo te van las cosas en el instituto?

—El instituto es el instituto.

Permanece en silencio tanto rato que resulta doloroso. No lo puedo soportar. Empiezo a juguetear con todo lo que está al alcance de mis dedos. Alargo la mano hacia un pequeño cactus que está en la mesa, a mi lado, para ver si también es falso, pero es real, y me pincho en el dedo. Él me entrega un clínex.

—¿Qué te parece si hacemos algunos ejercicios de relajación? —sugiere el doctor, aunque sé que solo es una sugerencia en la forma—. Échate hacia atrás, y cierra los ojos.

—¿Por qué?

—Esperaré hasta que estés listo.

A regañadientes, me inclino hacia atrás y obligo a mis párpados a cerrarse.

—Dime, Caden, ¿qué es lo que ves cuando cierras los ojos?

Mis párpados vuelven a abrirse de repente:

—¿Qué clase de pregunta imbécil es esa?

—No es más que una pregunta.

—¿Qué se supone que tengo que ver?

—Nada en particular.

—Bueno, eso es lo que veo: nada en particular.

Estoy de pie ahora. No recuerdo que estuviera de pie. No recuerdo cuándo empecé a caminar por la consulta.

La sesión se alarga durante una tortuosa eternidad que comprende otros veinte minutos. No llegamos a hacer los ejercicios de relajación. No llego a responder a su pregunta. No llego a cerrar los ojos por miedo a tener que decirle, que decirme a mí mismo, lo que hay ahí. Lo que hacemos es jugar al ajedrez, aunque no tengo la paciencia para pensar en mis jugadas, así que juego mal a propósito para terminar lo antes posible.

Cuando es tiempo de irse, les dice a mis padres que deberíamos programar sesiones semanales, y que quizá, solo quizá, deberían pensar en hacerme ir a ver a alguien que pueda recetar medicamentos.

Ya sabía yo que él era falso.

# 65

## LA OSCURIDAD QUE ESTÁ MÁS ALLÁ

¿Que qué veo cuando cierro los ojos? A veces hay una oscuridad allí que va más allá de cualquier cosa que pueda describir. A veces es algo glorioso, y a veces aterrador, y raramente sé lo que va a haber. Cuando es glorioso, quiero vivir en ese lugar, donde las estrellas son marcas de una vasta e inalcanzable cáscara, como creían los antiguos. La superficie interna de un párpado gigante. Y cuando abro ese párpado, hay una oscuridad que realmente dura para siempre, pero no es oscuridad en absoluto, es solo que nuestros ojos no tienen modo de ver ese tipo de luz. Si pudiéramos verla, nos cegaría, así que ese párpado nos protege. En su lugar vemos las estrellas, que son el único atisbo que podremos alcanzar de aquella luz.

Y, sin embargo, voy allá.

Dejo atrás las estrellas y penetro en esa luz oscura, y no os podríais imaginar lo que se siente. Terciopelo y regaliz acariciando todos los sentidos. Se derrite en un líquido en el que uno se zambulle. Se evapora en aire que se respira.

¡Y planeas! No necesitas alas porque aquello te sostiene por voluntad propia (por su propia voluntad, que resuena con la tuya) y sientes que no solo puedes hacer cualquier cosa, sino que eres cualquier cosa. Todo. Te mueves a través de todo, y tus latidos se convierten en un pulso de todas las cosas vivas, todas a la vez, y el silencio entre cada latido es la quietud de las cosas que existen pero no viven. La piedra. La arena. La lluvia. Y comprendes que todo es necesario. El silencio debe existir para que haya un latido. Y tú eres tanto una cosa como la otra: la presencia y la ausencia. Y ese conocimiento es tan grandioso que no lo puedes retener, y te empuja a compartirlo. Pero no tienes las palabras para describirlo, y sin las palabras, sin un modo de compartir esa sensación, esta te rompe, pues tu mente no es lo bastante grande para contener lo que estás tratando de meter en ella...

...pero no siempre es así.

A veces la oscuridad que está más allá no tiene nada de gloriosa, es realmente una ausencia absoluta de luz. Una brea que te atrapa, que te necesita, que tira de ti hacia abajo. Te ahogas, pero no. Te convierte en plomo, así que te hundes más aprisa en su viscoso abrazo. Te roba la esperanza e incluso el recuerdo de la esperanza. Te hace pensar que siempre has sentido eso, y que no hay otro lugar al que ir más que abajo, donde lenta pero vorazmente digiere tu voluntad, destilándola en la oscura crudeza de las pesadillas.

Y conoces la oscuridad que hay más allá de la desesperación, tan íntimamente como conoces las alturas por las que planeas. Pues, en este y en todos los universos, hay un equilibrio. Uno no puede tener un lado sin encarar el otro. Y a veces piensas que puedes tomarlo, porque la alegría merece la desesperación, y a veces sabes que no puedes tomarlo y ¿cómo pudiste alguna vez pensar que sí que podías? Y ahí está la danza: la fuerza y la debilidad, la confianza y la desolación.

¿Que qué veo cuando cierro los ojos? Veo más allá de la oscuridad, y es algo inmensamente grande, tanto por encima como por debajo de mí.

# 66

## TU ATERRADORA GRANDEZA

Pero ahora tengo los ojos abiertos.

Y estoy en la puerta de la casa, ni dentro ni fuera, a medio camino entre los dos espacios. Pienso en aquella ocasión en que le dije a Max que estaba fuera de mí mismo. Ahora es más que eso, pues ni siquiera conozco la diferencia entre lo que es parte de mí y lo que no. No sé cómo explicar esa sensación. Soy como la electricidad de las paredes. No... ¡más que eso! Estoy en los cables de alta tensión, viajando a través del vecindario.

Me muevo a la velocidad del rayo a través de todo lo que me rodea. Me doy cuenta de que ya no hay un «yo». Solo el colectivo «nosotros». Y eso me deja sin respiración.

¿Sabéis cómo es eso, lo de estar libre de uno mismo y aterrorizado por ello? Uno se siente al mismo tiempo invencible y en el punto de mira, como si el mundo (como si el universo) no quisiera que tú sintieras esa vertiginosa iluminación. Y sabes que ahí fuera hay fuerzas que quieren aplastar tu espíritu incluso mientras se expande como un gas, llenando todo el espacio disponible.

Ahora las voces son potentes y atruenan en tu cabeza, casi tan potentes como tu madre cuando te llama por tercera vez para que bajes a cenar. Sabes que es la tercera vez incluso aunque no recuerdes haber oído las dos veces anteriores. Incluso aunque no recuerdes haber subido a tu cuarto.

Así que te sientas a la mesa de la cocina y desplazas la comida por el plato, y solo introduces comida en la boca cuando alguien te recuerda que no estás comiendo. Pero no es de comida de lo que estás hambriento. Tal vez sea porque ya no eres tú. Tú eres todo a tu alrededor. Ahora tu cuerpo parece como una concha vacía, así que ¿qué sentido tiene alimentarlo? Tienes cosas más importantes que hacer. Y te dices a ti mismo que tus amigos ya no conectan contigo porque les da mucho miedo tu grandeza. Casi tanto miedo como te da a ti.

# 67

## TODO LO QUE ESTÁ ENTRE UNOS Y LA OTRA

El capitán nos reúne al alba alrededor de la mesa en la sala de mapas. La tormenta todavía se observa en la distancia, no más cerca que la noche antes ni que la noche antes de esa. Se retira conforme nos acercamos nosotros.

A las reuniones de la misión siempre asisten los mismos miembros de la tripulación: el oficial de derrota, el Lector de Huesos, la chica de la gargantilla de perlas, la del pelo azul, y nuestro regordete Experto en Sabidurías. Cada uno de nosotros se ha esforzado por lucirse en su puesto. El oficial de derrota y yo lo tenemos más fácil, pues mis dibujos y sus cartas de navegación están exentos de escrutinio. Los otros, bueno, disimulan. La chica de la gargantilla, nuestra oscura y triste Oficial de Entusiasmo, ha aprendido a fingir comentarios positivos cuando está bajo el ojo cegador del capitán. El Lector de Huesos lee en los huesos que lanza cualquier cosa que piense que le gustaría oír al capitán, y la chica del pelo azul asegura que ha encontrado de todo en los manifiestos de carga triturados de barcos hundidos, desde doblones de oro a banastas llenas de diamantes.

El Experto en Sabidurías, sin embargo, sufre un peligroso acceso de sinceridad.

—No soy capaz —le dice al capitán en la reunión del grupo—. No encuentro pies ni cabeza a todas las runas que aparecen en el libro.

El capitán parece hincharse como una esponja en el agua:

—¡Los pies y la cabeza nos dan igual, lo que queremos es todo lo que está entre unos y la otra! —Entonces el capitán llama a Carlyle, que acechaba en el rincón como siempre hace en estas reuniones, y le ordena—: ¡Pasadlo por la quilla! El Experto en Sabidurías protesta, empezando a respirar con dificultad ante la idea, y el loro sale de no se sabe dónde para ir a posarse en el hombro del capitán.

—¡Que limpie el cañón! —dice el loro—. ¡Hacedle limpiar el cañón!

El capitán echa al pájaro de un golpe, descolocándole varias plumas brillantes, pero el loro ni se inmuta:

—¡El cañón, el cañón!

—Perdonadme, señor —dice Carlyle—, pero tal vez el pájaro tenga razón. Si lo pasamos por la quilla quedará inútil, si no muerto. Y el cañón necesitará una buena limpieza si vamos a luchar con las bestias.

El globo ocular del capitán se posa en Carlyle, furioso ante la insubordinación: un ínfimo grumete cuestionando su orden. Pero contiene la rabia y hace un gesto displicente con la mano:

—Haced como queráis —le dice—. Siempre y cuando el muchacho sufra por su indolencia.

El loro, ahora posado en una lámpara que cuelga del techo, me mira y mueve la cabeza hacia los lados, con tristeza, ante el comentario del capitán. Yo aparto la mirada porque no sé si es bueno o malo ser el foco de la atención del loro, ni cómo podría reaccionar el capitán ante esa atención.

Le toca a Carlyle y los otros dos musculosos tripulantes llevarse a rastras al Experto en Sabidurías, que da patadas y grita ante la perspectiva del cañón, mientras yo me pregunto por qué limpiar el cañón tiene que ser para él casi tan aterrador como si lo pasaran por la quilla. En cuanto se ha ido, el capitán retoma el orden del día.

—Hoy es un día trascendental —nos dice el capitán—, porque probaremos la campana de inmersión y veremos si es acertado el conocimiento de Caden sobre la exploración de las profundidades.

Me entran mareos que no tienen nada que ver con el movimiento del barco.

—Pero... ese no es el tipo adecuado de campana —digo, sintiéndome minúsculo e impotente.

—Tendríais que haberlo pensado antes de hablar —espeta la chica del pelo azul.

—Nos vamos todos a la mierda —añade nuestra Oficial de Entusiasmo.

# 68

## UN GUSANO DENTRO

Así es la cosa: tú conoces la respuesta a todo. Tienes la cabeza tan llena de respuestas que está a punto de reventar. A punto de reventar y de desparramar sus radiaciones mortales contra todos. Y tú serás declarado zona radiactiva durante cientos de años si no puedes liberar ahora algo de presión revelando las verdades que conoces a cualquiera que esté dispuesto a escucharlas. Tienes que mostrarles los cables, las conexiones que ves entre todas las cosas.

Y tienes que compartirlo.

Así que caminas por las calles, y se lo cuentas a personas al azar, comprendiendo que no hay realmente nada de azaroso en ello. La gente te mira extrañada, e incluso en sus miradas puedes ver las conexiones entre tú, ellos y el resto del mundo.

—Puedo ver dentro de usted —le dices a una mujer que saca una bolsa del supermercado—. Tiene usted un gusano en el corazón, pero puede eliminarlo.

Ella te mira y después se vuelve, apresurándose hacia el coche, con miedo por lo que le has dicho. Y tú te sientes mejor. Y no.

Sientes dolor abajo, y te miras los pies. Vas descalzo. Has estado caminando por ahí de esa manera, y eso ha dejado tus pies ampollados, arañados y ensangrentados. No recuerdas cuándo te quitaste los zapatos, pero tienes que haberlo hecho. Y eso también tiene sentido.

Sentido por la manera en que tu carne conecta con la tierra, diciéndole a la gravedad que os retenga a ti y a todos los demás. Y de repente sabes que si te pones zapatos en los pies, el mundo se soltará y todos se verán lanzados al espacio, todo a causa de una fina capa de goma que cortaría tu conexión con la tierra. Porque tú eres la palanca antigravitatoria del mundo. Con todo lo maravilloso que es saber eso, el sobrecogimiento que provoca es aterrador, debido al poder que tienes. Y ese gusano que viste en el corazón de la mujer de algún modo ha penetrado en ti. Lo que sientes no son latidos del corazón, sino el gusano que se abre camino a través de ti y no te puedes sacar del pecho.

Al lado del supermercado hay una agencia de viajes que se esfuerza por sobrevivir en la época en que los viajes se reservan por Internet. Entras por la puerta.

—¡Ayúdenme! —les pides—. El gusano. El gusano. ¡Sabe que lo sé, y por eso me quiere matar!

Pero una mujer vestida con traje de chaqueta y pantalón te saca a empujones por la puerta, con toda brusquedad, gritándote:

—¡Sal de aquí, o llamaré a la policía!

Por algún motivo, eso te hace reír. Tienes los pies sangrando, y eso también te hace reír. Y en el aparcamiento hay un BMW con un faro roto, y eso te hace llorar. Te apoyas contra la pared y te dejas deslizar hasta abajo, hasta formar un ovillo, y el alma se te llena de lágrimas. Piensas en Jonás, quien, después de sobrevivir a la experiencia de ser parcialmente digerido por la ballena, rompió a llorar en lo alto de una montaña cuando la calabaza vinatera que lo protegía del sol fue devorada por un gusano y se secó. Es el mismo gusano. Ahora comprendes las lágrimas de Jonás. Comprendes que, con el sol cayendo de pleno sobre su cabeza, se sentía tan compungido que quería morir.

—Por favor —le dices a cualquiera que pasa cerca de ti—. ¡Por favor, deténgalo...! Por favor, solo deténgalo.

Hasta que una mujer de la tienda de postales, una mujer mucho más amable que la bruja de la agencia de viajes, se arrodilla ante ti.

—¿Hay alguien a quien pueda llamar? —te pregunta en tono bondadoso. Pero la idea de que ella llame a tus padres para que vengan a recogerte es suficiente para hacer que te levantes.

—No, estoy bien —le dices, y empiezas a alejarte. Te dices que estarás bien si puedes encontrar el camino a casa. Allí no te va a tragar ninguna ballena. Lo que te está devorando trabaja de dentro afuera.

# 69

## QUÉ MÁS DA LO QUE QUISIERAIS DECIR

Pasan lista. El cielo está blanco, pero gris el lejano horizonte, chisporroteando leves rayos no solo al frente sino en todas direcciones. El capitán camina por la cubierta superior, contemplando desde arriba a la tripulación, mientras habla sobre la gran importancia de nuestra misión, y la importancia de aquel día en particular.

—Hoy pondremos a prueba la campana de inmersión del marino Caden, y determinaremos de una vez por todas la manera de nuestro descenso.

Tiene aspecto de gran autoridad (aún más ahora, con su uniforme de botones de latón y lana azul), pero la autoridad y la razón son dos cosas distintas.

—¡Eso no es un batiscafo! —grito yo—. ¡No va a funcionar! ¡No me refería a eso cuando dije campana de inmersión!

—Qué más da lo que quisierais decir.

Se necesita más de una docena de hombres para levantar aquella deplorablemente inapropiada réplica de la Campana de la Libertad por encima de la borda. Por supuesto, la campana se hunde como una piedra, y la soga, que ha sido roída por los cerebros asilvestrados, se rompe y deja caer la campana a las profundidades, de las cuales ya no volverá a subir. A la superficie sale una única burbuja, como un eructo.

Y el capitán dice:

—¡Prueba realizada con éxito!

—¿Qué? ¿Dónde ha estado el éxito? —pregunto yo gritando.

El capitán se me acerca lenta, amenazadora y deliberadamente. Sus pisadas resuenan metálicas en la cubierta de cobre.

—Esta prueba —dice— era para refutar vuestra teoría de cómo llegar al fondo de la Fosa. —Entonces grita—. ¡Estabais EQUIVOCADO, mozalbete! Y cuanto antes aceptéis vuestra completa y abrumadora equivocación, antes podréis sernos de utilidad a mí y a esta misión.

Y entonces se va pisando fuerte, muy satisfecho de sí mismo.

Solo después de que se haya ido el capitán, el loro se posa en mi hombro (cosa que raramente hace) y me dice:

—Tenemos que hablar.

# 70

## TIBURÓN DE PLATA

Cuando vas a salir por la puerta, te tropiezas con tu padre en medio del camino.

—¿Adónde vas?

—Por ahí.

—¿Otra vez? —Está en una actitud más contundente que la última vez que me lo preguntó, y no parece dispuesto a apartarse—. Caden: tienes los pies llenos de ampollas de tanto andar.

—Me compraré otras zapatillas mejores.

Sabes que no va a comprender por qué necesitas andar. Es ese movimiento por el mundo lo que impide que explotes. Y lo que mantiene al mundo a salvo. Lo que mantiene tranquilo al gusano. Solo que ya no es un gusano. Hoy es un pulpo que en los tentáculos tiene ojos en vez de ventosas. Se mueve por dentro de ti, por dentro de tu tripa, deslizándose por tus órganos internos, intentando acomodarse por todos los medios. Pero no les vas a contar eso a tus padres, pues te dirían que solo tienes gases.

—Voy contigo —dice él.

—¡No! No hagas eso. ¡No puedes! —Pasas por delante de él y sales por la puerta. Ya estás en la calle. Hoy llevas zapatillas y ahora te das cuenta de que el hecho de llevar zapatillas no impide que la gravedad retenga las cosas pegadas a la tierra. Eso fue una tontería. ¿Cómo pudiste pensar eso? Pero sabes que, si no caminas, sucederá algo terrible en alguna parte, y mañana lo verás en las noticias. Lo sabes sin que te quepa la menor duda.

A tres manzanas de distancia de tu casa vuelves la cabeza y ves el coche de tu padre, que te sigue lentamente, como un tiburón de plata. ¡Ja! Y después se piensan que el paranoico eres tú. Hay algo que funciona muy mal en la cabeza de tus padres si te tienen que seguir cuando sales a caminar. Finges que no has visto el coche. Sigues andando hasta mucho después de que oscurezca. Sin pararte, sin hablar con nadie. Le dejas que te siga por todo el vecindario, y después todo el camino de vuelta.

# 71

## UN ENEMIGO PEOR

Me despierto y veo al loro mirándome desde el pie de la cama. Me sobresalto. Él se me acerca de un saltito. Noto sus garras afiladas en el pecho. Pero no me las clava, solo camina con cuidado por mi manta hecha jirones hasta que su único ojo bueno pasa su mirada de uno de mis ojos al otro, y después otra vez al primero.

—Estoy preocupado por el capitán —dice—. Preocupado, preocupado.

—¿Y yo qué tengo que ver?

El oficial de derrota se mueve en medio de su sueño, y el loro espera a que vuelva a quedarse quieto, y entonces se me coloca aún más cerca. Huelo su aliento a pipas de girasol.

—Me preocupa que el capitán no tenga en cuenta vuestro interés —susurra.

—¿Desde cuándo os preocupáis vos por mi interés?

—Entre bambalinas, entre bambalinas, yo he sido vuestro mayor defensor entre bambalinas. ¿Por qué os creéis que pertenecéis al círculo más próximo al capitán? ¿Por qué os creéis que no os encadenaron a la campana de inmersión cuando la echaron al agua?

—¿Por vos...?

—Digamos que tengo cierta influencia.

No sé si creer al pájaro, pero estoy dispuesto a considerar la posibilidad de que él no sea el enemigo. O al menos no el peor enemigo.

—¿Por qué me decís eso? —pregunto.

—Puede haber una necesidad de...

Entonces empieza a mover la cabeza nervioso, de modo que su cara traza ochos delante de la mía.

—¿Necesidad de qué?

Empieza a caminar por mi pecho. Me hace cosquillas.

—¡Es un asunto feo, un asunto feo! —Se calma, se queda un momento en silencio, y después me mira al ojo izquierdo con el único suyo—. Si el capitán se muestra indigno de la confianza de la tripulación, tengo que saber que puedo contar con vos.

—¿Contar conmigo para qué?

Entonces coloca el pico justo delante de mi oreja:

—Para matarlo, claro.

# 72

## NUESTRA ÚNICA ESPERANZA

Te tiendes en la cama con la camisa quitada. Una fiebre sin fiebre te quema el cerebro. Fuera, llueve como en el Diluvio Universal.

—Malo —farfullas—. Algo malo. Algo malo va a pasar en el instituto porque no he ido.

Tu madre te restriega la espalda como cuando eras pequeño, y dice.

—Y cuando estabas allí, te parecía que algo malo estaba sucediendo en casa.

Ella no lo entiende.

—Es verdad que me equivoqué al pensar que sucedería algo en casa —le dices—, pero esta vez tengo razón. Lo sé, lo sé.

Vuelves la cabeza para mirarla. Tiene los ojos rojos. Quieres pensar que no es de llorar. Que es por falta de sueño. No ha dormido. Ni tampoco tu padre. Ni tú. Llevas dos días sin dormir, tal vez tres. Los dos están faltando al trabajo. Se turnan para cuidar de ti. Tú quieres que te dejen en paz, pero tienes miedo de que te dejen solo, y al mismo tiempo tienes miedo de no estar solo. Te escuchan, pero no te oyen, y las voces de tu cabeza te dicen que tus padres son una parte del problema.

«En realidad ellos no son tus padres, ¿a que no?», dicen las voces. «Son impostores. Tus padres de verdad fueron devorados por un rinoceronte». Tú sabes que eso procede de *James y el melocotón gigante*, uno de tus libros favoritos cuando eras pequeño, pero está todo tan confuso, y las voces son tan persuasivas, que no sabes qué es real y qué no lo es. Sabes que las voces no te hablan al oído, pero tampoco están exactamente en tu cabeza. Es como si te llamaran desde otro lugar al que has accedido por accidente, como un teléfono por el que empiezas a oír una conversación ajena en un idioma extranjero y que, sin embargo, de algún modo, puedes entender. Se quedan allí, al borde de tu consciencia, como las cosas que oyes justo cuando te despiertas, antes de que el sueño se derrumbe bajo el peso aplastante del mundo real. Pero ¿y si el sueño no desaparece al despertar? ¿Y si pierdes la capacidad de ver la diferencia?

Las voces no pueden ser reales, pero se les da muy bien conseguir que lo olvides.

—Me están diciendo que será el fin del mundo si no impido lo que va a ocurrir.

—¿Quién te lo dice? —pregunta tu madre.

Pero no respondes. No quieres que tus padres sepan lo de las voces, así que te limitas a proferir un gemido, y recuerdas todas esas películas en las que una persona es elegida para salvar al mundo. «Tú eres nuestra única esperanza», dicen esas películas. ¿Qué sucedería si aquellos héroes no hicieran frente a su destino? ¿Qué sucedería si se quedaran allí, tendidos en la cama, dejando que su mamá les frotara la espalda? ¿Qué sucedería si no hacían nada? ¿Qué clase de película resultaría?

# 73

## LOS HONORES

El capitán me llama a su camarote. Solos él y yo. Al loro no se le ve por ninguna parte. La última vez que lo vi, estaba en las cocinas del barco, saltando de un hombro al otro y mirando por las orejas de los marineros para asegurarse de que todavía tenían cerebro. Ahora el loro me guiña el ojo cada vez que me ve, para recordarme nuestra conversación secreta.

—¿Confiáis en mí, Caden? —pregunta el capitán.

Si miento se dará cuenta, así que le digo la verdad:

—No —le digo.

Mi respuesta le hace sonreír:

—¡Buen chico! Eso quiere decir que estáis aprendiendo. Estoy orgulloso de vos. Más orgulloso de lo que os podríais imaginar.

Eso me deja de piedra:

—Creí que me odiabais.

—¡Ni mucho menos! —dice él—. Las pruebas por las que os hago pasar son solo para desechar la barcia. Para purificaros. No os confundáis, muchacho: vos sois la mayor baza de esta misión. Todas mis esperanzas están puestas en vos.

No sé muy bien qué responder a eso. Me pregunto si les dirá lo mismo a todos los miembros de la tripulación, pero tengo la sensación de que es sincero.

—La verdad sea dicha, estoy sumamente preocupado por las cosas que suceden en mi barco, muchacho. No por el océano de ahí fuera, sino por las mareas de aquí dentro.

—Entonces se acerca más—. Sé que ella habla con vos. Calíope. Sé que os cuenta cosas que no cuenta a los otros. Esa es la prueba de que vos sois especial, de que sois el elegido.

No digo nada. No quiero decir nada hasta que sepa adónde va a ir a parar.

—Si ella sabe cosas, os las contará a vos.

Entonces comprendo que tal vez me encuentre en una posición en la que tenga un poquito de poder.

—Si ella me cuenta cosas, me las contará en confianza. ¿Por qué iba a traicionar esa confianza contándooslas a vos?

—¡Porque soy vuestro capitán! —Y como no respondo, gruñe y se mueve de un lado para el otro tras la mesa—. O puede que le respondáis al loro. —Aporrea el mamparo con el puño—. ¡Ese pájaro amotinador! ¡Ni siquiera cuando se me posa en el hombro deja por un instante de sembrar la sedición entre los miembros de la tripulación!

Entonces me agarra y me mira de cerca con su ojo bueno, igual que había hecho el loro:

—¿Calíope piensa que habrá un motín? ¿Piensa que vencerá el loro?

No pierdo la calma.

—Se lo preguntaré —le digo.

Se siente aliviado:

—¡Buen chico! Sabía que serías leal. —Entonces susurra—: Cuando llegue el momento, os dejaré hacer los honores.

—¿Qué honores?

Sonríe:

—Los honores de matar al loro.

# 74

## EN DIOS CONFIAMOS

Cuando era pequeño, cada vez que miraba un billete de dólar siempre tenía la extraña sensación de que Washington me miraba a mí. Eso resultaba a la vez divertido y un poco inquietante. Y no era solo Washington. Desde los billetes de diez dólares, me parecía que Hamilton me juzgaba con esa sonrisita suya. Jackson, desde los billetes de veinte, era el peor, con esa frente inquietantemente amplia y esa mirada de superioridad que me acusaba de gastar el dinero a la ligera. Solo Franklin parecía amable, pero como figura en los billetes de cien, no es que yo lo viera demasiado.

Tal vez eso debería haber sido una señal de que me pasaba algo grave. O puede que todo el mundo piense cosas raras y locas como esa. No es que yo pensara que de verdad me estaban mirando, pero tenía esa estúpida idea que me volvía siempre sin un motivo en concreto. Eso nunca me impidió usar el dinero. Al menos hasta hace poco.

Cuando algo va mal, siempre buscamos señales que no supimos interpretar en su momento. Nos convertimos en una especie de detectives que tratan de resolver un crimen, porque pensamos que, si descubrimos las pistas, tal vez eso nos proporcione cierto control de la situación. Por supuesto, no podemos cambiar lo que ha sucedido, pero sí podemos atar suficientes cabos, y podemos ver que, sea cual sea la pesadilla que nos ha acontecido, podríamos haberla evitado si hubiéramos sido lo bastante listos. Supongo que es mejor creer en nuestra propia estupidez que creer que el conocimiento de todas las pistas del mundo no habría podido cambiar nada.

# 75

## CIERRE DE SEGURIDAD

—Nos vamos de viaje —te dice tu padre. Y te das cuenta de que ha estado llorando.

—¿Qué tipo de viaje? ¿Es un crucero?

—Si quieres —dice él—. Pero tenemos que ir. El barco zarpa enseguida.

No puedes recordar la última vez que dormiste. Esto es más que insomnio, es antisomnio: una vigilia vírica tan contagiosa que despertaría a los muertos si te acercaras lo suficiente a ellos. De verdad lo crees. Lo temes. Cada pensamiento que acude a tu cabeza se convierte en una verdad que temer.

Las voces te siguen hablando, pero ellas tampoco han dormido, así que ahora solo rezongan sinsentidos. Sin embargo, tú recoges el sentimiento que está detrás de sus disparates. Esos sentimientos no son buenos. Rebosan premoniciones, amargas advertencias e insinuaciones sobre tu importancia en el universo.

Tú no quieres hacer ese viaje. Tienes que quedarte aquí para proteger a tu hermana. Ahora ella está fuera, con sus amigos, lejos de casa, pero tú deberías estar aquí cuando vuelva. Y entonces miras a tus padres a los ojos, que están inyectados en sangre, y te das cuenta de que ellos también quieren protegerla. Y quieren protegerla de ti.

Ya has montado en el coche. Tus padres hablan, pero sus palabras están tan embrolladas como las voces interiores, y aunque sabes que el coche es solo el fiel Honda de la familia, tus padres, en la parte de delante, empiezan a parecer más y más lejanos. De repente estás en la parte de atrás de una limusina de la cual alguien extrae el oxígeno. No puedes respirar. Intentas abrir las puertas y saltar a la autovía, pero las puertas no se abren. Alguien ha puesto el cierre de seguridad para niños. Gritas y reniegas, y dices las cosas más horribles. Cualquier cosa para hacer que se detengan y te dejen salir, pero no lo hacen. Intentan tranquilizarte. Tu padre apenas puede conducir el coche con el jaleo que estás armando, y te preguntas si esa cosa horrible que tanto te preocupa no será un accidente de coche en el que moriréis todos, y puede que seas tú quien va a provocarlo, así que te llevas las manos a la cabeza en vez de intentar escapar.

Bajáis por una empinada colina. De repente el coche ya no es una limusina, es un ascensor acolchado, y tú vas bajando por la pendiente diagonal de la pirámide negra, penetrando en sus secretas profundidades, más y más hondo bajo tierra.

El vehículo aparca en un aparcamiento al pie de la colina. Un letrero anuncia que se trata de un hospital con vistas al mar, pero es mentira. Todo es mentira.

Cinco minutos después, tus padres están sentados enfrente de una mujer mofletuda con gafas demasiado pequeñas para su cara. Rellenan unos formularios, pero te da igual, porque tú no estás realmente allí. Lo estás observando desde una distancia inalcanzable.

Para conseguir no caminar, te concentras en el acuario. Es un oasis líquido en un desierto de sillas funcionales e incómodas. Pez león, pez payaso, anémona... Un océano condensado y capturado entre cristales. Un niño pequeño golpea una de las paredes con la palma de la mano. Los peces se alejan raudos, pegándose con el morro contra la barrera invisible que contiene su mundo. Tú ya sabes cómo es eso de ser atormentado por algo incomprensible y mucho más grande que tú mismo. Y sabes cómo es eso de querer escapar, pero estar limitado por las dimensiones de tu propio universo personal. Una madre llama al niño en español, y después, como el niño no obedece, se lo lleva tirando de él, y tú empiezas a preguntarte: «¿Yo estoy en el lado de fuera, o de dentro de ese acuario?». Porque las normas del «aquí» y el «allí» ya no tienen un sitio claro en tu cabeza. Tú eres tanto los objetos que te rodean como eres tú mismo. Puede que estés en el acuario con ellos. Los peces pueden ser monstruos, y tú puedes estar a bordo de un condenado navío (un barco pirata, tal vez), inconsciente de la amplitud y la profundidad del peligro sobre el que navega. Y tú te aferras a eso porque, no importa lo aterrador que sea, es mejor que la alternativa. Sabes que puedes hacer ese barco pirata tan real como todo lo demás, pues ya no hay diferencia entre el pensamiento y la realidad.

# 76

## NO HAY MANERA DE EVITARLO

Estoy atrapado en una conspiración de conspiraciones. Por un lado, el loro y yo tramamos un motín. No tanto con palabras como con miradas. Con movimientos de la cabeza. Con guiños clandestinos de su único ojo. Mi obra artística está cuajada de mensajes secretos para él. O al menos así lo cree el loro. Por otro lado, el capitán y yo planeamos la muerte del loro. También él me guiña su único ojo útil, y decora las paredes de sus aposentos con lo que llama «las reveladoras visiones de un capitán triunfante».

—No compartáis con nadie el secreto referente a vuestras creaciones —me susurra—. Daremos de comer el loro a las bestias de las profundidades, como sugieren vuestros dibujos, y nadie se percatará de nada.

Sé que estos dos complots confluirán como la materia y la antimateria, aniquilándome en la explosión, pero no veo salida posible. No hay manera de evitarlo. Es algo que se va acercando con la misma seguridad que las bestias que protegen los misterios del Abismo Challenger.

# 77

## VERTIDO DE PETRÓLEO

Rellenan los impresos del hospital. Queda firmado el trato con el diablo. La señora de mejillas gordas y gafas pequeñas te dirige una mirada de falsa pero practicada bondad.

—Va a ir bien todo, cielo —dice, y tú miras detrás de ti, preguntándote si no le estará hablando a otro. Os llevan a ti y a tus padres a otra ala del hospital, un ala especializada. Tus padres se agarran uno al otro: son un solo ser con cuatro ojos llorones.

Tú piensas que no te parece mal aquello, porque lo sigues viendo todo desde la distancia, hasta que llega el momento en que tus padres se encaminan hacia la puerta, y tú comprendes que no hay distancia ninguna. Tú estás allí y a punto de que te dejen aterradoramente solo. Estás a punto de ser pasado por la quilla, y todas las premoniciones se juntan en una y sabes seguro, sin que quepa la menor duda, que algo terrible te va a suceder a ti, a tus padres, a tu hermana, a tus amigos... pero sobre todo a ti, si ellos se van y te dejan allí solo.

Así que te entra el pánico. Tú nunca has sido violento, pero ahora tu vida depende de que luches para liberarte. El destino del mundo depende que puedas estar en cualquier sitio menos allí.

Pero ellos son astutos. Son taimados. Hombres musculosos vestidos con pijama color pastel salen de no se sabe dónde para caer sobre ti. Te agarran y te sujetan.

—¡No! —gritas—. ¡Seré bueno! ¡No lo haré más! —Ni siquiera sabes a qué te refieres con ese «lo», pero sea lo que sea, lo dejarás de hacer con tal de no quedarte allí.

Oyendo tus súplicas, tus padres dudan en la puerta, como si pudieran cambiar de idea. Pero una enfermera en uniforme rosa pastel se interpone entre tú y ellos.

—Cuanto más se queden —les dice a sus padres—, más duro será para él, y más duro será para nosotros hacer nuestro trabajo.

—¡Me están matando! —gritas—. ¡Me están matando!

—Y nada más que por oírte a ti mismo diciéndolo, se convierte en verdad. Pero tus padres se vuelven y escapan por una serie de puertas que se abren y se cierran como esclusas, saliendo a la noche, que parece haber caído en solo unos segundos, como si hubiera sido de día hasta un instante antes. Ahora piensas que tal vez tuvieras razón. Puede que no sean tus padres, sino unos impostores. La adrenalina te vuelve casi tan fuerte como los tres hombres que te sujetan. Casi. Al final te meten a la fuerza en una sala, y te colocan sobre una cama, y notas un pinchazo en el culo. Te vuelves justo a tiempo de ver una enfermera sacándote una aguja hipodérmica, cuya carga mortal ya ha depositado. En cuestión de segundos, tus brazos y piernas quedan asegurados con correas almohadilladas, y sientes que la inyección empieza a hacer efecto.

—Descansa, cariño, no pasa nada —te dice la enfermera—. Esto te ayudará a sentirte mejor.

Entonces el veneno que te han puesto en el culo te llega al cerebro, y tu mente se expande como un vertido de petróleo sobre la superficie de un océano. Y descubres, por primera vez, la Cocina de Plástico Blanco. Un lugar que volverás a visitar una y otra vez. Una puerta a todos los sitios en que no quieres estar.

# 78

## EL REINO DEL SOL CLEMENTE

Tengo este sueño: estoy tendido en una playa de un lugar en que no hablan mi idioma, o si lo hacen es solo por tantos turistas como hay, gastando dinero que no tienen en cosas que no necesitan, y poniéndose como tomates bajo un sol inclemente.

Pero el sol sí tiene clemencia, sin embargo. Tiene clemencia con todos nosotros: con mi madre, mi padre y mi hermana. Derrama calor y luz sobre nosotros sin ninguna amenaza de consecuencias. No se requiere protector solar.

Aquí todos los sonidos son sonidos de alegría. De risas. De niños jugando. Voces de vendedores de playa que pregonan sus brillantes mercaderías con tanta gracia que la gente no puede resistirse. Turistas felices se alejan adornados de plata y oro, con su nueva joyería tintineando a cada paso como campanillas navideñas.

Mi hermana juega en las suaves olas de color turquesa, buscando conchas. El silbido de las olas que rompen en sus tobillos es un suspiro suave, como si el mar mismo hubiera encontrado una satisfacción permanente.

Mis padres se cogen de la mano y caminan por la playa. Mi padre lleva su sombrero favorito: un fedora blanco de paja que guarda exclusivamente para las vacaciones tropicales, porque en cualquier otra situación parece ridículo. No hablan de impuestos ni facturas, y él no tiene complejos cálculos que realizar. Mi madre va felizmente descalza, y no importa lo mucho que caliente el sol, la arena permanece fresca. Hoy no tiene que limpiarle los dientes a nadie. Los dos caminan con una calma que evidencia que no tienen que ir a ninguna parte.

En cuanto a mí, estoy sentado allí en la playa, disfrutando de la sensación de la arena que me cae entre los dedos de los pies cuando los muevo. En las manos tengo una bebida fría que forma gotitas en las paredes del vaso de tubo producidas por la condensación, gotitas que atrapan la luz del sol y la refractan como en un caleidoscopio. Estoy sentado ahí, en la playa, sin hacer nada en absoluto. Sin pensar en nada. Estoy contento de vivir el instante.

En este lugar no hay cocina, salvo una parrilla situada al exterior, en la misma playa, donde hacen gambas. El aroma es agradable: un incienso carnal, como ofrendas sacrificadas en el fuego al Dios de las Vacaciones Infinitas. En este lugar no hay barco, solo el acicalado yate deportivo que sale de la bahía, empujado por un céfiro domesticado que lo manda a lugares aún más exóticos que este.

Todo parece que está bien en el mundo...

...y lo triste es que yo sé que es un sueño. Sé que terminará pronto, y que cuando lo haga me veré arrojado, despierto, a un lugar donde yo estaré roto, o lo estará el mundo.

Así que maldigo la playa perfecta y la bebida fría que toco con la mano pero que nunca, nunca, me llevaré a los labios.

# 79

## SOMETIDO A SU APROBACIÓN

La consciencia es un concepto relativo cuando uno está atiborrado de medicamentos psicoactivos. No es una proposición tipo «o sí o no». Es como si el punto de contacto entre estar dormido y estar despierto se hubiera convertido en una supernova, explotando y tragándose todo lo que hay a su alrededor como una metralla cósmica. Nada sobrevive salvo la permanente sensación de estar en otra parte. Un lugar donde el tiempo no es una línea recta y predecible, sino algo más parecido a los cordones anudados de los zapatos de un niño pequeño. Un lugar donde el espacio burbujea y se retuerce como un espejo en cuatro dimensiones en esa casa de la risa que hay en algunas ferias. Y donde todo el mundo es un payaso terrorífico. Tú eres la pequeña figura sin rostro que cae a través de un mundo de oscuridad y materia al comienzo de la serie *En los límites de la realidad*, pensamientos como nubecillas de algodón saliendo de tu oblonga cabeza.

Rod Serling tuvo que estar severamente psicótico cuando se le ocurrió aquel programa.

# 80

## BABOSA EN SAL

A veces te das cuenta de que estás en una cama de hospital. A veces estás convencido de que es la Cocina de Plástico Blanco. Y otras veces estás seguro de que te han cosido a las infladas velas de un barco. El mareo es real, y algunas de las caras también lo son, pero es cuestión de buena suerte acertar cuáles son las reales, y saber cuál es su verdadero aspecto. Esas caras te dicen que solo estás «sujeto» esa primera noche en que diste la impresión de ser violento, pero aún parece como que estás atado a la inflada cama.

La gente viene y se va, te habla, y tú te oyes respondiendo, aunque no sientes que tus labios hayan pronunciado las palabras. Tampoco sientes los dedos de las manos ni de los pies.

—¿Cómo te encuentras?

Eso te lo preguntan muchas veces. O tal vez solo te lo han preguntado una, y las otras veces hayan sido ecos nada más.

—Caracol en sal —te oyes decir con una dificultad para hablar inducida por los medicamentos—. Creo que me he hecho pis.

—No te preocupes por eso. Ya nos encargaremos.

Piensas que tal vez te pongan uno de esos pañales para adultos, y después comprendes que seguramente te los han puesto ya, pero realmente no lo sabes, y tampoco quieres averiguarlo. Quieres encerrarte en tu concha de caracol, entrando en su espiral más y más adentro, pero comprendes que no tienes ninguna concha. Eres más babosa que caracol. No cuentas con ninguna protección. A través de todo ello, las voces siguen hablándote en tu cabeza, pero están demasiado aturdidas para tener mucho impacto, y te das cuenta de que esto no es muy distinto de la quimioterapia que se utiliza contra el cáncer. Bombardean el cuerpo entero con porquerías, esperando que derroten a la enfermedad y que el resto quede vivo. La cuestión es: ¿el veneno matará las voces, o simplemente las enfurecerá más, mucho mucho más?

# 81

## LA GUERRA DE LOS ARCHIENEMIGOS

—Hoy —dice el capitán con su tono más autoritario— compartiré con vosotros una historia de estas aguas para la cual no necesito la verificación de un Experto en Sabidurías, pues esta me la sé de memoria.

El loro, precavido, se aparta por si acaso, tal vez porque no quiere que lo asocien con nada de lo que diga el capitán.

—La historia empieza con un gran capitán de nombre Ahab —nos dice—, y termina con otro capitán llamado Nemo. Y yo, aunque sé que me arriesgo a recibir otra marca en la frente o algo peor, comento:

—Perdonadme, pero creo que esos dos personajes de ficción no se conocieron nunca.

—¡Lo hicieron, mozalbete! —dice el capitán con mucha más paciencia de lo que yo esperaba—. De hecho, eran amigos leales, y eso fue parte del problema. Sin embargo, esta historia no es tanto sobre ellos como sobre sus bestias: los Archienemigos.

Dudo si señalar algún error en lo que cuenta, pero opto por no decir nada, por si acaso. —El *Nautilus*, ese submarino misterioso que transportó a Nemo veinte mil leguas y más, se veía interminablemente acorralado por el calamar gigante que amenazaba con llevárselo a las profundidades. Mientras el *Nautilus* escapaba del calamar a toda prisa, tuvo el encuentro con el *Pequod*, y con Ahab, que iban persiguiendo a la ballena blanca. Hubo una colisión, y el *Pequod* se hundió.

—Entonces me mira y dice con sorna—: Tú tal vez quieras decirme que fue la ballena la que hundió el barco y a su capitán con ella, pero Melville se equivocaba. Su historia fue un invento que le contó Ishmael, que había jurado guardar el secreto del capitán.

El loro silba ya sea para mostrar su aprecio o su desprecio por la historia, que de tan flexible parecía hecha en licra.

—Sea como sea —prosigue el capitán—, Nemo rescató a Ahab de las aguas, y nada más conocerse los dos capitanes se dieron cuenta de que eran hombres de mente similar. Y se fueron navegando en el submarino hasta que encontraron el Mar de Verde, y así vivieron felices desde entonces.

Hace una pausa, tal vez esperando aplausos, pero no recibe ninguno, así que prosigue:

—Sus bestias, sin embargo, no sintieron una afinidad semejante la una por la otra. —Entonces el capitán abre los brazos y su ojo de par en par—: Enormes como eran, la ballena blanca y el calamar gigante, grotescos monstruos de la naturaleza, su tipo era opuesto. El calamar era sensible y extraño, capaz de enturbiar la mar que lo rodeaba con la oscuridad de su tinta; una monstruosidad de ocho brazos, una bestia del caos que desafiaba toda lógica. La ballena, por otro lado, era todo sentido y corrección. Su gran cerebro ecolocalizador podía calcular dimensiones y distancias. Sabía todo lo que merecía la pena saber sobre el mundo en que habitaba, mientras que el calamar no veía nada más allá de la nube de su propia tinta. Naturalmente, sintieron odio el uno por el otro.

Entonces el capitán golpea la mesa con el puño, con tanta fuerza que nos hace dar un salto, y el loro sacude las alas con fuerza suficiente como para perder varias plumas.

—¡Los grandes hombres de la mar no deben abandonar nunca a sus bestias! —anuncia el capitán—. Ahora, gracias a esos dos hombres negligentes, los Archienemigos están destinados a guerrear uno contra el otro hasta el fin de los tiempos, volviéndose más y más furiosos a cada año que pasa.

Se toma el tiempo necesario para pasar su ojo de uno en otro de nosotros, manteniéndolo en cada uno el tiempo suficiente para hacerle apartar la vista, y después dice:

—¿Alguna pregunta?

Nos miramos unos a otros. Está claro que tenemos muchas preguntas, pero nadie quiere plantearlas. Finalmente, el Lector de Huesos levanta la mano con aprensión, y cuando se le concede la palabra, dice:

—¿Eeeh?

El capitán respira hondo y vacía los pulmones en un suspiro de exasperación que noto como un vendaval.

—La moraleja de la historia es que no debemos liberarnos de nuestras bestias. No, nosotros debemos abandonar todo lo demás de este mundo, pero no a nuestras bestias. Tenemos que alimentarlas tanto como luchar contra ellas, rindiéndonos a la soledad y el sufrimiento, sin esperanza de huir.

La chica de la gargantilla de perlas asiente con la cabeza, mostrando su aprobación:

—Ya lo entiendo.

Pero a mí la cosa me sienta tan mal, que no puedo dejar de gritar:

—¡De eso nada!

Todos los ojos se vuelven hacia mí. Ya me veo un signo menos añadido a mi M. D.

—Aclaraos —gruñe el capitán.

Sé que es una advertencia, pero yo me niego a seguirla:

—Si esos capitanes encontraron el modo de dejar atrás sus monstruos, merecen la paz que encontraron. Se merecen la solución. Y las bestias... bueno, ellas se merecen la una a la otra.

Nadie se mueve. Solamente el loro, que se acicala las plumas. Tengo la impresión de que se siente orgulloso de mí por lo que he dicho. Y me fastidia que eso no me dé igual.

La paciencia de la que daba muestras el capitán ya ha desaparecido. Parece un volcán a punto de estallar.

—¡Como de costumbre, marinero Bosch, vuestra insolencia solo es superada por vuestra ignorancia!

Y entonces el oficial de derrota acude en mi defensa:

—¡Insolencia, insoluble, innoble, Chernóbil! No os pongáis atómico, señor, pues la tripulación no podría sobrevivir a las radiaciones.

El capitán piensa en ello, y entonces decide dar salida a su furia soltando otro suspiro huracanado.

—Las opiniones son como las tormentas de arena, marinero Bosch —dice—. No tienen lugar en la mar. —Entonces me pellizca la nariz como podría hacerle a un niño malo, y nos hace salir a todos.

En cuanto salimos de la sala de mapas y volvemos a encontrarnos en la cubierta, el oficial de derrota me regaña:

—¿Cuándo vais a aprender...? O camináis al paso del capitán, o camináis por el tablón. Y como es de cobre, me temo que ni siquiera podréis coger impulso en él para hacer una zambullida elegante.

Pienso entonces que, si bien he visto a hombres saltando de la cofa, nunca he visto el famoso tablón del barco. Pero en aquel momento, al mirar al otro lado de la cubierta, lo veo allí, asomando bruscamente por un lateral del barco, como un dedo corazón. No me sorprende que el tablón haya aparecido al mencionarlo. He aprendido a no sorprenderme por nada de lo que ocurre en el barco.

Antes de bajar, la chica del pelo azul se vuelve hacia mí. Cada vez que le respondo al capitán, parece que gano un poco más de su respeto.

—Apuesto a que nuestro capitán tiene también una bestia bastante mala —dice—. ¿Creéis que alguna vez toparemos con ella?

Yo levanto los ojos y veo al loro, que desciende desde la sala de mapas hasta una percha elevada en el trinquete.

—Creo que ya nos la hemos topado —le respondo.

# 82

## EN EL GAZNATE DEL DESTINO

En medio de la noche, soy apresado por miembros de la tripulación a los que no conozco, que me llevan a limpiar el cañón. Es mi castigo, sin duda, por responderle al capitán. Intento resistirme, pero mis brazos y piernas se han vuelto de goma lo mismo que el barco se ha vuelto de cobre. Mis brazos y piernas se doblan y estiran en extrañas direcciones, y no me dan apoyo cuando intento permanecer de pie, ni cuando intento luchar. Al enfrentarme a mis captores, los brazos se me vuelven fideos.

Bajamos por una oscura escotilla hasta donde nos aguarda un enorme cañón.

—Todo el mundo tiene que limpiar el cañón al menos una vez en cada travesía —me dicen—. Vos lo haréis os guste o no.

El lugar es oscuro y lúgubre, y apesta a grasa y pólvora. Las balas de cañón están apiladas formando pirámides, y en el medio se asienta el cañón, increíblemente pesado (las planchas de cobre del suelo se comban bajo su peso). Su oscura boca resulta aún más imponente que el ojo del capitán.

—¿No es una belleza...? —dice el maestro de armas, aquel marino profesional, musculoso y entrecano, que tiene el brazo cubierto de tatuajes de calaveras sonrientes.

Al lado del cañón hay un trapo y un caldero lleno de cera. Yo hundo el trapo en el caldero con mis brazos de goma, y empiezo a embadurnar el cañón, pero el maestro de armas se ríe:

—¡Así no, idiota! —Entonces me agarra con sus potentes brazos y me levanta del suelo—. ¡No es el exterior lo que necesita limpieza!

Oigo más risas, y por un momento pienso que hay otros hombres escondidos en la estancia, pero la risa procede de las calaveras que tiene tatuadas. Docenas de voces se ríen de mí cruelmente:

—¡Metedlo dentro! —gritan—. ¡A presión! ¡Empotradlo!

—¡No! ¡Alto! —exclamo, pero mis ruegos son inútiles. Me mete de cabeza en la boca del cañón, deslizándome por su frío y áspero gaznate. Estrecho, claustrofóbico. Apenas puedo respirar. Intento retorcerme, pero el maestro de armas me grita:

—¡No os mováis! ¡Puede dispararse al más leve movimiento!

—¿Cómo voy a limpiarlo si no me muevo?

—Eso es vuestro problema. —Sus tatuajes y él se ríen largo y tendido, y luego viene el silencio... Y a continuación el maestro de armas empieza a golpear en el cañón con una barra de hierro, siguiendo un ritmo constante, tan potente que me resuena en el cráneo.

¡Bang! ¡Bang! ¡Bang! ¡Bang!

—¡Quieto, no os mováis lo más mínimo! —gritan las calaveras tatuadas—. O tendréis que volver a empezar.

Después de lo que parece una eternidad, el ritmo de los golpes cambia:

¡B-B-B-Boom! ¡B-B-B-Boom! ¡B-B-B-Boom!

La interminable sinfonía de percusiones hace que el cerebro se me quiera escapar por las orejas y echar a correr... ¡Y entonces comprendo que debe de ser así como ocurre! ¡Por eso se escapan los cerebros de la cabeza de los marinos! Pero yo no quiero ser otro marinero descerebrado más. No quiero que Carlyle arroje a la mar con la mopa mi cerebro renegado.

¡Clang-Clang Bang! ¡Clang-Clang Bang! ¡Clang-Clang Bang!

La pauta de los golpes se repite dos veces más, cada vez más fuerte, hasta que el mundo no es más que ruido, y los dientes me resuenan en la cabeza, y yo sé que nadie va a evitarlo. Estoy solo dentro del cañón, y nadie me puede salvar.

# 83

## COMO AUTÓMATAS

Tus padres vienen una vez al día durante la hora de visita, como un par de autómatas. Tú te reúnes con ellos en la sala de recreo, y cada día les imploras que te saquen de allí.

—¡Esto está lleno de locos! —les dices en voz muy baja, para que aquellos a los que te refieres no te puedan oír—. ¡Yo no soy uno de ellos! ¡Este no es mi sitio!

Y aunque ellos no lo dicen, su respuesta está en sus ojos: «Sí, sí que lo estás, y sí, sí que es este tu sitio». Los odias por pensar así.

—Será por poco tiempo —te dice tu madre—. Hasta que te encuentres mejor.

—Si no hubieras venido aquí —insiste tu padre—, te habrías puesto peor. Ya sabemos que es duro, pero también sabemos que eres valiente.

Tú no te sientes valiente, y tampoco confías en ellos lo bastante para creértelo solo porque ellos lo digan.

—Hay buenas noticias —te dicen—. La resonancia magnética ha salido bien. Eso significa que no tienes ningún tumor cerebral ni nada por el estilo.

Hasta que lo han mencionado, ni se te había pasado por la imaginación que pudieras tener un tumor cerebral. Y ahora que lo han mencionado, no te crees los resultados.

—No fue terrible, ¿no? La resonancia magnética...

—Mucho ruido —respondes. Solo de pensar en ello, los dientes te empiezan otra vez a rechinar.

Tus padres vienen y se van, vienen y se van. Es tu única manera de medir los días. Y hablan de ti cuando se creen que no estás escuchando, como si pensaran que tienes afectado el oído en vez del cerebro. Pero aún puedes oírlos desde el otro lado de la sala.

—Ahora hay algo en sus ojos —dicen—. No sé cómo describirlo. No puedo mirarle a los ojos.

Y eso casi te hace reír, porque ellos no saben lo que ves tú cuando eres tú el que los mira a ellos a los ojos. Cuando miras a los ojos de todo el mundo. Entonces ves verdades que no ve nadie más. Conspiraciones y conexiones tan retorcidas y pegajosas como la telaraña de una viuda negra. Ves demonios en los ojos del mundo, y el mundo ve un pozo sin fondo en los tuyos.

# 84

## PAISAJE PERDIDO

Algunas veces no puedes entrar en tu propia cabeza. Puedes dar vueltas alrededor, puedes darte golpes con ella contra los muros, pero no puedes entrar dentro.

—Eso no es mala cosa —te dice el doctor Poirot—. Porque justamente ahora, las cosas que hay dentro de esa cabeza no te están haciendo mucho bien, ¿no te parece?

—No me están haciendo mucho bien —repites. ¿O es él quien repite lo que dices tú? No llegas a estar realmente seguro, ya que causas y efectos se han vuelto tan evasivos como el propio tiempo.

El doctor Poirot tiene un ojo de cristal. Tú solo lo sabes porque te lo ha dicho tu compañero de habitación, pero ahora que lo miras, te das cuenta de que es ligeramente más pequeño y no te sigue tan bien como el otro. El doctor Poirot lleva brillantes camisas hawaianas. Dice que es para que sus pacientes se sientan más a gusto. El doctor Poirot pronuncia su nombre «puaróu».

—Como el detective de Agatha Christie. Seguramente eres demasiado joven para conocer al personaje. Cómo cambian los tiempos, cómo cambian...

El doctor Poirot tiene una chuleta donde dice casi todo sobre ti. Todas esas cosas que ni siquiera sabes tú mismo. ¿Cómo podrías ni siquiera intentar confiar en semejante persona?

—Olvida los problemas del mundo exterior. Ahora tu trabajo es descansar —dice mientras pasa las páginas de tu historial.

—Mi trabajo es descansar —repites tú, y te enfadas contigo mismo por no ser capaz de ofrecer nada mejor que un eco. No sabes si son los médicos los que te hacen esto, o es tu cerebro que falla.

—Ahora tu cerebro está escayolado —dice él—. Imagínatelo de ese modo. Se rompió y ahora lo hemos escayolado. Preguntas si puedes tener cosas de tu casa, pero no sabes qué pedir. Llevas tu propia ropa, pero no cinturones ni cosas metálicas. Están permitidos los libros, pero no lápices afilados ni tampoco bolígrafos. Nada que pueda ser usado como arma contra otros, ni contra uno mismo. Permiten útiles de escritura en la sala de recreo, pero están bajo la vigilancia constante de los tipos del pijama colores pastel.

Esa misma mañana, tu desayuno junto con tus medicamentos de la mañana, son expulsados en una épica vomitona en medio de la sala de recreo. Completamente por sorpresa, sin que hubieras notado ninguna advertencia previa por parte de tus entrañas. Y el vómito se extiende por toda la mesa de los puzles, como espuma en los rápidos de un río.

Y a la chica que se pasa la vida delante de la mesa de los puzles le da un ataque.

—¡Lo has hecho a propósito! —te grita la perpetua rompecabecista—. ¡Sé que ha sido a propósito! —Tiene el pelo azul con raíces rubias. Esas raíces, piensas, pueden ser una buena medida del tiempo que lleva ella allí. Cuando vomitas sobre su puzle, la chica se lanza contra ti, te empuja con fuerza contra la pared, y tú estás demasiado drogado para resistirte. Ahora tienes un feo moratón en el brazo, pero el dolor está adormecido, como cualquier parte de tu sistema nervioso.

Una persona en pijama pastel se apresura a sujetar a la rompecabecista perpetua antes de que pueda sacarte los ojos, y otra sale contigo de la sala. Siempre hay personas de pijama color pastel por allí, siempre raudas en responder si alguien se sale de la raya, y si la cosa se pone realmente mal, hay agentes de seguridad vestidos de negro, pero no crees que lleven armas, porque las armas son demasiado fáciles de agarrar por una persona desesperada.

Oyes a la rompecabecista, que llora mientras tú te vas. Tú también quieres llorar por su paisaje perdido, pero en vez de eso te sale una risa que te hace sentirte aún peor, así que te ríes más fuerte.

# 85

## EL BUEY SIEMPRE TENDRÍA
## QUE ESTAR TIERNO

Vuelves a encontrarte en la Cocina de Plástico Blanco. A tu alrededor hay formas que a veces tienen sentido y a veces no. Monstruos de malvadas intenciones que llevan máscaras que siempre están cambiando. Voces que se unen en un coro balbuceante, y no sabes muy bien de dónde vienen; ni de qué dimensión: si de una de las tres dimensiones acostumbradas, o de alguna otra que solo es accesible a través de la parte de tu cabeza que no hace más que dolerte. Esta noche sudas. Hace demasiado calor en la cocina. Y eso provoca que la cabeza te duela más.

—Tengo un tumor cerebral —le dices a una máscara sin cuerpo que lleva al lado una tablilla sujetapapeles.

—No, no es verdad —te responde.

—No tiene operación —insistes. No sabes si la máscara es hombre o mujer. Piensas que lo hacen a propósito.

—Tanto la resonancia magnética como el TAC señalan que no tienes nada fuera de lo ordinario —dice la máscara mirando su tablilla—. Y no discutas, porque supongo que no quieres volver a entrar en el cañón.

A la máscara le salen manos (o tal vez las haya tenido todo el tiempo, solo que no estaban visibles hasta ahora). Sientes presión en el brazo, y cuando miras ves que todo tu brazo está aprisionado en una guillotina.

—Estate quieto, estoy comprobando tus constantes vitales —dice la máscara sin sexo.

La guillotina cae. Observas tu brazo caer al suelo como una trucha en una barca. Profieres un gemido, y la máscara dice:

—Demasiado pequeño, no sirve. Devuélvelo, ¿vale?

—Y arroja el brazo por una ventana abierta que no estaba allí hace un momento. Sin embargo, cuando vuelves a mirar, el brazo vuelve a estar en su sitio, conectado con el resto del cuerpo.

—La sistólica sigue alta. Te subiremos la clonidina —dice—. Y si eso no funciona, te pincharemos la cabeza como si fuera un globo.

Algunas de esas cosas las dicen realmente, otras no. Sin embargo, tú oyes unas y otras exactamente igual, y no puedes saber qué palabras son dichas de verdad, y cuáles te llegan telepáticamente.

—Vamos a echarle un vistazo a ese cardenal. ¿Está tierno? —La máscara sin sexo mira el trozo amoratado de carne que te ha producido la chica rompecabecista del pelo azul.

—¡Mmm, tierno y rico! —dice la máscara, o tal vez no lo dice—. ¡Bien! El buey siempre tendría que poderse cortar como la mantequilla.

Y entonces te dejan asándote lentamente en tu propio jugo.

# 86

## RODEO TERAPÉUTICO

No sabes qué es esa cosa con la que alimentan a los chicos dentro de estas paredes institucionales dolorosamente desnudas. ¿Pollo, tal vez? ¿Estofado de buey?

Lo único que puedes identificar claramente es la gelatina. Hay montones de gelatina con sabor a fruta. Dentro de ella aparecen cachitos de melocotón o de piña, suspendidos en su temblorosa transparencia roja. Puedes sentir empatía por la lamentable situación en que se encuentran esos cachitos, especialmente cuando hacen efecto los medicamentos. Hay ocasiones en que el mundo es gelatinoso a tu alrededor, y se necesita reunir tantísima fuerza de voluntad para moverse aunque solo sea un poquito, que no parece que merezca la pena.

Vas de comida en comida, pese al hecho de que la comida ya no significa nada, porque no tienes ni sensación de hambre ni sentido del gusto. Es un efecto colateral del cóctel de medicinas mágico que te dan.

—Solo temporalmente —dice el doctor Poirot—. Solo temporalmente.

Lo cual no significa realmente mucho para ti porque el tiempo ya no avanza hacia delante. Y tampoco va hacia un lado. Ahora se limita a dar vueltas sin moverse del sitio, como un niño pequeño que juega a ver si consigue marearse.

Aprendes a medir el tiempo por sesiones de terapia.

Tres veces al día, durante una hora cada vez, te incluyen en un círculo y te obligan a escuchar cosas que son tan horribles que no te las puedes quitar de la cabeza. Una chica describe, con gráficos detalles, cómo fue repetidamente violada por su hermanastro, antes de que intentara rebanarse la garganta. Un chico explica paso a paso cómo es pincharse heroína y venderse en las calles para conseguir dinero para comprar más. Los demonios en que cabalgan esos jóvenes son espantosos, y tú quieres darte la vuelta y echar a correr tapándote los oídos, pero se te obliga a escuchar porque es «terapéutico». Te preguntas qué puñetero imbécil decidió que era buena idea torturar a muchachos que están realmente mal haciéndoles escuchar las pesadillas reales de otros.

Se lo comentas a tus padres, y para tu sorpresa, ellos se ponen tan furiosos como tú.

—¡Mi hijo tiene quince años! —le dice tu padre a un tipo de pijama color pastel—. ¡Le están exponiendo a horrores a los que no debería exponerse a ningún joven de esa edad, mucho menos a uno que está enfermo... ¿Llaman a eso terapia?

Muy bien hecho, papá. Es el primer indicio de que tal vez, al fin y al cabo, no sea un impostor.

Las quejas de tus padres obtienen resultados. Un nuevo «moderador» toma las riendas del grupo de terapia para evitar que el «rodeo terapéutico» sea demasiado traumático para mentes jóvenes e impresionables.

—Yo no estoy aquí para lavaros el cerebro —nos dice—. Estoy aquí para ayudaros a expresar lo que tenéis en la mente.

Se llama Carlyle.

# 87

## TODO AQUELLO POR LO QUE HEMOS TRABAJADO

—Los sueños que tenéis me preocupan —dice el capitán—. Apestan a malevolencia e intenciones subversivas.

Nos sentamos en su camarote, solo nosotros dos. Él fuma una pipa rellena de algas arrebatadas al océano. La percha del loro está vacía.

—Pero los sueños nos hacen comprender cosas —observo.

El capitán se inclina para acercarse más a mí. El humo acre de su pipa me escuece en los ojos.

—Esos sueños no.

Sigo esperando a que el loro exprese una opinión, olvidando que él no se encuentra en el camarote. Estoy tan acostumbrado a ver al capitán y al loro como un equipo, que su ausencia me incomoda.

—Los demonios enmascarados de los que habláis en vuestros sueños de la cocina blanca amenazan con deshacer todo aquello por lo que hemos trabajado —dice el capitán—. Y entonces nuestra travesía no habrá servido para nada.

Me pregunto si el loro ha sufrido el mismo destino que su padre, y habrá hecho una visita forzada a las cocinas del barco, que no se parecen nada a la cocina esterilizada y brillante de mis sueños. ¿Habrá tenido una cita con el tajo? Muchas veces he pensado que me gustaría que el loro desapareciera, y sin embargo la idea de su ausencia me provoca ahora aprensiones. El capitán no podría haber acabado con él, porque el capitán y yo estamos confabulados. Mientras yo forme parte tanto de los planes del capitán como de los del loro, ambos estarán seguros, si yo no hago un movimiento de un lado ni del otro. Hay momentos en que quiero que ambos sobrevivan. Hay momentos en que me gustaría que los dos murieran. Pero vivo con el temor de que solo quede uno de ellos.

—Escuchadme bien —me instruye el capitán—. No debéis volver a la cocina blanca. Mantened cerrados los ojos al brillo de su luz. Resistíos a ese lugar con todas las fibras de vuestro ser. Todo depende de que sigáis aquí con nosotros. Conmigo.

# 88

## MAREA TÓXICA

Más que dormir, le tomas prestadas ocho horas a la muerte. Cuando los medicamentos alcanzan su máximo efecto, tú no puedes entrar en tu cabeza, y tampoco puedes soñar. Tal vez en las primeras horas de la mañana, justo antes de despertar, te deslizas en tu propia mente inconsciente, pero despiertas demasiado pronto.

Llegas a conocer el patrón de tu particular bombardeo químico. El atontamiento, la falta de concentración, el artificial sentimiento de paz que sientes cuando los medicamentos impactan en tu sistema. La creciente paranoia y ansiedad cuando menguan. Cuanto peor te sientes, más fácil es que entres en las traicioneras aguas de tus propios pensamientos. Cuanto más grande es la amenaza desde dentro, más añoras esas aguas, como si te hubieras acostumbrado a los terribles tentáculos que quieren arrastrarte a su triturador abrazo.

A veces te das cuenta de por qué necesitas el cóctel. Otras veces no puedes creerte que hayas podido pensar así. Y así sigue la cosa, subiendo y bajando como una marea que resulta al mismo tiempo tóxica y sanadora. Cuando la marea está alta, crees en las paredes de este lugar; cuando la marea está baja, empiezas a creer en otras cosas.

—En cuanto la química de tu cerebro empiece a asentarse —dice el doctor Poirot—, te irá quedando cada vez más claro lo que es real y lo que no lo es.

Pero tú no estás completamente convencido de que eso sea bueno.

# 89

## CALLES VERDES DE SANGRE

—Se pasa el día mirando mapas —dice Carlyle, el chico de la terapia—. Lo llamamos «el oficial de derrota».

El chico sentado en la mesa del rincón de la sala de recreo estudia minuciosamente, con los ojos como platos, un mapa de Europa. Tú no puedes reprimir la curiosidad.

—¿Por qué lo tienes puesto del revés? —le preguntas.

Él no levanta la mirada del mapa.

—Tengo que romper los patrones conocidos para ver lo que hay realmente ahí.

Eso tiene cierto sentido. Tú has pasado por eso, así que sabes lo que quiere decir.

Con un rotulador verde, él traza resueltamente líneas entre ciudades, como si supiera muy bien lo que está haciendo. El mapa es una salvaje telaraña verde.

—Encuentra el patrón, y eso lo resolverá todo —dice él, y eso te provoca un escalofrío, porque te recuerda mucho de ti mismo. Tú te sientas enfrente de él. Es mayor que tú. Puede que tenga diecisiete años. Tiene una perilla apenas visible que intenta por todos los medios hacerse ver, pero a la que le faltan seis meses para convertirse en realidad.

Finalmente, levanta la vista hacia ti con la misma intensidad con la que ha estado estudiando el mapa.

—Me llamo Hal —dice, ofreciéndote la mano para que se la estreches, pero retirándola antes de que llegues a hacerlo.

—¿Abreviación de Haloperidol?

—Molaría, pero no. Es abreviación de Harold, aunque eso es una denominación paternal. Yo no soy más Harold de lo que soy Seth, el dios egipcio del caos. Aunque Seth es mi segundo nombre.

Mueve el rotulador en sus dedos, y murmura palabras que riman con «segundo», y por algún motivo eso le hace llevar el rotulador hasta Viena.

—¡Mozart! —dice—. El violín fue el instrumento que eligió. Aquí está donde murió, en la pobreza. —Mantiene el rotulador en el punto de la ciudad. Una mancha de sangre verde se extiende por las afueras de la ciudad—. Aquí es donde empezará —dice—. Ayer creí que lo tenía, pero me equivocaba. Esta vez estoy en lo cierto.

—¿Qué es lo que empezará ahí? —preguntas tú.

—¿Eso importa...? —Entonces murmura—: Importa, soporta, soporífero, sombrerero... ¡El sombrerero loco!

Se levanta de un salto de la silla y pregunta a la primera persona de pijama color pastel que encuentra si le pueden poner *Alicia en el país de las maravillas*, la versión inquietante, con Johnny Depp, porque hay algo importante en ella, y tienes que verla inmediatamente.

—No la tenemos —le dice el del pijama color pastel—. ¿Qué tal la versión de Disney, en dibujos animados?

Hal hace un gesto de disgusto con la mano.

—¿Por qué todo el mundo es tan inútil? —dice, y luego te mira—. Salvando lo presente.

Y agradeces ser, por una vez, excluido de la lista.

# 90

## LA LOCURA DE LOS ATLAS

Te ponen a Hal de compañero de habitación. A tu anterior compañero, cuyo nombre y rostro ya has olvidado, le dieron el alta esta mañana. Hal se muda cuando la cama aún está caliente.

—Tengo la impresión de que os lleváis bien —te dice una persona en pijama color pastel—. Hasta ahora Hal no ha sido capaz de compartir habitación con nadie, pero tú le caes bien. Vamos a ver.

Tú no estás seguro de si eso es un cumplido o un insulto. Hal llega con una carpeta abarrotada de mapas arrancados de diversos atlas y hurtados de guías de carreteras.

—Mi madre me trae mapas nuevos de vez en cuando —me dice—. Cada nuevo mapa es un paso en la dirección correcta.

Hal escribe cosas misteriosas en las líneas que traza entre ciudades. Y pontifica azarosas pero profundas ideas con tal autoridad que te gustaría anotarlas y colgarlas en la pared. Lástima que solo estén permitidos los útiles de escritura en la sala de recreo.

—El hombre se pierde a menudo en una tecnológica, fisiológica, astronómica carencia de existencia lógica que podría describirse como un conjunto entero de nada ligeramente alegrado con una pizca de whisky escocés —explica Hal.

Te gustaría poder recordarlo para podérselo recitar a tus padres, y demostrarles que tú también eres profundo, pero actualmente las cosas no es que te entren por un oído y te salgan por el otro, sino que más bien se teletrasportan de uno a otro, evitando pasar por el cerebro.

Hal habla de matemáticas, de la sección áurea y de la perfección euclídea. Tú le hablas de las líneas invisibles de significado que sientes que se estiran y enrollan a través y alrededor de las personas que hay en tu vida. Él se emociona, y eso te emociona también a ti.

—¡Lo has entendido! —dice—. Estás viendo la totalidad. —Y aunque tu totalidad no es la misma que la de él, las dos parecen coincidir limpiamente, como partituras para distintos instrumentos de una misma obra musical, incomprensibles para alguien que no sepa leer música hasta que todos los instrumentos empiezan a tocar.

—Tus dibujos artísticos son un mapa —te dice—. Líneas y curvas que comprenden continentes de significado, puntos de comercio y cultura. Rutas comerciales y de viaje en cada curva. —Traza con el dedo las líneas de tu último dibujo, que está colgado en la pared—. Lo que nosotros percibimos como arte, el universo lo percibe como direcciones —proclama. Ahora bien, ¿direcciones adónde? De eso ninguno de vosotros dos está seguro.

# 91

## NO ESTÁS EN LAS OLIMPIADAS

Vacías el plato de la comida de modo mecánico. Cuando miras el plato vacío, durante un momento te encuentras en las Olimpiadas. Tú eres el lanzador de disco. Giras y giras, luchando contra el químico espesor del aire, y a continuación arrojas el plato, seguro de que vas a ganar la medalla de oro. El plato golpea contra la pared pero no se rompe porque es de plástico. Entonces te das cuenta de que no estás en las Olimpiadas ni mucho menos. Qué decepción. Los hombres del pijama color pastel se presentan ante ti al instante, y se colocan uno a cada lado de ti, seguros de que has sufrido un estallido de violencia y queriendo prevenir otro.

—No puedes derribar los muros de esa manera —te dice Hal tranquilamente desde otra mesa del comedor—. Ni tampoco puedes romper las ventanas. Yo le he intentado: intentado, intratado, atado y desatado. Ni siquiera nos dejan tener cordones de zapato. ¡Cordones de zapato! Eso es porque saben cuánto odio las puñeteras pantuflas.

# 92

## LA INCÓGNITA MAYOR

Desde el momento en que salgo del cañón prácticamente intacto, el resto de los marineros me mira con respeto.

—Es un tipo especial —dice el capitán.

—Lo es, lo es —corrobora el loro.

Los dos representan una conversación entre ellos, fingiendo cordialidad, pero es solo para que la traición final pueda resultar aún más dulce.

Aunque yo no confío en ninguno de ellos, sé que al final tendré que elegir de qué lado estoy.

—Sed mi segundo ojo —me dice el capitán—, y tendréis más riquezas y aventuras de las que ahora podáis imaginar.

—Sed mi segundo ojo —me dice el loro—, y os daré algo que jamás os dará el capitán: un modo de salir de este barco.

No puedo decidir qué oferta es la más interesante, porque no sé qué incógnita es más aterradora: si las aventuras del capitán o la vida en tierra firme.

Intento presentarle el dilema a Carlyle pero, como no estoy completamente seguro de dónde tiene puestas sus lealtades, tengo que estudiar muy bien cómo lo expreso para no darle motivos a la sospecha.

—Si dos criaturas igualmente peligrosas atacaran al mismo tiempo nuestro barco desde lados opuestos —le pregunto—, ¿cómo decidiríamos a quién disparamos, ya que solo tenemos un cañón?

—No sabría decirlo —responde Carlyle—. Menos mal que no soy yo el que toma las decisiones aquí.

—Pero ¿si fuerais vos el que las toma...?

Por un instante deja de fregar y piensa en ello.

—Si fuera yo el que toma las decisiones, las cosas irían muchísimo mejor —dice. Y luego añade—: O muchísimo peor.

Me pone furioso que Carlyle se niegue a expresar ninguna opinión. Ni siquiera sobre sí mismo.

—Si lo que buscáis es sabiduría y un buen punto de vista, entonces ya sabéis a quién tenéis que preguntarle —dice.

Entonces mira hacia la proa, dejando que su mirada complete la idea.

# 93

## NO HAY OTRA MANERA

Calíope no tiene respuesta para mi dilema sobre las dos bestias:

—Lo mío no son las hipótesis —me responde, casi ofendida por la pregunta—. Eso tendréis que resolverlo vos solo.

Estoy a punto de contarle la verdad sobre el asunto, pero entonces comprendo que ella tiene razón. Aunque le cuente que las bestias en las que estoy pensando son el capitán y el pájaro, la respuesta seguirá siendo la misma. Solo yo puedo tomar la decisión. No hay otra manera.

La tormenta sigue situada en el horizonte, pero no nos acercamos a ella, y el capitán cada vez se siente más irritado.

—Con esta corriente oceánica es como correr en una noria —me dice el capitán—. La corriente nos empuja hacia atrás con la misma fuerza con que el viento nos empuja hacia delante. Navegamos a toda vela, y sin embargo no llegamos a ningún sitio.

—Necesitamos un viento más fuerte —le digo.

—O una nave más ligera —sugiere él, fulminándome con un ojo rencoroso. Sigue echándome en cara a mí la transformación de nuestro barco de madera en cobre. Pero después se suaviza, y me agarra del hombro para reconocer—: Sin embargo, ahora la nave es más fuerte que cuando era de madera, y el verde pálido del cobre se camufla mejor en el viento y la mar. Nos protege de los odiosos ojos escrutadores de las bestias.

# 94

## MASA CRÍTICA

Hoy estás en un hospital. O al menos esta mañana. A esta hora. En este minuto. Dónde vayas a estar dentro de tres minutos es algo que queda a la imaginación de cada cual. Has comenzado a notar, sin embargo, que la sensación de estar fuera de ti mismo ha ido disminuyendo, poco a poco, con cada día que pasaba. Se ha alcanzado una masa crítica y ahora tu alma se derrumba sobre sí misma.

Estás otra vez dentro del bajel de tu cuerpo.

Solo uno. Solo tú. Solo un individuo.

Yo.

No sé exactamente cuándo sucede. Esto es como el movimiento de la manecilla de las horas de un reloj, algo demasiado lento para que lo pueda apreciar el ojo; pero aparta la vista por un rato, y cuando vuelvas a mirar la manecilla, por arte de magia, ha dado un salto desde el número en que estaba al siguiente.

Estoy aquí, en la Cocina de Plástico Blanco, pero no es tan blanca como recordaba, y la mesa en que estoy tendido se ha suavizado hasta convertirse en una cama. Siento el cuerpo como si fuera goma, y el cerebro como si fuera chicle. La luz de arriba me hace daño en los ojos. ¿Qué es eso que todo el mundo tiene tal necesidad de ver? Porque si ponen tanta luz será para ver algo. Y ¿por qué sigo teniendo la sensación de que están a punto de comerme?

No viene nadie, y tampoco sucede nada durante mucho tiempo. Después me doy cuenta de que hay un interruptor para la luz al otro lado de la habitación, así que puedo apagarla.

Puedo apagarla, pero no puedo porque me he convertido en el cachito de piña que está en medio de la gelatina. Nada puede motivarme a salir de esta cama, salvo una urgente necesidad de ir al baño. Y como de momento no la siento, no soy capaz de moverme.

Por lo visto, tampoco Hal es capaz. No sé si él está dormido o tan solo atrapado en el mismo timbal de gelatina que yo, al otro lado de la habitación. Yo me duermo y me despierto, incapaz de ver a ciencia cierta la diferencia. Luego el suelo empieza a balancearse debajo de mí, y yo me relajo, sabiendo que no tardaré mucho en volver al mar, donde yo tengo sentido, aunque ninguna otra cosa lo tenga.

# 95

## MOLINOS DE VIENTO EN MI CABEZA

¿Cómo explicarías eso de encontrarte aquí y allí al mismo tiempo? Es como esos momentos en que estás pensando en algo importante, algo que dejó un gran recuerdo. Tal vez sea el momento en que marcaste el gol de la victoria en la promoción, o la ocasión en que fuiste atropellado por un coche cuando ibas en bici. Bueno o malo, estás obligado a revivir ese momento de vez en cuando en tu cabeza. Y a veces, después de revivirlo, es difícil volver a la realidad. Te tienes que recordar a ti mismo que ya no estás allí.

Ahora imagínate que fuera así todo el tiempo, que nunca supieras con seguridad cuándo vas a estar aquí, o allí, o en algún lugar entre medias. Lo único que tienes para medir lo que es real es tu mente, así que... ¿qué ocurre cuando tu mente se convierte en una mentirosa patológica?

Están las voces, y las alucinaciones visuales cuando la cosa es realmente mala, pero «estar allí» no tiene nada que ver con voces ni con ver cosas. Tiene que ver con creer cosas. Con ver una realidad y creer que se trata de otra completamente distinta.

Don Quijote, el famoso loco literario, luchó contra molinos de viento. La gente piensa que veía gigantes cuando los miraba, pero aquellos de nosotros que hemos pasado por eso sabemos la verdad. Vio molinos de viento, exactamente igual que cualquiera, pero él creyó que eran gigantes.

Y lo más aterrador de todo es no saber nunca lo que de repente vas a creer.

# 96

## CAMELLO DIVINO

Mi amiga Shelby viene de visita con mis padres. Ella se me acerca lentamente a través de la gelatina. Es sorprendente que pueda moverse por ella.

—Te he visitado antes, ¿lo recuerdas? ¿Sabes quién soy?

Yo quiero enfurecerme por la pregunta, pero no consigo sentir furia. No puedo sentir nada.

—No y sí —le digo—. No, no lo recuerdo, pero sí, sí que sé quién eres.

—Estabas bastante ido la última vez.

—¿No lo estoy ahora?

—Todo es relativo.

Me siento allí, sin decir nada. Pienso que es incómodo para ella. Yo no siento la incomodidad. Me siento paciente. Puedo esperar una eternidad.

—Lo siento —dice.

—Vale.

—Lo siento, por pensar que tú... ya sabes.

—¿Por pensar que yo...?

—Que estabas consumiendo...

—Ah, eso... —Recuerdo fragmentos de la última conversación que tuvimos en el instituto. Parece que haya tenido lugar varias vidas antes—. Yo estaba consumiendo —le digo—. Y Dios era mi camello.

Ella no lo entiende.

—Flipando con mis propias sustancias químicas en el cerebro. La droga la tenía ya dentro.

Shelby asiente como para indicar que comprende, y cambia de tema. Eso me parece bien.

—Max y yo seguimos trabajando en el juego.

—Eso está bien.

—Cuando salgas, te enseñaremos lo que tenemos.

—Esto está bien.

Ahora tiene lágrimas en los ojos.

—Sé fuerte, Caden.

—Vale, Shelby. Seré fuerte.

Me parece que mis padres juegan con nosotros una partida de un juego de cartas que se llama «manzanas con manzanas», pero creo que la partida no sale bien.

# 97

## ¿PUEDO CONFIAR EN TI?

La silueta de la chica se recorta contra un enorme ventanal que va del suelo al techo, de esquina a esquina, en una sala que el hospital ha bautizado como «salón de las vistas». Este enorme ventanal está pensado para dar a los pacientes una sensación de libertad y aire libre en medio de la claustrofóbica austeridad. No lo logra.

La chica está allí casi siempre. Está de pie, como un monolito, mirando por el ventanal gigante. Una silueta oscura contra el brillante mundo exterior, mirando siempre hacia delante.

Casi me da miedo acercarme. Las primeras veces que la vi guardé la distancia pero, precisamente ahora, esa sensación de ser un cachito de piña atrapado en gelatina no es tan fuerte como otras veces. Estoy aquí, no en ningún otro sitio, y decido aprovecharme de eso. Necesito un tremendo esfuerzo de voluntad para caminar hacia delante y acercarme a ella. Al cabo de un instante, me encuentro lo bastante cerca para que ella me vea por el rabillo del ojo.

No se mueve, no da muestras de saber que yo estoy allí. No sé muy bien de qué etnia es. La chica tiene un sedoso pelo castaño y una piel de color oscura, como madera de roble pulida. Nunca he visto a nadie de pie, tan rígido, durante tanto tiempo. Me pregunto si será su medicación, o si es porque ella es así. La encuentro fascinante.

—¿Qué hay ahí fuera? —me atrevo a preguntar.

—Todo lo que no hay aquí dentro —responde con frialdad, con un leve acento que resulta suficiente para que me dé cuenta de que es de la India, o tal vez de Paquistán.

Lo que se ve por el ventanal es una serie de colinas suaves, y una fila de casas en la ladera, que de noche se iluminan como luces de navidad. Más allá de las colinas está el mar.

—He visto un halcón cayendo en picado y volviendo a levantarse con un conejito recién nacido —me dice.

—Bueno —le digo yo—, eso es algo que no se ve todos los días.

—Sentí cómo murió —dice, y se toca el cuerpo en el lugar en que puede que tenga el hígado—. Lo sentí aquí —y entonces levanta la mano y se la lleva a un lado del cuello—, y aquí.

Permanece en silencio por un momento, y luego dice:

—El doctor Poirot me dice que esas cosas no son reales. Y que cuando esté mejor lo sabré. ¿Tú le crees? Porque yo no.

No le respondo, porque no estoy seguro de que pueda confiar en nada de lo que dice el loro.

—El halcón era mi esperanza, y el conejito era mi alma.

—Eso es muy poético.

Al final se gira para mirarme. Sus ojos oscuros arden de rabia.

—Yo no trataba de ser poética, sino de decir la verdad. Tú trabajas para Poirot, ¿no? Te ha enviado él. Eres uno de sus ojos.

—Poirot puede irse a freír espárragos —digo—. Yo estoy aquí porque...

No puedo terminar la frase, así que ella la termina por mí:

—Porque tienes que estar aquí. Como yo.

—Eso. Exacto. —Al final hemos llegado a un entendimiento. No es exactamente cómodo, pero al menos ya no es del todo incómodo.

—Los demás hablan de mí, ¿no? —pregunta ella, volviendo los ojos al horizonte que aparece en la ventana—. Sé que lo hacen. Dicen cosas terribles a mis espaldas. Todos ellos.

Me encojo de hombros. La mayor parte de los chicos que hay aquí no parecen darse cuenta de nada a menos que invada su espacio personal. Naturalmente, para algunos de ellos, el espacio personal puede comprender la distancia entre la Tierra y la Luna.

—Nunca he oído nada —le digo.

—Pero ¿si les oyes hablar de mí, me lo dirás? ¿Puedo confiar en ti?

—Ni siquiera yo puedo confiar en mí —le respondo.

Eso le hace sonreír:

—Que admitas que no puedes confiar en ti mismo te hace muy de fiar.

Otra vez se vuelve hacia mí. Sus ojos me estudian la cara, moviéndose hacia arriba y hacia abajo y después de un lado al otro, como si me midieran la distancian entre las orejas.

—Me llamo Callie.

—Yo soy Caden.

Y me quedo junto a ella, mirando por el ventanal, esperando halcones que matan conejitos.

# 98

## POTENCIAL DESCOMPUESTO

Yo antes tenía miedo de morir. Ahora tengo miedo de no vivir. Hay una diferencia. Nos pasamos la vida planeando el futuro, pero a veces ese futuro no llega nunca. Hablo de futuros personales. Del mío, para ser más exacto.

Hay ocasiones en que puedo imaginarme a gente que me conoce, haciendo memoria dentro de diez años y diciendo cosas como: «¡Tenía tanto potencial! ¡Qué desperdicio!». Yo pienso en todas las cosas que quiero hacer y que quiero ser. Un artista rupturista. Un empresario. Un diseñador de juegos famoso.

«¡Ah, tenía tanto potencial!», se lamentan los fantasmas del futuro con voces de profunda tristeza, moviendo la cabeza hacia los lados en señal de negación.

El miedo de no vivir es un terror profundo, pertinaz, de ver tu propio potencial descomponerse en una decepción irredimible cuando el «debería ser» resulta aplastado por el «es». A veces pienso que sería más fácil morir que encarar eso, porque «lo que podría haber sido» tiene mucho más prestigio que «lo que debería haber sido». A los chicos muertos se los coloca sobre pedestales, mientras que a los chicos con una enfermedad mental se los esconde bajo la alfombra.

# 99

## CORRIENDO POR LOS ANILLOS DE SATURNO

En el despacho de Poirot hay un póster motivacional. Se trata de un atleta de las Olimpiadas llevándose por delante la cinta de la meta de una carrera. La leyenda dice: «Puede que no seas el primero, puede que no seas el último, pero cruzarás la meta». Eso me hace pensar en el equipo de atletismo del que no llegué a formar parte. Su póster es una mentira: no puedes cruzar la meta si abandonas antes de la primera carrera.

—¿Te dice algo? —pregunta Poirot cuando se da cuenta de que lo estoy mirando.

—Si lo hiciera, seguramente usted me cambiaría la medicación —le respondo.

Se ríe al oírlo, y me pregunta qué tal me va allí. Yo le digo que todo es una mierda, y él se disculpa, pero no hace nada para que las cosas dejen de apestar.

Me hace cumplimentar un cuestionario que parece increíblemente inútil.

—Es para el seguro —dice—. Les encanta el papeleo.

—Pero, fijándome en la carpeta que tiene enfrente de él, yo diría que a él también le gusta bastante el papeleo—. Tus padres me han dicho que eres un artista.

—Supongo.

—Les he pedido que te traigan tus cosas de dibujo. No permitimos nada que pueda resultar peligroso, claro... El personal decidirá qué es lo que puedes tener. Estoy seguro de que te podrás expresar creativamente.

—Yupi.

Olfatea mi actitud como quien olfatea un aroma, y anota algo. Sospecho que tendrá como consecuencia algún ingrediente en mi cóctel. Además de la ocasional inyección de Haloperidol, ahora tomo cuatro pastillas dos veces al día. Una para cerrarme los pensamientos, otra para cerrarme los movimientos. Una tercera para combatir los efectos colaterales de las otras dos. Y una cuarta para que la tercera no se sienta sola. El resultado deja mi cerebro orbitando más allá de Saturno, donde no pueda molestar a nadie, especialmente a mí.

El caso es que no logro imaginarme a un atleta que se encuentra tan lejos cruzando la línea de meta a tiempo.

# 100

## SUS INCRUSTADAS EXTREMIDADES

—Me he estado concentrando en mis piernas —me dice Calíope mientras me sostiene en su familiar y frío abrazo por encima de las olas. Tengo moratones producidos por la dureza de sus manos de cobre, que se han vuelto aún más verdes que el resto del barco. Lo que empezó como huellas de oxidación en el rabillo de sus ojos y en los pliegues de su largo cabello de cobre se ha extendido por toda ella, y acepta con resignación la pérdida de su brillo.

—Vos no tenéis piernas —le recuerdo.

—Creo que ahora sí. Piernas y pies. Y dedos en los pies, y uñas en los dedos. Mi concentración lo ha provocado.

—Entonces susurra—: No se lo podéis decir a nadie, y menos al capitán, porque él no lo aprobaría.

—Os tiene miedo —le recuerdo.

—Le tiene miedo a cualquier cosa que no pueda controlar. Y es capaz de cortarme las piernas si piensa que de ese modo me impedirá escaparme de él. —Se mueve un poco, pero su abrazo no afloja—: Si tengo pies, están incrustados detrás de mí, en el castillo de proa del barco. Encontrad el lugar justo debajo de la cubierta principal, donde se unen el lado de babor y el de estribor para formar la proa. Encontrad el lugar, decidme si tengo piernas, y decidme si podéis sacármelas de allí.

# 101

## UN TROZO DE CIELO

—Callie no se pone delante del ventanal porque le guste, sino porque lo necesita.

Me entero de eso por la chica del pelo azul, la rompecabecista perpetua que defiende contra los vómitos, con su vida si es necesario, su nuevo puzle paisajístico. Le gusta hablar conmigo solo cuando tiene algo desagradable que contar sobre otra persona.

—Es mi compañera de habitación y, créeme, es una friki total. Se piensa que cuando ella no lo está mirando el mundo exterior desaparece.

Observo que la chica del pelo azul intenta encajar una pieza del puzle en un sitio que claramente no es el que le corresponde. A continuación se toca la nariz dos veces, e intenta encajar la misma pieza en el mismo sitio, y se vuelve a tocar la nariz otras dos veces. Solo después de repetir tres veces ese ciclo, pasa a otra pieza.

—Ella no piensa que el mundo desaparezca —le explico yo—. Ella teme que lo haga. Mira, hay una diferencia. Es el miedo lo que está intentando evitar.

—En cualquier caso, es idiota.

Me gustaría emprenderla a golpes con la chica del pelo azul. Decirle que la idiota es ella. Tal vez volcar la mesa entera y mandar las piezas del puzle volando en todas direcciones. Pero no lo hago, porque esto no tiene nada que ver con la idiotez. Yo sospecho que Callie es muy inteligente. Y tal vez lo sea también la chica del pelo azul. No, no tiene nada que ver con la inteligencia, sino con el espejo retrovisor que estaba en el suelo. Tiene que ver con esa inútil y puñetera lucecita que acompaña al mensaje de «COMPRUEBE EL MOTOR». Y con el hecho de que el único que está cualificado para echar un vistazo bajo el capó no consiga levantarlo.

No, no la emprendo a golpes con ella. Lo que hago es preguntarle:

—¿Qué te piensas tú que pasará si no te tocas dos veces la nariz?

Ella me clava los ojos como si la hubiera abofeteado, pero ve que no me estoy burlando de ella, sino que se lo estoy preguntando en serio. Realmente me gustaría saberlo.

Vuelve a bajar la vista a su puzle, pero no intenta colocar ninguna pieza en su sitio.

—Si no lo hago —dice con calma—, entonces siento que caigo. Si no lo hago, entonces la cabeza me empieza a latir tan aprisa que me da miedo que me pueda explotar. Si no lo hago, entonces no puedo respirar, porque es como si hubieran extraído todo el aire de la sala. —Entonces, avergonzada, se toca dos veces la nariz, e intenta colocar otra pieza.

—Tú no eres una friki —le susurro.

—Yo nunca dije que lo fuera.

Me levanto para irme, pero ella me agarra por la muñeca y aprieta, obligándome a abrir la mano. Entonces me mete dentro de la mano una piececita del puzle. Es azul. Un trocito de cielo. No hay marcas distintivas que puedan servir para identificar a qué parte del cielo podría pertenecer. Es una de esas piezas que resultan dificilísimas de colocar.

—Puedes llevártela, ¿vale? —Entonces añade—: Pero tráemela de vuelta antes de que acabe con el puzle, ¿vale?

—Entonces añade—: Es como me llamo: Cielo. Es un nombre tonto, ¿no?

Y aunque no sé para qué me podría servir aquella pieza del puzle, la cojo y le doy las gracias, porque sé que no importa lo inútil que sea para mí, lo que importa es que ella ha decidido cedérmela.

—La cuidaré —le digo.

Ella asiente con la cabeza, y regresa a su ritual.

—A Callie le gustas —me dice—. No lo estropees portándote como un asqueroso.

# 102

## UÑAS DURAS

Hal raramente tiene visitas. Cuando las tiene, es solo su madre. La madre de Hal es una mujer muy guapa, que apenas parece lo bastante mayor para ser la madre de un chico de diecisiete años. Cada vez que viene, parece que acaba de salir de la peluquería, pero supongo que siempre dará esa impresión.

No solo sobresale de otras madres, sino que no se junta con ellas. Parece aislarse en un aura protectora, como una escafandra que resulta invisible para todos los demás. Este sitio no puede influir en ella. Las incoherencias profundas y salvajes de Hal no la conmueven.

Durante su última visita, la oigo quejarse de una mosca que parece sentirse atraída por su perfume y que no la deja en paz.

—Las moscas son unos horribles policías secretos que nos rasgan como si fuéramos carroña —le dice Hal—. Nuestros pensamientos solo son piel.

Sin inmutarse, ella da sorbos a su Coca-Cola Light y habla del tiempo. Está «demasiado fresco para esta época del año», dice. Yo ni siquiera recuerdo en qué época del año estamos, aunque supongo que no será invierno, pues esa es la única estación en la que el tiempo no puede ser «demasiado fresco para esta época del año».

Las uñas de la madre de Hal son demasiado largas para poder hacer nada con ellas, y siempre están pintadas con tal precisión que casi consiguen que uno aparte la atención de su pecho que, como una escultura renacentista, ha sido claramente elaborado por maestros en su arte.

Una vez le pregunté a Hal a qué se dedicaba su madre.

—Es coleccionista —me dijo, pero no entró en más detalles.

Ella no crio a Hal. Lo criaron sus abuelos hasta que murieron, y después fue a parar a una familia de acogida.

—Fue declarada una madre inadecuada —me explicó Hal una vez (parece que solo era adecuada para cuidar de su cuerpo, no de su hijo). También me dijo que el primer mapa que él desfiguró fue un mapa del Estado. Trazó líneas entre todos los lugares en que había vivido. Y encontró el diseño fascinante.

Cuando la madre de Hal se sienta con él, habla en frasecitas breves, practicadas. Hace preguntas igual que una presentadora de televisión, y le da a él noticias igual que si fuera la locutora de los informativos. Tamborilea en la mesa con sus uñas con tal severidad que después de un rato es el único ruido que puedo oír en la sala de recreo, y tengo que irme, porque puedo sentir esas uñas arañándome el cerebro, y luego empiezo a creerme que de verdad lo están haciendo, y se me echa a perder el resto del día.

A la gente bella a menudo se le perdonan muchas cosas, y tal vez se haya acostumbrado a vivir así la vida, pero yo no la perdono por nada, y ni siquiera sé qué cosas horribles ha hecho, aparte de mostrar una falta de adecuación como madre. Pero lo que más me irrita de ella es que tiene el descaro de hacerme apreciar más a mis padres.

# 103

## MANTRAS MÁGICOS Y GLOBOFLEXIA

Mi padre tiene la irritante costumbre de decir lo mismo siempre que sucede algo malo: «También esto se pasará», dice. Lo que me irrita es que siempre tiene razón. Y lo que todavía me irrita más es que, después de que haya pasado, él siempre me recuerda, muy pagado de sí mismo: «Ya te lo dije». Ya no lo repite porque mi madre le dijo que estaba muy oído. Tal vez lo esté, pero ahora me descubro a mí mismo diciéndomelo. No importa lo mal que me sienta, me lo digo, incluso si no me lo creo del todo. «También esto se pasará». Es sorprendente cómo pequeñas cosas como esa pueden resultar importantes.

Es como aquel viejo anuncio de Nike que decía: «Just do it». A mi madre le gusta contar la historia de los kilos que ganó cuando nació Mackenzie, y que hacer ejercicio le costaba tanto trabajo, que no era capaz de empezar, así que seguía comiendo y poniéndose cada vez más gorda. Finalmente se dijo a sí misma: «Just do it», y ese fue el mantra mágico gracias al cual volvió a hacer ejercicio regularmente. Perdió aquellos kilos antes de que Mackenzie cumpliera los dos años. Por otro lado, también tenemos a aquella secta extraña que cometió suicidio en masa llevando puestas zapatillas Nike completamente nuevas, en un retorcido homenaje al «Just do it». Supongo que incluso un simple eslogan puede retorcerse hasta que adopte la forma que queramos darle, como en la globoflexia, en la que hasta podemos hacer que el globo vuelva sobre sí mismo para formar el morro de un perrito. Al final, se puede ver quiénes somos por la forma de nuestros globos.

# 104

## CORDERO AMOTINADO

Un mascarón solo puede ver cosas que estén delante del barco, y nada de lo que haya dentro de él, así que Calíope solo puede adivinar cómo entrar en el castillo de proa, donde estarán incrustadas sus piernas, si es que existen. Ella piensa que yo puedo llegar allí desde las cubiertas inferiores, pero se equivoca. La única manera de entrar en el castillo de proa es pasando por una reja que hay en la cubierta principal. La reja está cerrada con un candado de acero, cuyo brillo es un burlón contraste al apagado verde que recubre el resto del barco. Miro dentro de la reja, pero no veo más que oscuridad.

—¿Buscando algo especial, algo especial?

La voz estridente del loro me hace saltar del susto. Siguiendo su voz, miro al frente de la proa para verlo posado en la cabeza de Calíope. Ella no intenta sacudírselo. Tampoco intenta atraparlo. Me pregunto si el loro sabrá que Calíope ha revivido. Aunque puede que, si ella permanece inmóvil, sea porque no quiere que él lo sepa.

—Nada especial —le digo yo, sabiendo que no me puedo escapar sin una respuesta convincente. Bajo la mirada a la reja cuadrada que está sobre el castillo de proa—. Solo me preguntaba qué habría ahí abajo.

—Cosas almacenadas —me responde—. Almacenadas y almohadas y amarronadas y amarilleadas —dice, imitando la voz del oficial de derrota, y entonces se ríe, encantado con su imitación. Sin embargo, ni siquiera se ha acercado. Ha conseguido imitar la voz, tal vez, pero no la cadencia. Cadencia, Caden, corren, cordero. Es más así.

—¡Andaos con mucho ojo! —me recuerda el loro—. No os distraigáis con cosas brillantes, y no olvidéis lo que os dije sobre el capitán. Lo que puede ser necesario hacer.

—Cordero, cojín, botín, motín —le digo, mejorando con mucho su imitación.

—Muy bueno, muy bueno —dice él—. Tengo fe en vos, marinero Bosch—. Fe en que haréis lo correcto cuando haya algo correcto que hacer. —Entonces se va volando hasta la cofa.

Esa noche el loro se asegura de que el cordero esté en el menú, solo para recordarme nuestra conversación. Aunque no me explico dónde encuentran el cordero en altamar, y me temo que tal vez no sea cordero ni mucho menos.

# 105

## FUERA DE SU ALINEACIÓN

—Hay muchas maneras de ver el mundo —me dice el doctor Poirot uno de mis días más claros, cuando sabe que podré digerirlo y no meramente repetir lo que dice—. Todos tenemos nuestros constructos. Unos ven el mundo como mal, otros lo ven como un lugar básicamente bueno. Unos ven a Dios en la más simple de las cosas, otros ven un vacío. ¿Son mentiras? ¿Son la verdad?

—¿Por qué me pregunta?

—Solo quiero indicarte que tu constructo se ha salido de su alineación con la realidad.

—¿Y si me gusta mi «constructo»?

—Puede ser muy seductor, muy seductor. Pero el precio que se paga por vivir en él es muy alto.

Guarda silencio por un momento, dejando que las últimas palabras me penetren, pero últimamente las ideas, más que a penetrarme, tienden a quedarse flotando.

—Tus padres y yo, todo el personal que trabaja aquí, queremos lo mejor para ti. Estamos aquí para ayudarte a tener lo mejor. Necesito saber que me crees.

—¿Qué importancia tiene lo que crea yo? Usted va a seguir haciendo lo mismo.

Poirot asiente con la cabeza, y ofrece lo que creo que es una sonrisa irónica, pero una voz alocada dentro de mi cabeza me dice que es siniestro. Las voces pueden quedar bastante apagadas por los medicamentos, pero nunca se callan del todo.

—Creo que usted quiere ayudarme —le digo—. Pero dentro de cinco minutos tal vez no lo crea.

Él lo acepta.

—Tu sinceridad te ayudará a recuperarte, Caden.

Y eso me cabrea, porque no me daba cuenta de que estaba siendo sincero.

De regreso a mi cuarto, le pido a Hal que piense en esto: ¿cree que todo lo que hacen aquí es por nuestro bien?

Hal tarda en responder. Desde la visita de su madre, se muestra más antisocial de lo normal. Por lo visto, es lo que sucede habitualmente. Le han aumentado el antidepresivo, lo cual no parece volverlo menos depresivo, pero le ayuda a olvidar que lo está.

—Lo que hacen aquí no tiene nada que ver con el precio del té en Jerez —responde por fin—. Ni tampoco con el precio del jerez en Cachemira.

—Ni con el precio de la cachemira en Dinamarca —añado yo.

Él me mira de repente, meneando un dedo:

—No traigas Dinamarca a colación, a menos que estés dispuesto a bregar con las consecuencias.

Y, como no lo estoy, no vuelvo a sugerir más naciones.

# 106

## EN LA PIEL DE QUIEN ÉRAMOS ANTES

Callie y yo no estamos en el mismo grupo de terapia. Pido que me cambien al suyo, pero no creo que hagan caso de esas peticiones.

—Estoy segura de que es como tu grupo —me dice Callie un día en el desayuno—, salvo que en mi grupo nadie es novato. Seguramente somos todos un poco menos ingenuos. Éramos lo bastante arrogantes como para pensar que habíamos acabado con este lugar. Ahora somos más humildes. O estamos más cabreados. O las dos cosas al mismo tiempo.

—Hal está en mi grupo y no es novato —señalo.

—Bueno, puede que haya salido y vuelto a entrar —dice Callie—, pero pienso que nunca ha dejado de ser un novato.

Siempre que puedo me pongo con ella ante el ventanal del salón de las vistas. Siempre que los pies me permiten permanecer en un sitio. Hoy, mientras ella está allí, observando el mundo con valentía, yo dibujo las cosas que me vienen por capricho a la mente. Han hecho un poco la vista gorda con las normas para permitirme tener rotuladores fuera de la sala de recreo. Pienso que eso debe de ser una señal de que estoy progresando. Sin embargo, no me dejan tener lápices. Es menos probable que los rotuladores de punta de fieltro que puedan causar heridas, ya sean intencionadas o accidentales.

Algunas veces Callie y yo hablamos, otras veces no. A veces le cojo la mano, que es algo que se supone que no debe-

241

ría hacer. El contacto físico no está permitido. Aquí la interacción humana debe ser verbal, nada más que eso.

—Me gusta cuando haces eso —me dice ella cuando un día le cojo la mano—. Eso me evita caer.

Caer de dónde, no lo sé. No le pregunto. Me imagino que me lo dirá si quiere. Tiene las manos frías. Dice que tiene mala circulación en las extremidades.

—Es genético —me explica—. A mi madre le pasa lo mismo. Puede enfriar una copa solo por llevártela.

A mí no me importa que tenga la mano fría. Normalmente yo la tengo demasiado caliente. Además, su mano se calienta rápidamente cuando se la cojo. Me encanta provocar ese efecto en ella.

—Esta es la tercera vez que vengo aquí —me confiesa—. Mi tercer episodio.

—Episodio.

—Así lo llaman.

—Suena a miniserie.

Sonríe al oír eso, pero no se ríe. Callie no se ríe nunca, pero la sinceridad de su sonrisa lo compensa.

—Me dicen que cuando pueda dejar de mirar por este ventanal, podría estar lista para volver a casa.

—¿Y te estás acercando a ese momento? —le pregunto, deseando, por puro egoísmo, que me diga que no.

Ella no responde. Lo que me dice es:

—Más que nada quiero salir de aquí... pero a veces mi casa es peor que esto. Es como saltar al frío océano en un caluroso día de verano. Es lo que más deseas, aunque no quieres sentir la impresión del agua fría.

—A mí sí me gusta esa sensación —le digo yo.

Ella se vuelve hacia mí, me sonríe y me aprieta la mano:

—Tú eres raro.

Entonces se vuelve otra vez hacia la vista de la ventana, en la que hoy no hay cambios. Ni siquiera un simple halcón en el cielo, en busca de un conejo.

—En casa esperan que te cures —dice ella—. Dicen que lo entienden, pero la única gente que de verdad lo entiende son los que también han estado en Ese Sitio. Es como un hombre que le dice a una mujer que sabe lo que se siente dando a luz. —Se vuelve hacia mí, olvidando por un momento la vista—. Nunca lo sabréis, así que no finjáis que sí.

—No. Quiero decir que no fingiré que lo sé. Pero sí que sé, más o menos, cómo es lo que sientes ahora.

—Eso lo creo. Pero tú no estarás conmigo en casa. Solo estarán mis padres y mis hermanas. Todos piensan que la medicina debería hacer milagros, y se enfurecen conmigo cuando no los hace.

—Lo siento.

—Pero si yo lo soporto —dice—, al final me asentaré. Volveré a encontrar cómo era antes. Llegamos a hacerlo, ya sabes. A encontrarnos a nosotros mismos. Aunque cada vez es un poco más duro. Los días pasan. Las semanas. Y entonces nos volvemos a meter en la piel de quien éramos antes de todo esto. Volvemos a juntar las piezas y nos dedicamos a las cosas.

Eso me hace pensar en Cielo, la rompecabecista, y en la pieza del puzle que me dio. La guardo en el bolsillo como recordatorio, aunque no recuerdo qué es lo que se supone que tendría que recordar.

# 107

## LA LLAVE DEL CASIO POA

El oficial de derrota puede ser muy inteligente, pero yo no me atrevo a preguntarle por el castillo de proa y cómo entrar en él, porque también es curioso, y querrá saber por qué se lo pregunto. No le he dicho nada del tiempo que paso con Calíope, porque sé que no es capaz de guardar un secreto. Lo espetará en tantas rimas y aliteraciones que terminará sabiéndolo todo el mundo. Además, el oficial de derrota está últimamente de peor humor de lo habitual. Ha empezado a cerrarse a mí del mismo modo que se cierra a otros. Algo en mí le resulta sospechoso y pernicioso.

En su lugar, busco a Carlyle a medianoche y le pregunto. Lo encuentro fregando en la popa, retrocediendo hacia el palo de mesana, librando a la cubierta de la mugre y de algún ocasional cerebro.

—¿El «casio poa»? —me pregunta, pronunciando «castillo de proa» al modo en que lo hacen los marineros—. ¿Qué se os ha perdido en el casio poa?

—Solo me gustaría saber lo que hay allí.

Se encoge de hombros.

—Allí se guardan las amarras de delante —me dice—. Aunque llevamos tanto tiempo sin llegar a puerto que no me sorprendería que las amarras se hubieran convertido en seres más evolucionados.

—Si quisiera entrar allí, ¿dónde podría encontrar la llave?

—¿Para qué querríais entrar?

—Tengo mis razones.

Lanza un suspiro y mira a su alrededor para asegurarse de que no nos observan. Respeta mi privacidad en el asunto, y no me vuelve a preguntar por mis motivos.

—Solo hay una llave de ese candado, y la tiene el capitán.

—¿Dónde la guarda?

—Si os lo digo, no os va a gustar —me advierte Carlyle.

—Decídmelo de todos modos.

Por un momento Carlyle escudriña la sucia espuma del agua del caldero, y después dice:

—La guarda detrás del hueso de melocotón, en la cuenca de su ojo ciego.

# 108

## EPISODIOS PSICÓTICOS

No importa lo racional que parezca el mundo, uno nunca sabe cuánto caos se esconde a la vuelta de la esquina. Una vez vi esto en las noticias: en un rascacielos de Manhattan, una famosa toma el ascensor desde el ático al garaje, descendiendo sesenta y siete pisos (sesenta y ocho si se cuenta el entresuelo) para coger su Mercedes e ir a una galería en Madison Avenue, o lo quiera que hagan los famosos de Manhattan con su tiempo.

Lo que ella no sabe es que una cañería principal ha reventado solo unos minutos antes junto al edificio. Así que el ascensor llega al sótano, y en cuanto las puertas empiezan a abrirse, el ascensor se llena de agua helada. ¿Qué puede hacer? Ni siquiera hay un protocolo para aquello, porque aquella situación desbordaría la imaginación de cualquiera.

A los cinco segundos el agua le llega a la cintura, y después al cuello, y después se ahoga, sin llegar a saber qué demonios sucedió, ni cómo fue posible algo tan horrible. Pensad en ello: ahogarse en el ascensor de un rascacielos. Eso es algo absurdo en sesenta y siete diferentes niveles, sin contar el entresuelo.

Lo raro es que oír historias como esta me hace sentir un poco semejante al Todopoderoso, porque demuestran que hasta Dios tiene episodios psicóticos.

# 109

## CUANDO LOS TATUAJES SE DESMADRAN

Voy a la cofa a pensar en los obstáculos y consecuencias de coger aquella llave. Tal como lo veo, es una tarea imposible. Me siento en la barra, sorbiendo mi cóctel y compartiendo mi dilema con la camarera, porque se sabe que los camareros dan buenos consejos, y yo sé que el personal de la cofa no tiene ni amor ni lealtad al capitán. He conocido varios camareros aquí. Hacen distintos turnos, porque la cofa del barco está abierta las veinticuatro horas del día. La camarera de hoy es una mujer esbelta con ojos demasiado pequeños para la cara, cosa que compensa con rímel y una sombra de ojos color turquesa, así que sus ojos tienen cierto aire de plumas de pavo real.

—Es mejor olvidarlo —me aconseja la camarera—. Me refiero a olvidarlo literalmente. Cuanto menos lo recuerdes, menos importante parecerá, y cuanto menos importante parezca, menos ansioso estarás.

—Yo no quiero estar menos ansioso —le digo—. Al menos hasta que tenga la llave.

Ella lanza un suspiro:

—Lo siento, me gustaría ser de ayuda.

Parece un poco molesta porque yo no vaya a seguir su consejo. O tal vez le molesta que siga en la barra. La gente de la cofa no parece contenta de que yo me quede mucho tiempo allí. Como en cualquier establecimiento semejante, quieren que los clientes entren y salgan lo más rápido posible. Yo prefiero tomarme mi tiempo.

En el taburete de al lado está el maestro de armas. No toma nada, solo está hablando con la camarera. Y a ella no parece importarle. Los tatuajes de sonrisa malévola que tiene en los brazos me miran expresando emociones que van de la curiosidad al desdén, y después una de las calaveras, que tiene debilidad por las canciones de teatro, se pone a cantar un entusiasta «Hello, Dolly!», que resulta ser el nombre de la camarera. Eso despierta la queja de todas las demás calaveras.

—¿Cómo podéis soportar cuando los tatuajes se desmadran? —le pregunto al maestro de armas.

Por un momento me mira como si yo viniera de Marte, y luego dice bastante despacio:

—Yo... simplemente... no presto atención.

Supongo que «no prestar atención» requiere mucha disciplina. Cuando a mí se me descontrolan las voces interiores, me siento como si estuviera en medio de la Bolsa de Nueva York. Al menos él puede apagar las suyas con unas buenas mangas largas.

—¿Alguna vez habéis visto al capitán por aquí arriba? —le pregunto, pero ahora el maestro de armas parece que me ignora, así que le dirijo la pregunta a la calavera que lleva una rosa en la boca, suponiendo que puede ser la más amable de todas—: ¿El capitán viene alguna vez por la cofa?

—Nunca —dice el tatuaje a través de sus dientes apretados—. Él preferiría que no lo hiciera nadie. Al capitán no le gusta que nadie intervenga en la mente de los marineros. Salvo él.

—Entonces, ¿por qué no cierra el lugar? Quiero decir... bueno, él es el capitán, él puede hacer lo que quiera en este barco, ¿no?

—¡Ja! —dice la calavera de los dados en los ojos—. Eso indica lo poco que sabes.

—Hay cosas que ni siquiera el capitán puede controlar —dice la calavera de la rosa.

—¿Qué tipo de cosas?

Y la calavera teatral canta:

—«Los frentes borrascosos que permanecen en el horizonte; los lugares de plástico blanco donde muere todo pensamiento; los grumetes y los cócteles y los loros de alas brillantes: estas son algunas de las cosas que menos quiere».

Las otras calaveras gruñen, y yo sonrío. Si el capitán no es todopoderoso, tal vez cogerle la llave no sea tan imposible como yo pensaba.

# 110

## EL JARDÍN DE LAS DELICIAS

Hal y yo estamos sentados en la sala de recreo. Él está absorto en sus mapas y yo en mis dibujos, tratando de estar donde estoy y no en ningún otro lugar.

—He inventado un idioma caótico —me dice Hal—. Lleno de símbolos y címbalos y señales y sellos. Pero debido a su naturaleza caótica, no puedo recordarlo.

—¿Los címbalos eran para despertarte cuando te aburrías demasiado? —le pregunto.

Él me señala con un dedo:

—Ten cuidado con lo que dices, o cuando estés dormido te marcaré con un sello de caída de cabello, y te convertirás en tu padre.

Los sellos, como recuerdo de alguna oscura serie de cómics, son símbolos de magia medieval de aquellos días en que muy pocas personas sabían leer y escribir, y la escritura misma era vista como algo próximo a la magia. Un hombre que sabía leer era considerado un genio; un hombre que sabía leer sin mover los labios era proclamado o divino o demoniaco, dependiendo de la agenda del que tuviera que hacer la proclamación.

Hoy Hal está haciendo todas las proclamaciones, que es lo que ocurre actualmente.

—¡Los símbolos tienen fuerza! —anuncia—. Tú ves una cruz, y sientes algo. Ves una esvástica, y sientes otra cosa. Sin embargo, la esvástica es también un símbolo hindú que significa «es bueno», y eso demuestra que los símbolos pueden ser mortalmente corrompidos. Por eso yo me invento los míos. Para mí están cargados de significado, y eso es todo lo que cuenta.

Traza una espiral atravesada por una sinusoide. Dibuja dos interrogantes en ángulos raros, que se bisecan uno al otro. Tiene razón: tienen fuerza. Él los ha hecho potentes.

—¿Qué significan?

—Ya te lo he dicho, se me ha olvidado. —Entonces mira mi cuaderno de dibujo, y se da cuenta de que he copiado sus símbolos y que les estoy añadiendo cosas, convirtiéndolos en figuras que luchan la una con la otra. Acabo de corromper sus símbolos. Me pregunto qué va a hacer.

—Tu apellido es Bosch —dice—. ¿Estáis emparentados...?

Supongo que me está preguntando si estoy emparentado con el Bosco, también llamado Hieronymus Bosch, un artista que pintaba cosas realmente raras que me daban miedo cuando era pequeño, y que todavía me rondan por la cabeza en los días malos.

—Tal vez. No lo sé.

Él asiente con la cabeza, cómodo con la incerteza, y dice:

—Tú no me incluyas en tu jardín de las delicias, y yo no te escribiré sellos letales en la frente.

De ese modo, Hal y yo alcanzamos un acuerdo.

# 111

## CALIENTE PARA TI

Abro los ojos en medio de la noche, y siento el conocido adormecimiento de la semiconsciencia combinada con medicamentos. Mi cabeza es un aeropuerto envuelto en niebla. Todos los pensamientos tienen que quedarse en tierra. Aun así, puedo notar que me están observando. Me obligo a atravesar mi neblina farmacológica, y me giro hasta encontrar a alguien que está de pie al lado de la cama.

A la escasa luz que viene del pasillo, puedo ver un pijama verde lleno de caballos marinos de dibujos animados. Oigo un ruidito seco, y solo me cuesta un instante darme cuenta de que el ruidito proviene de unos dientes que castañetean.

—Tengo frío —dice Collie—. Y tú estás siempre tan calentito.

No se mueve, solo habla. Yo miro el cuarto, y veo a Hal, que está roncando, completamente ausente. Callie está esperando una invitación. Yo retiro mis mantas. Es suficiente invitación, y ella entra en mi cama.

Está helada. No solo lo están sus manos y sus pies, sino todo su cuerpo. Yo vuelvo a echar las mantas por encima de los dos, y ella vuelve su espalda hacia mí, haciendo que me resulte más fácil abrazarla y compartir con ella la calidez de mi cuerpo. Nos pegamos uno al otro como un par de cucharas. Siento los resaltos de su columna vertebral contra mi pecho. Puedo sentir su corazón, latiendo mucho más aprisa que el mío. Pienso en que nuestros cuerpos forman un símbolo tan potente como los símbolos de Hal. Y me da por pensar que los símbolos con más significado tienen que estar basados en las diferentes maneras en que pueden abrazarse dos personas.

—Que no se te ocurran ideas —dice ella.

—No se me ocurren ideas —repito, como grogui. No se me podrían ocurrir tales «ideas» ni aunque quisiera. Cuando los medicamentos son tan fuertes, suprimen toda posible agitación. En realidad me alegro, al menos en este momento en particular, porque no hay expectativas, y tampoco el más leve asomo de incomodidad. Tan solo se trata de darle calor.

Sin embargo, estoy preocupado. Sé que hay varios tipos de pijama color pastel que están de guardia por la noche, y que hacen sus rondas de manera regular, comprobando cada habitación. Las cámaras de vigilancia también están por todas partes. El hospital hace todos los esfuerzos posibles por monitorizar todos los aspectos de nuestro comportamiento, pero siempre hay espacio para el error humano. El hecho de que Callie esté aquí lo demuestra.

—¿Y si nos ven? —pregunto.

—¿Qué nos van a hacer, expulsarnos? —pregunta ella.

Y entonces comprendo que no me importa lo que vean, ni lo que digan, ni lo que hagan. Ni Poirot, ni los tipos del pijama color pastel, ni tampoco mis padres. No pintan nada en este momento. No tienen derecho a meterse.

La sujeto más fuerte, apretándome contra ella hasta que siento un poquito de su frío, lo cual significa que ella está tomando parte de mi calor corporal. Al cabo de un rato, los dientes dejan de castañetearle, y nos quedamos allí tendidos, respirando al unísono.

—Gracias —dice por fin.

—Puedes venir siempre que tengas frío —le digo. Pienso en darle un suave beso en la oreja, pero lo que hago es arrimarme y susurrarle al oído—: Me gusta estar caliente para ti.

Solo después de decirlo, me doy cuenta del otro sentido en que se puede entender la frase. Dejo que crea que lo he dicho con toda la intención.

No responde nada. Su respiración se vuelve lenta, yo me adormezco, y cuando vuelvo a abrir los ojos, estoy solo en la cama, y me quedo preguntándome si sucedió realmente. ¿O fue otro truco de mi mente?

Hasta la mañana no encuentro su zapatilla en el suelo, cerca de mi cama, dejada allí no sin querer, no por descuido, sino con un travieso propósito.

En el desayuno se la llevaré, me arrodillaré ante ella, y se la calzaré yo mismo. Y, como en el cuento de hadas, a su pie le vendrá perfecta.

# 112

## UNA ANGUSTIA ABSTRACTA Y ANGULOSA

En el grupo de terapia, Carlyle nos entrega hojas de papel y rotuladores para dibujar.

—Hoy vamos a darle un descanso a la boca —nos dice—. Hay otras maneras de expresarse. Hoy utilizaremos la expresión no verbal.

El chico inquietante al que todo el mundo llama Huesos mira a Cielo y le ofrece un gesto no verbal y sexualmente explícito que provoca otro gesto no verbal por parte de Cielo en el que utiliza un dedo en particular. Huesos se ríe por lo bajo, y Carlyle finge que no ha visto nada.

—Hoy se trata de dibujar el modo en que os sentís. No tiene que ser una cosa literal, y no hay un modo correcto ni incorrecto de hacerlo. Nadie va a poneros nota.

—Esto es una porquería digna de una guardería —dictamina Alexa, la chica con vendas en la garganta.

—Solo si es eso lo que dibujas tú —le responde Carlyle.

La gente mira su hoja como si el estrepitoso vacío ya estuviera invadiendo su frágil mente. Otros miran las paredes pintadas de verde pálido que los rodean, como si fueran a encontrar la respuesta en ellas. Huesos sonríe con maldad y se pone a trabajar. Yo sé perfectamente qué es lo que va a dibujar. Todos lo sabemos. Y ninguno de nosotros cree ser capaz de leer la mente.

Esta tarea no supone problema para mí, pues es lo que hago la mayor parte del tiempo, aunque unas veces con más pasión y urgencia que otras. Carlyle lo sabe, y tal vez por eso ha elegido una tarea artística para hoy.

Al cabo de unos minutos, mi papel refleja un paisaje interno recortado, lleno de bordes afilados y grietas profundas. Sin ninguna sensación de gravedad ni de perspectiva. Una angustia abstracta y angulosa. Me gusta. Y me seguirá gustando hasta que lo odie.

Otros no son tan rápidos dibujando.

—No puedo hacerlo —se queja Cielo—. Mi cabeza no ve los sentimientos como imágenes.

—Inténtalo —le dice Carlyle con amabilidad—. Cualquier cosa que dibujes está bien. Nadie te va a juzgar.

Ella vuelve a mirar su página en blanco, y entonces me la ofrece.

—Hazlo tú.

—Cielo, creo que no has entendido lo que... —dice Carlyle.

Sin embargo, yo cojo la hoja de papel, miro a Cielo por un momento, y me pongo a trabajar. Dibujo una cosa abstracta y dramática que es un cruce entre una ameba y uno de esos peces llamados mantas, pero con ojos y bocas en lugares inesperados. Me cuesta un minuto más o menos. Cuando está acabado, Cielo me mira con la boca y los ojos abiertos como platos. Espero que me ofrezca el mismo gesto hecho con el dedo que usó antes, pero lo que hace es preguntarme:

—¿Cómo has hecho eso?

—¿Qué?

—No tengo ni idea de lo que es, pero es exactamente como me siento ahora.

— Cielo —dice Carlyle—, realmente no creo que...

—Me da igual lo que crea —dice Cielo—. Él sí que me ha entendido.

—Ahora yo —dice Huesos. Da vuelta al falo que ha estado dibujando, para que yo pueda dibujar en la otra cara de la hoja.

Yo miro a Carlyle. Él levanta las cejas y se encoge de hombros:

—Adelante —dice. Me gusta el hecho de que Carlyle se deja mecer por las olas más que oponerse a ellas. Es una buena estrategia.

Para Huesos, yo dibujo un garabato que se convierte en un puercoespín ligeramente sexy. Cuando termino, se ríe.

—Tío, tú eres un verdadero artisto del alma.

Otros aguardan su turno ansiosos. Hasta los miembros del personal, que están al margen, me miran como si de algún modo lo que dibujo fuera a salvarles la vida.

—De acuerdo —dice Carlyle, recostándose contra el mamparo de cobre verde de la sala de mapas—. Caden puede dibujarlo, pero cuando haya terminado, tendréis que explicarme cada uno lo que quiere decir.

Me ponen delante sus pergaminos, y yo traslado febrilmente sus sentimientos en líneas y colores. Para el Experto en Sabidurías, ofrezco algo lleno de espinas y de ojos que no se sabe qué es. Para Alexa y su gargantilla de perlas, una cometa con tentáculos, que la corriente eleva por los aires. El único que no me ofrece su pergamino es el oficial de derrota, porque se pone a dibujar en silencio su propio mapa.

Todo el mundo dice que le he entendido bien, y mientras comparan sus yos interiores, me dirijo a Carlyle, un poco preocupado:

—¿Creéis que el capitán lo aprobará?

Carlyle lanza un suspiro:

—Vamos a intentar quedarnos aquí en este momento, ¿vale?

Y aunque eso me pone nervioso, accedo a intentarlo.

# 113

## QUIÉNES ERAN

Vincent van Gogh se cortó la oreja, se la envió a la mujer que amaba, y terminó quitándose la vida. A pesar de poseer una visión artística tan sorprendentemente nueva, que al mundo le costó años apreciar, su arte no pudo salvarle de las profundidades de su torturada mente. Ese era van Gogh. Miguel Ángel, que tal vez sea el artista más grande que haya visto la humanidad, se obsesionó tan patológicamente con esculpir el *David*, que no se lavó ni cuidó de sí mismo durante meses. Pasó tanto tiempo sin quitarse sus botas de trabajar, que cuando lo hizo la piel de los pies se le iba con ellas. Ese era Miguel Ángel.

Recientemente he leído una historia sobre un artista esquizofrénico que vivía en las calles de Los Ángeles. Sus cuadros eran preciosas obras maestras de carácter abstracto, y la gente lo comparaba con los grandes genios. Ahora sus obras se venden por decenas de miles de dólares porque algún rico giró los focos mediáticos en dirección a él. Se puso traje y corbata para ir a la inauguración de su exposición, y cuando esta acabó, incluso con las puertas abiertas para él, se volvió a vivir a la calle. Porque ese era él.

¿Y quién soy yo?

# 114

## EL VASITO DE PAPEL

—Lo siento, no lo he entendido.

—Te he preguntado si has notado alguna diferencia en cómo te sientes, Caden.

—Diferencia en cómo me siento.

—Sí. ¿Has notado alguna?

El doctor Poirot tiene la irritante costumbre de asentir con la cabeza, incluso cuando uno no está hablando, lo cual me hace difícil saber si he respondido o no a la pregunta.

—¿Que si he notado alguna qué?

Por un momento, da golpecitos con el bolígrafo en la mesa, pensativo. Eso me distrae y olvido no solo lo fundamental de la conversación, sino también todo su propósito. Este es uno de esos días. ¿De qué estábamos hablando? ¿De la cena, tal vez?

—El cordero —le digo.

—El cordero —repite él—. ¿Qué pasa con el cordero?

—No estoy seguro, pero me parece que nos estábamos comiendo a los tripulantes que se han quedado sin cerebro.

Piensa en ello seriamente, y después coge su pequeño talonario y garabatea en él una nueva receta para mí.

—Me gustaría añadir Risperdal a tu medicación —dice—. Creo que puede ayudar a que estés aquí con nosotros la mayor parte del tiempo.

—¿Por qué no combinan el Ativan, el Risperdal, el Seroquel y el Depakote en una sola pastilla? —sugiero—. Atirisperquellakote.

Se ríe, y entonces arranca la receta, pero es demasiado sensato como para entregármela a mí. No: la receta va a mi hoja, que irá a los empleados del pijama color pastel, quienes la llevarán a la farmacia y, antes de la hora de la cena, una nueva pastillita llegará a mi vasito de papel.

# 115

## REDOBLEMOS EL TRABAJO Y EL AFÁN, Y ARDERÁ EL FUEGO Y HERVIRÁ EL CALDERO

Alrededor del noventa y nueve por ciento de una pastilla está hecho de otras cosas que no tienen nada que ver con la medicación. Añaden ingredientes para dar color, para recubrir, y también para que la pastilla no se desmenuce. Cosas como el xantano, que está hecho de bacterias; el carbopol, que es un polímero acrílico, como la pintura de las paredes; y gelatina, que se hace de cartílago de vaca. En algún lugar, en los más secretos recovecos de Pfizer, o de GlaxoSmithKline, o de alguna otra de las grandes empresas farmacéuticas, me imagino que hay una mazmorra de alta seguridad donde tres brujas con joroba remueven un enorme caldero industrial lleno de porquerías que no quiero conocer, pero que tengo que ingerir cada día.

Y las versiones genéricas ni siquiera cuecen al fuego de unas brujas auténticas.

# 116

## DIRTY MARTINI

Al final sucede.

Mi cerebro escapa por el agujero izquierdo de la nariz y se asilvestra.

Estoy fuera de mi cuerpo, corriendo por la cubierta en medio de la noche. El barco está envuelto en niebla. No se ve ni asomo de estrellas, ni de lo que pueda haber ante nosotros, o tal vez sea solo que el ojo de mi mente no puede ver tan lejos. Los otros cerebros me silban cuando yo me acerco. Somos criaturas solitarias, me doy cuenta. Solitarias y recelosas. Tan cerca de la cubierta, puedo ver la pez negra y pegajosa que se extiende entre las planchas de cobre. Ese barro negro bulle con intenciones que preferiría no conocer. Mis patitas retorcidas y moradas tienen aspecto de raíces, chisporrotean inteligencia, o tal vez sean solo una serie de cortocircuitos. Esas patitas retorcidas, dendríticas, se quedan pegadas en la pez, y la cosa esa empieza a tirar de mí hacia abajo, como si yo fuera un dinosaurio hundido en alquitrán. Sé que si no me puedo liberar me veré hundido, arrastrado a la estrecha rendija que hay entre las planchas de cobre, y aplastado, devorado por la pez. Se necesita una enorme fuerza de voluntad, pero al final consigo liberarme.

¿Adónde iré?

No puedo dejar que Calíope me vea de este modo. Estoy horrible. Así que me dirijo a popa y hago mi camino por el mamparo, como una salamanquesa, hacia el camarote del capitán, y me aplasto hasta quedarme tan plano que puedo deslizarme bajo la puerta. Si es verdad que juego una parte crucial en esta misión, entonces él me ayudará. Encontrará el modo de arreglar esto.

El capitán está sentado ante su mesa de trabajo, con una vela medio consumida, estudiando uno de mis dibujos en busca de símbolos y señales. Cuando levanta la vista para verme, la mirada de su ojo es como un lanzallamas.

—¡Sacad esa cosa de aquí! —brama.

No me reconoce. Por supuesto que no me reconoce. Para él no soy más que otro bicho inútil de los que infestan el barco. Intento explicarme pero no puedo, porque no tengo boca.

Oigo pasos. Una puerta que chirría al abrirse, y manos, docenas de manos que me agarran. Yo me retuerzo y me escurro. ¡No puedo dejar que me atrapen! Las manos me cogen y me aferran, pero yo me libero de ellos contorsionándome y me escapo por la puerta, cayendo por la escalera a... la humedad.

La cubierta está mojada con agua jabonosa, y Carlyle me ataca con su mocho. ¡El mocho es enorme! Es un muro de mugrientas serpientes de color marrón. Su mocho me pega y la corriente de agua me lleva. Yo intento agarrarme a algo, pero no lo consigo. Veo el agujero de desagüe delante de mí, y no puedo hacer nada. Un momento después me veo en caída libre. Y luego estoy en la fría mar, sumergido bajo las olas.

Me duele. Siento el dolor por todas partes, y sé que voy a morir de este modo. Mi cuerpo, en el barco, seguirá realizando los movimientos de los vivos, pero yo me habré ido.

Entonces, en medio de mi pánico, siento algo. Algo enorme que se mueve debajo de mí. Duras escamas rozan al pasar mis blandas terminaciones nerviosas. Es una de las criaturas de las que habla el capitán. Está aquí, y es real.

Retrocedo aterrado. Enseguida se va para hundirse en las profundidades... pero solo ha sido para ganar impulso con el que volver a ascender, esta vez con las fauces abiertas. Yo pataleo, forcejeo contra el agua, y finalmente llego a la superficie.

No puedo ver nada. Ni el barco ni la mar. La niebla es tan densa como algodón. Siento el movimiento del agua mientras la criatura asciende hacia mí. Entonces, de pronto, aparece el loro, descendiendo en picado con las alas abiertas, y me agarra, clavando las garras en las protuberancias y recovecos de mi materia gris. Me saca del agua, y nos remontamos en el aire.

—Inesperado, inesperado... —dice el loro—, pero no irreversible.

Nos elevamos por encima del barco, fuera del peligro y del denso banco de niebla. Lo único que puedo ver del barco es el palo mayor y la cofa que asoman por la niebla, pero el cielo arriba es claro. Las estrellas aparecen tan claras como la Vía Láctea vista desde el espacio. En un instante, he pasado del terror absoluto a un asombro maravillado.

—Puedo haceros un regalo de horizontes sin fin —chilla el loro a pleno pulmón—, pero solo si hacéis lo que hay que hacer. Ha llegado el momento. Acabad con el capitán, y todo lo que veis, de un horizonte al otro, será vuestro.

Quiero contarle lo de la criatura que he visto bajo las olas, pero no puedo comunicar nada. Quiero creer que el loro me puede leer la mente, pero no es así.

—Todo está bien —dice. Y entonces me deja caer.

Caigo en picado hacia el barco envuelto en niebla. La cofa se agranda ante mí, me envuelve, y me encuentro zambulléndome en un líquido amargo. Estoy en el fondo de una enorme copa de martini, colocado allí, impotente, como una aceituna en un dirty martini.

Hay ojos por todas partes. Me estudian con caras que resultan demasiado distorsionadas por el curvo cristal para que pueda reconocerlas.

—Ya sabéis —le oigo decir al camarero—, que han puesto el cerebro de Einstein en un tarro de formol. Si es bueno para él, será bueno para vos.

# 117

## MIENTRAS ESTABAS POR AHÍ

—A veces sucede así —dice Carlyle. No lleva el mocho, y eso me ayuda a saber dónde estoy. El reloj dice que hace rato que ha pasado la terapia de grupo, pero a veces Carlyle se queda por la zona del comedor, hablando. Echando una mano.

—Sucede así —repito. Hoy no he participado en el grupo. Tenía otras preocupaciones.

—Cada uno reacciona distinto a la medicación. Por eso Poirot te la sigue cambiando. Tiene que encontrar el cóctel adecuado.

—El cóctel adecuado —digo. Sé que estoy repitiendo lo que dice él. Lo sé, pero no lo puedo evitar. Mis pensamientos son de goma, y cualquier cosa que llega rebota por mi boca.

He tenido una «reacción adversa» al Risperdal, pero ni Poirot ni los empleados del pijama color pastel me han querido explicar qué quería decir eso. Carlyle ha sido más comunicativo:

—Se supone que no te tengo que molestar con los detalles, pero te mereces saberlo —me dijo—. Has sufrido taquicardia y temblores. Te volviste bastante incoherente. Sé que suena horrible, pero no fue realmente tan grave.

No recuerdo nada de eso. Yo estaba en Otra Parte.

Carlyle me acerca un plato de comida, recordándome que tengo que comer.

Lo hago, intentando concentrarme en la tarea de masticar y tragar, pero incluso cuando intento concentrarme, la mente se me va. Pienso en Calíope, a la que llevo días sin ver. Tengo que ir a la proa. Pienso en los camareros, y me pregunto qué cosas diabólicas me estarán poniendo en el cóctel: bazo de camaleón, testículo de tarántula... Al final me doy cuenta de que estoy allí parado, sentado, con el tenedor en el aire, y la comida cayéndoseme por un lado de la boca. Tal vez haya estado así durante horas, pero seguramente no, porque Carlyle no dejaría que eso me ocurriera durante más de unos pocos segundos. Me recuerda que tengo que masticar y tragar. Luego me recuerda que tengo que volver a hacerlo. Esto ha sido un paso atrás. Los dos lo sabemos.

Carlyle me coge la cuchara de la mano y la posa.

—A lo mejor comes más tarde —me dice, comprendiendo que es imposible que lo haga ahora.

—A lo mejor como más tarde.

Y me doy cuenta de que el tenedor se ha convertido, mágicamente, en una cuchara.

# 118

## FÍSICA COMÚN Y CORRRIENTE

El barco se levanta y se agacha, se levanta y se agacha. Una lámpara que cuelga del bajo techo de mi camarote se balancea con el movimiento del barco, y las sombras se alargan y se encogen, y cada vez que lo hacen parece que llegan un poco más cerca. El capitán supervisa personalmente el retorno de mi cerebro a mi cabeza. Lo de volver a meter la pasta de dientes en el tubo ni por asomo da idea de la dificultad de la operación.

—Esto se hase crreando un vasío dentrro del crráneo —explica el médico del barco—. Entonses el serebrro errante se intrroduse por la narrina isquierrda, y el serrebrro lo sucsiona para llenarr el vasío. No es más que física común y corrriente. El médico del barco, al que no había visto nunca y nunca volveré a ver, se parece, y habla, sospechosamente como Albert Einstein, cuyo cerebro, he oído, está conservado en un tarro. Cuando la operación ha terminado, todavía me siento, en cierto modo, como fuera del cuerpo. El capitán me mira y niega con la cabeza, como decepcionado.

—El que con niños se acuesta, rabiado se levanta —me dice inmisericorde. No creo que ese sea realmente el refrán, pero comprendo lo que quiere decir: «Eso es lo que os pasa por confiar en el pájaro y en esos malditos camareros. Fiaos de mí, muchacho, no de esos brebajes que os succionan el cerebro. ¡Creí que a estas alturas ya habríais aprendido algo!».

El capitán se alza imponente sobre mí, y ahora que me encuentro incapacitado, él parece inverosímilmente grande. Se vuelve para irse, pero yo no quiero que se vaya. El oficial de derrota no está por allí, y yo no quiero quedarme solo precisamente ahora.

—Pasó por mi lado, en el agua... —le digo.

Él se vuelve hacia mí, escudriñándome:

—¿Qué es lo que pasó por vuestro lado, en el agua...?

—Algo enorme. Que tenía escamas. Que parecían de acero. Entonces se sumergió hondo, y luego se lanzó hacia la superficie. Podía sentir su hambre. Me quería devorar. —No me atrevo a decirle que el loro me rescató antes de que lo hiciera.

El capitán se sienta al borde de mi catre.

—Esa —dice— era la Serpiente Abisal, un adversario formidable. En cuanto pone su ojo en alguien, no ceja hasta que acaba con él, o con lo que sea. No os dejará en paz. Nunca os dejará.

Y aunque esa no es la mejor noticia del mundo, el capitán sonríe:

—Si la Serpiente Abisal os encuentra tan digno de su atención, eso dice mucho de vos. Quiere decir que hay mucho más en vos de lo que se aprecia a simple vista.

Aparto los ojos de él, volviéndome hacia la pared, intentando escapar de la perspectiva de la serpiente.

—Si no os importa —le digo—, hay ciertos ojos que preferiría no encontrar.

# 119

## UN POCO PARLANCHÍN

Mi nivel de ansiedad está volviendo a subir drásticamente, y yo me paseo por delante del mostrador de las enfermeras, poniendo nerviosa a Dolly, la enfermera que está al cargo por las mañanas.

—Cielo, ¿no tienes grupo ahora?

—Creo que no.

—¿Y no preferirías estar haciendo algo?

—Creo que no.

Ella se queja a la otra enfermera de que los pacientes no tenemos el tiempo lo bastante cubierto, y al final esta le pide al ordenanza de los tatuajes pavorosos que se me lleve de allí.

—¿Por qué no ves un poco la tele en la sala de recreo? —sugiere él—. Tienes unos cuantos amigos viendo *Charlie y la fábrica de chocolate* —me dice—. La original, no la asquerosa en la que trabaja Johnny Depp.

Eso me fastidia:

—En primer lugar, que todos tengamos «umpa mumpas» rebotándonos por el cerebro no significa que seamos todos amigos. Y en segundo lugar, la película original se llamaba *Un mundo de fantasía*, aunque técnicamente no, porque el libro fue primero, y el título del libro es *Charlie y la fábrica de chocolate*, pero no por eso tiene usted razón.

Él se ríe, y eso me fastidia todavía más:

—Bueno, ¿no estamos un poco parlanchines hoy?

¿Y él qué es, el cuidador de los Ángeles del Infierno?

—Espero que sus calaveras se lo coman mientras duerme —le digo.

No se ríe al oír eso, y tengo la sensación de que puedo cantar una pequeña victoria.

# 120

## LOS MAPAS DICEN OTRA COSA

La madre de Hal hace una de sus visitas sorpresa. Yo no estoy en la sala de recreo para verlo. Ni siquiera me puedo sentar el tiempo suficiente para dibujar, y vuelvo a caminar de un lado al otro de la cubierta para contrarrestar el movimiento del barco. Si se lo pidiera me darían un Lorazepam extra, pero no lo hago. El camarero es demasiado libre con los cócteles, y la idea de subir a la cofa me pone más nervioso todavía.

Cuando volvemos a nuestra habitación, Hal me cuenta su última aventura maternal. Esta vez ella se quedó más tiempo del acostumbrado. Hasta jugó una partida a las damas con él. A eso se le llama normalmente «una bandera roja».

—Bueno, ¿y qué pasa? —le pregunto.

—Se va a ir a Seattle —me dice Hal—. Está muy emocionada, y quería que yo lo supiera.

—¿Por qué a Seattle? —pregunto.

—Está en proceso de añadir un nuevo marido a la colección, y allí es donde vive él.

No sé exactamente qué le parece eso a Hal.

—Bueno, eso está bien, ¿no? Irás allá cuando acabes aquí.

Hal mira al techo fijamente, tendido en la cama.

—Los mapas dicen otra cosa.

—¿No te va a llevar?

—Yo no veo camino al Pacífico Noroeste. —Se queda un momento callado, y luego añade—: Su novio me encuentra «desmoralizador».

Estoy a punto de señalar que, como madre de él, ella no lo puede abandonar, pero entonces recuerdo que a ella ya le quitaron la custodia.

Se pone mirando al mamparo. Siento que el barco se eleva y desciende, cruzando lentas y potentes olas.

—No pasa nada —me dice Hal—. Tengo lugares mejores en los que estar.

# 121

## CONTENTOS AVANZAMOS

En el grupo de la mañana siguiente hay un par de caras nuevas, y faltan algunas de las viejas. Cada uno tiene un día diferente de graduación, y la población está cambiando constantemente. A veces hay cálidas despedidas, otras veces las salidas son sigilosas. Todo depende de lo que quiera el individuo.

—Pueden meter o sacar a la gente de aquí teletransportándola —me dice un chico llamado Raoul—. Lo he visto.

En vez de discutir con el constructo que hace Raoul de la realidad, le digo simplemente que no se me permite hablar con gente que tiene demasiadas vocales consecutivas en su nombre.

En el grupo de hoy, Cielo, que casi está terminando el puzle, parece un poco menos enfadada.

—Hay una razón para todo esto —dice Cielo al grupo, mirando a Carlyle en busca de su apoyo—. Mi madre dice que Dios aprieta pero no ahoga.

A lo que responde Hal:

—Tu madre es imbécil.

—¡Eh! —brama Carlyle, y Hal es expulsado por el resto de la sesión. Regla uno: los comentarios despreciativos son castigables con la expulsión inmediata. A menos, claro está, que lo que uno esté buscando es que lo expulsen. Porque entonces eso no sería un castigo, sino un agradable premio a la grosería.

—Caden —dice Carlyle, buscando a un moderado entre los extremos—, ¿qué piensas de lo que ha dicho Cielo?

—¿Quién, yo?

Pienso que él podría responder algo jocoso del tipo: «No, me refiero al Caden escondido en el respiradero», pero lo que dice es: «Sí, tú», como si yo no lo hubiera dicho simplemente por ganar tiempo, como si realmente pensara que él podría estar refiriéndose al Caden escondido en el respiradero. Carlyle puede ser decepcionantemente soso.

—No creo que Dios nos haya dado esto, como tampoco creo que les provoque el cáncer a los niños, ni que haga que les toque la lotería a los pobres —digo—. Como mucho, nos dará el valor para tratar con esto.

—¿Y qué me dices de aquellos que no tienen ese valor? —pregunta Raoul.

—Es fácil —respondo con ojos abiertos, conmovedores, y la cara totalmente seria—: esas son las personas a las que Dios de verdad, de verdad, odia.

Espero que Carlyle me expulse también a mí, pero no tengo tanta suerte.

# 122

## DESDE UN PUNTO DE VISTA HISTÓRICO

Si se piensa en ello, la percepción pública de la locura ha sido tan variada y rara como los síntomas, históricamente hablando.

Si hubiera nacido en otra época como nativo americano, se me podría haber venerado como un curandero. Mis voces habrían sido vistas como las voces de los ancestros, que impartían sabiduría. A mí se me habría tratado con mística consideración.

Si hubiera vivido en los tiempos bíblicos, se me habría visto como un profeta porque, afrontémoslo, solo hay dos posibilidades: o los profetas escuchaban realmente la voz de Dios, que les hablaba a ellos; o estaban mentalmente enfermos. Estoy seguro de que si un profeta actual emergiera hoy, sería recibido con un montón de inyecciones de Haloperidol, hasta que se abrieran los cielos y saliera de ellos la Mano de Dios para dar de bofetadas a los médicos.

En la Edad Oscura mis padres habrían ido a buscar a un exorcista, porque estaría claro que yo estaba poseído por espíritus malvados, o tal vez por el propio Diablo.

Y si viviera en la Inglaterra dickensiana, me habrían metido en Bedlam, que era algo más que una simple palabra ahora usada en inglés como sinónimo de «locura»: era un lugar real, una «casa de locos» donde los dementes sufrían prisión en condiciones inimaginables.

Vivir en el siglo XXI le concede a una persona mejores posibilidades de tratamiento, pero a veces me gustaría vivir en una época anterior a la tecnológica. Preferiría que todo el mundo me considerara un profeta y no un pobre chico enfermo.

# 123

## EL BARDO Y LOS PERROS

Raoul, el chico nuevo, recibe visitas de personas famosas muertas. Sobre todo de Shakespeare. Si se trata de su fantasma, o es consecuencia de viajes en el tiempo, eso no lo sé.

—Bueno, ¿qué te dice Shakespeare? —le pregunto mientras pasamos el rato cerca del mostrador de las enfermeras. Raoul de repente se pone a la defensiva.

—¡Déjame en paz! —dice—. Ahora me vas a decir que no es de verdad, pero no me vas a convencer, ¿vale? No me vas a convencer...

Se aleja de mí furioso, seguramente pensando que me voy a burlar de él, pero no lo hago. He adquirido mucho respeto por los engaños y/o alucinaciones, aunque no estoy seguro de qué es lo que sufre Raoul. ¿Ve al bardo genial? ¿O solo oye su voz? ¿Quizá, cuando hablo con él, piensa que yo soy Shakespeare?

Hubo un tiempo, antes de que acabara aquí, en que habría pensado que todo esto era divertido. Un tiempo en que yo era miembro del mundo, y no un miembro de «el club». El mundo solo quiere reírse ante el absurdo de la locura. Supongo que lo que lo convierte en divertido para la gente es que se trata de una burda distorsión de algo muy familiar. Por ejemplo, el mucho ruido y pocas nueces de Raoul tiene que ver con su padre, un actor shakespeareano fracasado, que abandonó su sueño y abrió un campamento para que los chicos desfavorecidos pudieran hacer teatro.

Me siento mal porque fui malo con él en el grupo de terapia, así que ahora intento serle útil de la peor manera. ¿Qué puede ser peor que mis intenciones de ayudarle? Así que sigo a Raoul a la sala de recreo, donde Cielo está entregada a su puzle y un grupo de chicos mira una película de perros que hablan, como si alguno de nosotros necesitara añadir perros que hablan a su estofado mental.

Raoul se deja caer detrás de una mesa, y yo me siento enfrente de él:

—¿Es una tragedia o una comedia? —le pregunto.

Él aparta la silla de mí, pero no se levanta para irse, lo cual significa que su movimiento solo es una pose. Quiere ver adónde va esto.

—Shakespeare escribió tragedias y comedias, así que ¿cómo te sientes cuando habla contigo? —En realidad el bardo también escribió sonetos de amor, pero si Shakespeare le recita sonetos, eso ya es harina de otro costal.

—Eh... No lo sé —dice Raoul.

—Si es una tragedia —le digo—, recuérdale a Shakespeare que también tiene un lado cómico. Rétale a que te haga reír.

—¡Vete! —me dice, pero como no me voy, se pone con los espectadores de la película de perros, aunque sé que no está realmente haciendo caso a la película, sino pensando en lo que le he dicho... que es lo que yo quería.

Yo no soy Poirot, ni siquiera soy Carlyle. No sé si le he dado un consejo bueno o no, pero me parece que esos mundos que mencionamos pueden ser tan oscuros que cualquier cosa que podamos hacer para aligerarlos estará bien, ¿no?

# 124

## ODIANDO AL MENSAJERO

Estoy insensibilizado a los horrores de la terapia de grupo. Los detalles gráficos, las lacrimógenas confesiones, los arrebatos furiosos... todo ello me parece ahora un ruido de fondo. Carlyle es un buen facilitador. Intenta ser una mosca en la pared, y nos deja que hablemos entre nosotros, dándonos consejo y orientándonos solo cuando es necesario.

Alexa hace lo mismo casi cada día. En el instante en que consigue que le hagan caso, no deja hablar a nadie más, especialmente cuando hay alguien nuevo en el grupo. Sigue reviviendo los horrores que su hermanastro le infligió, y cómo era eso de cortarse ella misma la garganta. Solo cambia las palabras, y hace diferentes introducciones para engañarnos y que pensemos que nos va a contar algo nuevo.

¿Es una muestra de insensibilidad por mi parte querer que lo deje? ¿Es una muestra de crueldad querer gritarle que se calle de una vez, después de haber oído un millón de veces la misma historia? Me doy cuenta de que hoy estoy un poco más despejado de lo habitual. Un poco más verbal. Puedo razonar. Tal vez no dure, pero estoy decidido a aprovecharlo mientras estoy a tiempo.

En su relato de hoy, Alexa está de pie, enfrente del espejo, clavándose los ojos hasta dentro, y decidiendo que no hay nada en ellos que merezca la pena salvar. Pero antes de que se lleve a la garganta la navaja suiza, le grito:

—Perdona, pero ya he visto esta peli.

Todos los ojos se vuelven hacia mí.

—Os voy a fastidiar el desenlace —prosigo—: la chica intenta matarse, pero sobrevive, y el cerdo de su hermanastro se larga y desaparece de la vida de todo el mundo. Las primeras veces que pasaron esta peli hacía llorar, pero ahora está tan vista que no la quieren ni en la televisión por cable.

—Caden —dice Carlyle con cuidado, como si estuviera intentando desactivar una bomba, y no supiera si cortar el cable amarillo o el azul—. Estás siendo un poco duro, ¿no?

—No, solo estoy siendo sincero —le digo—. ¿No se supone que tenemos que ser sinceros aquí? —Entonces miro a Alexa, que me mira a mí, tal vez aterrada ante lo que pueda pasar a continuación—. Cada vez que lo revives, es como si él lo estuviera volviendo a hacer —le digo—. Pero ya no es él, sino que eres tú. Ahora eres tú la que te haces víctima de él.

—Ah, ¿o sea que debería olvidarlo simplemente? —Empiezan a brotarle lágrimas de los ojos, pero hoy yo no tengo el día compasivo.

—No, no lo olvides nunca —le digo—. Pero tienes que procesarlo y seguir adelante. Tienes que vivir tu vida, porque si no tu futuro también se largará y te dejará para siempre.

—¡Eres un miserable! —me grita ella—. ¡Te odio! —Entonces se tapa la cara con las manos y solloza.

—Eh... Pienso que Caden tiene razón —dice Raoul con aprensión. Hal asiente con la cabeza para mostrar su aprobación, y Cielo mira a la izquierda como si le importara un pimiento, mientras los demás miran a Carlyle, con demasiado miedo (o con demasiados medicamentos) para tener una opinión.

Carlyle, que sigue tratando de decidir, con miedo, qué cable cortar, dice con cautela:

—Bueno, Alexa tiene derecho a sentir lo que siente...

—Gracias —le responde Alexa.

—...pero puede que Caden haya dicho algo en lo que deberíamos pensar. —Entonces pregunta qué significa para nosotros «seguir adelante», y prosigue una tranquila conversación. Y aunque yo quería decir lo que dije, también me siento aliviado de que él haya encontrado el cable correcto que cortar.

Cuando la sesión ha terminado, Carlyle me llama aparte. Sé de qué quiere hablarme. Me va a reñir por cómo me he comportado hoy en el grupo. Tal vez hasta me amenace con contárselo a Poirot.

Así que me sorprende que diga:

—Ha sido muy perspicaz por tu parte. —Y entonces, al ver mi sorpresa, dice—: Las cosas hay que reconocerlas. Puede que no fuera el mejor modo de decirlo, pero Alexa necesitaba oírlo, lo supiera o no.

—Sí, y ahora me odia.

—No te preocupes —dice Carlyle—. Cuando la verdad duele, siempre odiamos al mensajero.

Entonces me pregunta si soy consciente de mi diagnóstico, porque los médicos siempre dejan que nos lo digan nuestros padres. Mis padres han pronunciado algunas palabras sobre enfermedad mental, pero de manera muy vaga.

—Nadie me dice nada —admito finalmente—. Al menos no oficialmente, a la cara.

—Sí, eso es lo que suele pasar al principio. Más que nada porque el diagnóstico cambia, pero también porque las mismas palabras llevan demasiada carga. ¿Sabes lo que quiero decir?

Sé perfectamente lo que quiere decir. He entreoído algo de lo que Poirot les decía a mis padres. Estaba usando palabras como *psicosis* y *esquizofrenia*. Palabras que la gente siente que se deben decir en voz baja, y no repetirlas. La enfermedad mental que no debe ser nombrada.

—He oído a mis padres decir «bipolar», pero pienso que es solo porque suena más bonito.

Asiente con la cabeza, para mostrar que comprende:

—Qué mierda, ¿verdad?

Me río al oír eso. Me gusta que me hablen tan claro.

—No, no es más que un paseo por el parque —le digo—. Lo que pasa es que el parque es Yellowstone, y el géiser más grande de todos te inyecta todo su vapor por el culo.

Ahora es su turno de reírse:

—Si vuelves a tener sentido del humor es que los medicamentos están funcionando.

—Ha sido solo de chiripa —le digo.

Sonríe.

—Conforme pase el tiempo, irás encontrando más y más chiripas de esas.

—Bueno, no importan los medios sino los fines. O los delfines.

Y eso me recuerda la pared de la habitación de Mackenzie. Empiezo a preguntarme si habrán repintado la pared para borrar toda huella de mi enfermedad en su habitación. Al fin y al cabo, los delfines samurái pueden verse como algo psicótico.

# 125

## EL PASEO

Me siento en el salón de las vistas, dibujando, mientras Callie mira por el ventanal. Así pasamos el tiempo libre, lo poco que hay. Hoy el estómago me está dando guerra. Gases, o indigestión, o lo que sea. Estar aquí con Callie hace que mi incomodidad no parezca importante. El gran ventanal se enfría en un día completamente nublado como este, y el salón se queda helado, pero no puedo pasarle a Callie mi calor corporal durante el día, cuando hay ojos por todas partes. Me imagino que ella viene a mi habitación todas las noches para que le preste mi calor, pero creo que eso solo ha ocurrido una vez. Aun así, me siento feliz prestando oídos a mi imaginación.

El hilo musical, soso y anodino, suena en el salón de las vistas a través de los altavoces que están empotrados en el techo, para que no podamos cogerlos y arrancarlos aunque queramos. Los metales, con la sordina puesta, zumban monótonamente como los padres de Charlie Brown cuando se ponen a hablar: blablablá, blablablá. Aquí hasta las canciones están medicadas.

Callie mira mi cuaderno de bocetos.

—Dibujas distinto que antes de ponerte enfermo, ¿no?

Me sorprende que lo sepa, pero quizá no debería sorprenderme. Tengo la sensación de que nos conocemos desde mucho antes de cuando nos conocimos en realidad.

—Yo ya no «dibujo» —le digo—. Ahora lo único que hago es sacarme cosas de la cabeza.

Sonríe:

—Espero que, cuando termines, te quede todavía algo dentro.

—Sí, yo también lo espero.

Entonces me coge suavemente del brazo:

—Quiero andar —me dice—. ¿Das un paseo conmigo?

Esta es una petición nueva por su parte. Normalmente, cuando se coloca delante del ventanal del salón de las vistas, no lo abandona hasta que alguien la obliga.

—¿Estás segura? —pregunto.

—Estoy segura —dice ella. Y entonces, de nuevo—: Estoy segura. —Como si necesitara decirlo dos veces para convencerse.

Salimos al pasillo y caminamos. Damos un paseo a la antigua usanza, cogidos del brazo, en desafío a la norma que prohíbe el contacto físico. Nadie nos lo impide.

La sala ha sido diseñada en forma de óvalo. «Como un cero bien gordo», que dijo una vez Hal, encontrándole su importancia a la cosa. Aquí, se puede caminar sin dar media vuelta, porque una vez uno empieza a caminar, nunca llega al final. Hoy cuento las vueltas por las veces que paso delante del mostrador de las enfermeras, pero pierdo la cuenta rápidamente.

—¿No quieres volver a la ventana? —le pregunto a Callie. No porque yo quiera, sino porque ella debería querer.

—No —dice ella—. Hoy no hay nada más que ver.

—Pero...

Se vuelve hacia mí, esperando que termine la frase. Me gustaría poder hacerlo, pero no tengo ni idea de qué iba después de mi «pero». Así que la acompaño hasta su habitación.

—Deberías terminar tu dibujo —dice ella—. Me gustaría verlo cuando esté acabado.

Como yo simplemente estaba esbozando impresiones de hilo musical, me siento menos interesado por el producto final que ella.

—Claro —le digo—. Te lo enseñaré.

Nuestras conversaciones nunca parecían tan incómodas. Aunque no nos dijéramos nada, resultaba menos incómodo que ahora. El estómago me ruge y empieza a dolerme, como si sintiera la misma incomodidad que hay en el aire entre ella y yo. Finalmente, Callie me cuenta lo que tiene en la cabeza:

—Estoy preocupada —dice—. Me preocupa que no nos dejemos libres uno al otro.

No estoy seguro de entender lo que quiere decir pero, a pesar de eso, me siento agitado.

—Eso no depende de nosotros. Es Poirot el que lo decide.

Ella niega con la cabeza:

—Poirot solo firma los papeles.

Estamos de pie a la puerta de su habitación. *Furiosos Brazos de la Muerte* pasa a nuestro lado, dirigiéndonos una mirada que significa «os estoy vigilando» antes de seguir.

—Dejaremos esto —me dice ella—, pero no lo dejaremos al mismo tiempo. Uno de nosotros se quedará aquí.

Y aunque no quiero pensar en eso, sé que es verdad. Un poco de dura realidad en medio de la dura irrealidad.

—Tenemos que prometernos liberar al otro cuando llegue el momento —dice—. Yo te lo prometo... Y tú, ¿puedes prometerlo?

—Sí —le digo—. Te lo prometo. —Pero sé que es más fácil decirlo que hacerlo. Y pienso que si los pensamientos solo valen un penique, las promesas valen todavía menos. Especialmente aquellas que es muy fácil romper.

# 126

## UN DOLOR DEL TIPO FINO

Mi tripa es la mar, que se agita y se enturbia con oscura acidez y malvadas intenciones. La incomodidad interna se ha convertido en puro sufrimiento. Igual que el estómago me suena con desagradables gases, lo hace el océano debajo del casco de nuestro barco.

—La Serpiente Abismal nos acecha —me dice el oficial de derrota—. Igual que algunas personas sienten que va a llover en las articulaciones, vos sentís a esa criatura asquerosa corriéndoos por las tripas. —Entonces se dirige a uno de sus mapas del mundo no existente y coge un lápiz que se supone que no puede tener en nuestro camarote—: Decidme dónde lo sentís, y yo trazaré una ruta para confundirla en su persecución.

Yo apunto a los lugares internos en que siento que las tripas gorjean y me duelen, gruñen y se estiran. Él traduce la voz de mis furiosos intestinos, y con acerada concentración traza una maraña de líneas en su mapa, un camino que se cruza una y otra vez en cada dirección, tomándolas todas salvo la línea recta. Entonces le lleva al capitán el mapa modificado.

—Es un dolor del tipo fino —me tranquiliza el capitán, cuando se acerca a comprobar mi estado—. Seguid a vuestras tripas y nunca os llevarán a mal puerto.

# 127

## ¿HAS PENSADO QUE TAL VEZ FUERA INTENCIONADO?

La enfermera dice que no es una intoxicación, ya que nadie más se ha puesto enfermo, solo yo. Pero yo sospecho que fue la berenjena con parmesano que me trajo mi madre. La metió en el hospital de extranjis, porque se supone que no se puede traer comida de fuera. Yo la escondí en mi armario, y se me olvidó, pero al día siguiente la volví a ver y me la comí. La mejor defensa del mundo del frigorífico. Me da demasiada vergüenza como para confesarle a nadie que mis retortijones de tripa son culpa de mi estupidez, aunque Hal lo sabe, porque me vio esconder el plato. Pero sé que no lo contará. Él ya no cuenta nada a los empleados de pijama color pastel, ni a los médicos, ni a Carlyle.

Apenas me puedo mover del dolor, salvo para revolcarme en la cama de un lado al otro. Los empleados del pijama color pastel me dan medicamentos que no me hacen absolutamente nada. Es como intentar apagar el incendio de un bosque con una pistola de agua.

Me lamento en voz alta, y Hal levanta la vista de su loquísimo atlas el tiempo suficiente para preguntarme:

—¿No has pensado que tal vez fuera intencionado? A lo mejor tus padres te han envenenado.

—Vaya, gracias, Hal: eso es justo lo que necesitaba oír.

El hecho es que yo ya había pensado en eso, pero oírle decirlo en voz alta convierte la sospecha en algo mucho más sólido, y eso me fastidia. Como si yo no fuera ya lo bastante paranoico.

Él se encoge de hombros:

—Solo trataba de darte perspectiva, expectativa, expiración. Si expiras, te despediré con una salva de veintiún cañonazos, aunque tu familia tendrá que poner los cañones.

# 128

## MIS INTESTINOS, ALQUILADOS
## EN RÉGIMEN DE MULTIPROPIEDAD

Vuelvo a estar atado a la mesa de la Cocina de Plástico Blanco. Estoy lo bastante lúcido para saber que es un sueño. Y lo bastante lúcido para saber que el estómago no me da tregua, ni siquiera en el sueño.

Los monstruos con máscara que parecen mis padres están allí, y ahora también hay una criatura con la cara de Mackenzie. La máscara parece un cruce entre mi hermana y *El grito* de Edvard Munch. Pelo rubio y una boca aterrada, aulladora. Aunque detrás de la máscara puedo oír las risas.

Los tres aprietan sus puntiagudas orejas vulcanoides contra mi hinchada barriga, y mi barriga les habla en malvados gruñidos guturales, como si el propio Satanás hubiera comprado un sitio en régimen de multipropiedad en mi tracto intestinal. Ellos escuchan, asienten, responden a preguntas en el mismo idioma gutural.

—Comprendemos —dicen—. Haremos lo que hay que hacer.

Entonces, la cosa nauseabunda que habita en mi estómago empieza a abrir el camino de salida.

# 129

## CONTRA NOSOTROS

La mar se agita con olas regulares e incesantes. Debajo de mí, el saco de dormir está empapado. El techo de cobre, manchado de verde pálido, deja caer gotas de condensación.

El capitán se alza de pie sobre mí, mirándome desde arriba. Calculando con su ojo bueno.

—Bienvenido en vuestro regreso, mozalbete —me dice—. Pensábamos que os habíamos perdido.

—Que es lo que sucedió —digo con voz ronca.

—Os pasaron por la quilla —me explica—. Os cogieron en medio de la noche, os sacaron de vuestro camarote, os subieron a cubierta, os volvieron del revés, lo de dentro para fuera, y después os ataron a una soga y os tiraron por la borda.

No recuerdo nada de eso hasta el momento en que él lo cuenta, como si sus palabras fueran mis recuerdos.

—Alguien se hartó de oíros lamentaros sobre vuestras tripas, así que decidieron limpiarlas bien, exponiendo a la mar vuestras interioridades, y restregándoos por la quilla cubierta de percebes para volveros a subir por el otro lado del barco. No sé qué sería lo que os causaba aquel malestar, pero estoy seguro de que ha quedado bien raspado.

Mientras lo dice, parece que noto cada percebe. Siento mis pulmones ardiendo, como si lucharan en busca de un oxígeno que ya no está allí. Me siento gritando en silencio en las profundidades, luego llenando los pulmones con agua marina mortal, y después perdiendo el conocimiento.

—Muchos marineros han muerto así, o han quedado tan estropeados que no había reparación posible —me explica el capitán—. Pero vos parece que lo habéis soportado bien.

—¿Sigo vuelto lo de dentro para fuera? —pregunto con debilidad.

—No que yo sepa. A menos que vuestras entrañas se parezcan asombrosamente a vuestro exterior.

—¿Lo hicieron por orden vuestra? —pregunto.

Parece ofendido:

—Si hubiera sido por orden mía, la mía habría sido la última cara que visteis al caer por la borda, y la primera después de ser recogido por el otro lado. Yo siempre doy la cara en mis actos de crueldad. Lo contrario sería cobardía.

Ordena al oficial de derrota, que nos observa desde su litera, que vaya a buscarme un poco de agua. En cuanto se ha ido, el capitán se arrodilla a mi lado y me susurra:

—Oídme bien: aquellos que parecen vuestros amigos no lo son. Aquellos que parecen una cosa son otra. Un cielo azul puede ser naranja, arriba puede disfrazarse de abajo, y siempre hay alguien tratando de envenenar la comida. ¿Entendéis lo que quiero decir?

—No —le respondo.

—Bien: estáis aprendiendo. —Mira a su alrededor para asegurarse de que seguimos sin ser observados—. Vos habéis tenido sospechas sobre esas cosas desde hace un tiempo, ¿no?

Me encuentro moviendo la cabeza de arriba abajo en señal de afirmación, aun cuando no quiera reconocerlo.

—Ahora os digo que vuestros temores estaban fundados. Es todo cierto: hay fuerzas vigilándoos cada minuto del día, tramando planes contra vos. Contra nosotros. —Me coge del brazo—. No confiéis en nadie dentro de este barco, ni tampoco fuera de él.

—¿Qué me decís de vos? —le pregunto—. ¿Puedo confiar en vos?

—¿Qué parte de la frase «no confiéis en nadie» es la que no habéis entendido?

Entonces el oficial de derrota vuelve con el vaso de agua, y el capitán lo derrama en el suelo, porque ni siquiera el oficial de derrota está libre de sospecha.

# 130

## POR FAVOR, SIGUE ENFERMA

Mi malestar intestinal se pasa, dejando claro que no era nada más que una berenjena en mal estado. Poirot llamaría victoria al hecho de que yo comprenda que mis padres no pretendían envenenarme. Que comprenda que esa idea no era más que paranoia.

—Cuanto menos creas en las cosas en las que tu enfermedad intenta hacerte creer, antes te encontrarás lo bastante bien para volver a casa.

Lo que él no entiende es que aunque una parte de mí se da cuenta de que esas cosas son un engaño, hay otra parte de mí que no tiene más remedio que creérselas. En este momento veo el envenenamiento como muy improbable; pero mañana podría estar gritando que mis padres intentan envenenarme, y me lo creeré con la misma certeza con que creo que la Tierra es redonda. Y si de repente se me pasa por la cabeza que la Tierra es plana, también me lo creeré.

Mi único punto de estabilidad es Callie, pero ella está empezando a preocuparme. No es que se esté poniendo peor, sino que se está poniendo bien. Ya no pasa tanto tiempo ante la ventana del salón de las vistas. Una ausencia tal de comportamiento obsesivo podría tentar a Poirot a mandarla a casa.

Esa noche rezo una horrible oración. El tipo de oración que me llevaría al infierno, si creyera en esas cosas. Que podría creer, o no: es algo que sigue en el aire.

—Por favor, Callie, sigue enferma —imploro—. Por favor, sigue enferma tanto tiempo como yo.

Sé que esto es egoísta, pero no me importa. No puedo imaginarme dejar de ver su sonrisa. No me puedo imaginar dejar de transmitirle mi calor. No importa lo que le prometiera, no puedo imaginarme seguir aquí sin ella.

# 131

## FUERTES DE CARTÓN

Mis padres traen a Mackenzie a visitarme por primera vez. Sé por qué no lo han hecho hasta ahora: porque a veces doy miedo. Quizá dé miedo de una manera distinta a como lo daba cuando estaba en casa, pero sigo dando miedo. Y luego están todos los demás. Mackenzie es fuerte, pero un psiquiátrico para jóvenes no es lugar para una niña.

Mis padres me avisaron de que, pese a todas sus reservas, la iban a traer.

—Está convencida de que las cosas son mucho peores de lo que son —me había dicho mi madre—. Ya sabes la imaginación que tiene. Y os hará bien a los dos veros. El doctor Poirot está de acuerdo.

Así que un día, durante la hora de visita, cuando aquellos de nosotros que tenemos visita vamos a la sala de recreo acompañados por los de los pijamas color pastel, me la veo sentada ante una mesa, con mis madres.

Cuando la veo me quedo extrañado, pues se me había olvidado por completo que iba a venir. Es como si me diera miedo romperla si me acerco demasiado a ella. No la quiero romper, y no quiero que ella me vea así. Pero es hora de visita. Y uno no puede escaparse a la hora de visita. Así que me acerco con cuidado a mi familia.

—Hola, Caden.

—Hola, Mackenzie.

—Tienes buen aspecto. Salvo que parece que no te has peinado después de levantarte de la cama.

—Tú también tienes buen aspecto.

Mi padre se levanta y coge una silla de una mesa que está libre.

—¿Por qué no te sientas, Caden?

Hago lo que me dice. Me siento, y hago lo que puedo para mantener quietas las rodillas, pero solo lo consigo cuando dedico a eso toda mi atención. Pero si le dedico toda mi atención a eso, entonces no participo en la conversación. Y no quiero perderme la conversación. Quiero brillar para Mackenzie. Quiero emitir ese tipo de vibraciones que indican que todo está bien. De momento creo que no lo estoy consiguiendo.

Los labios de Mackenzie se mueven, y sus ojos exteriorizan sus emociones. Capto el final de lo que está diciendo:

—...y las mamás de la bailarinas casi se sacan los ojos unas a otras, así que mamá, que no tiene nada que ver con ellas, me buscó una academia de baile en que no estuvieran todos locos... —Entonces baja la vista, y se pone roja—: Lo siento, no quería decir eso...

Yo ahora mismo no estoy sensible, pero si pudiera sentirme mal simplemente porque ella se siente mal, lo haría, así que le digo:

—Bueno, hay locos y locos. Para el síndrome de las mamás de las bailarinas no existe medicación. Salvo el cianuro, tal vez.

A Mackenzie le da la risa. A mis padres no les hace tanta gracia.

—No usamos esa palabra aquí, Mackenzie —dice mi madre—. Lo mismo que no usamos la palabra que empieza por «c».

—Cíclope —digo—. Porque el médico solo tiene un ojo.

A Mackenzie vuelve a darle la risa:

—Te lo estás inventando.

—En realidad —dice mi padre con extraño orgullo—, no se lo está inventando. El otro ojo es de cristal.

—Pero le funcionan las dos alas, sin embargo —le digo—. Aunque no hay ningún sitio al que volar.

—¿Qué tal si jugamos a algo? —dice rápidamente mi madre. El último juego que recuerdo que jugamos fue a *manzanas con manzanas*, cuando vino Shelby. ¿O era Max? No, creo que era Shelby. Aunque sé cómo jugar, la idea estaba aquel día fuera de mi alcance: las reglas son bastante simples: se pone una carta con un adjetivo, como por ejemplo «incómodo», y todo el mundo tiene que poner la carta con un sustantivo que mejor le venga. Lo de echar una carta absurda solo funciona cuando uno está siendo irónico, no cuando está siendo medicado. La última vez me parece que las cartas que eché dejaron a todo el mundo profundamente entristecido.

Con todas las visitas dedicadas a los juegos, sin embargo, el único juego que queda en la estantería es el de manzanas con manzanas, y Mackenzie lo coge, ignorante de nuestra sórdida experiencia.

—Tengo una idea —dice mi madre cuando Mackenzie se sienta con la caja—. ¿Por qué no usamos las cartas para hacer un castillo de naipes?

Mackenzie empieza a protestar, pero mi padre le dirige una de esas miradas que significan «no discutas, que ya te lo explicaré después».

Me sonrío ante la idea del castillo de naipes, pillando la ironía que ellos no pillan. El loro llamaría a eso una buena señal. Él sugeriría, después de todo, jugar el juego. Por ese motivo, yo no lo hago.

Mi padre empieza con la concentración de un ingeniero que prepara los cimientos de un puente. Cada uno de nosotros va añadiendo cartas por turno. No ponemos más de diez cartas antes de que se desmorone el castillo. Cuatro intentos. A la cuarta conseguimos llegar un poco más lejos, construyendo un segundo piso antes de que se derrumbe el edificio entero.

—¡Vaya! —exclama mi madre.

—Es difícil de hacer, incluso cuando la mar está en calma —señalo.

Mis padres intentan cambiar de tema otra vez al mismo tiempo, pero Mackenzie no lo permite:

—¿Qué mar? —pregunta.

—¿Qué mar qué? —pregunto yo.

—Has dicho que era difícil incluso cuando la mar estaba en calma.

—¿He dicho eso?

—Mackenzie... —empieza a decir mi padre, pero mi madre le toca suavemente en el hombro, para que se calle.

—Déjale que responda —dice mi madre con voz dulce.

De repente me siento muy, muy incómodo. Muerto de vergüenza. Como si estuviera saliendo con una chica, y esta me hubiera pillado metiéndome el dedo en la nariz. Me vuelvo y miro por la ventana, por la que veo suaves colinas de césped recién segado. Eso me conecta a la tierra, aunque solo sea de momento. Aun así, el capitán debe de estar en alguna parte, escuchando cada palabra que digo.

—Es... así a veces —le digo a Mackenzie. Es lo único que puedo decir que me evite implosionar. Y Mackenzie contesta:

—Entiendo.

Entonces alarga el brazo y posa la mano sobre la mía. No puedo mirarla a los ojos, así que le miro la mano.

—¿Te acuerdas cuando en Navidad hacíamos fuertes con cajas de cartón? —me pregunta.

Sonrío:

—Sí. Era divertido.

—Esos fuertes eran muy reales, aunque no fueran de verdad, ¿sabes?

Nadie dice nada por un instante.

—¿Estamos en Navidad? —pregunto.

Mi padre lanza un suspiro:

—Es casi verano, Caden.

—¡Ah!

Mi madre tiene los ojos empañados en lágrimas, y me pregunto qué he dicho para hacerla llorar.

# 132

## SIN SUSURRAR

Está avanzada la tarde. Es casi el ocaso. El sol, bajo en el horizonte, arroja a la mar un hipnótico reflejo. Un viento firme infla las velas que nos llevan hacia el oeste sin descanso. Si es que el sol se sigue poniendo por el oeste. Estoy en cubierta con Carlyle. Él me entrega la mopa y me deja que haga un poco de su trabajo sucio.

—Me da la impresión de que el capitán no lo aprobaría —le digo—. Ni el loro.

Carlyle no parece tener opinión sobre el capitán, pero sobre el loro dice:

—Ese loro lo ve todo. Hace tiempo que dejé de tener secretos con él.

—Entonces... ¿de qué lado estáis?

Carlyle sonríe, y echa algo de agua del caldero para que pueda limpiar.

—Del vuestro.

Me mira por unos instantes, y luego dice:

—Me recordáis a mí cuando estaba en vuestros zapatos.

—¿Vos...?

—Sí. —Cierra el portátil y me concede toda su atención. Hay otros en la sala de recreo con nosotros, pero la mayoría están viendo la tele. Somos los únicos que hablan—. Tienes suerte. Yo tenía casi quince años cuando tuve mi primer episodio, solo que yo no terminé en un sitio tan agradable como este.

—¿Tú...? —repito.

—Al principio pensaron que tenía trastorno bipolar del tipo uno, pero cuando los delirios se hicieron cada vez más psicóticos, y empecé a tener alucinaciones auditivas, cambiaron su diagnóstico por el de trastorno esquizoafectivo.

Dice las palabras sin susurrar. Las dice sin esa temerosa solemnidad que concede a esas palabras la gente de fuera. La idea de que Carlyle sea uno de nosotros me preocupa, porque ¿y si está mintiendo? ¿Y si se lo está inventando para liarme la cabeza? No. Eso no es más que paranoia. Eso es lo que diría Poirot, y tendría razón.

Carlyle explica que el trastorno esquizoafectivo es un cruce entre el trastorno bipolar y la esquizofrenia.

—Tendría que llamarse tripolar —dice—. Porque primero te pones maniaco, pensando que eres el rey del universo, y luego desciendes a lo más hondo, viendo cosas, oyendo cosas... creyendo cosas que no son verdad. Luego, cuando se te pasa, caes en una depresión al comprender dónde has estado.

—¿Y te permiten trabajar aquí?

—No me pasa nada mientras me tome mis medicinas. Eso lo aprendí del peor modo, pero lo aprendí. Llevo años sin tener un episodio. Y, en cualquier caso, técnicamente yo no trabajo aquí, solo soy voluntario en mi tiempo libre. Pensé que teniendo esta cosa y un máster en psicología, podría aprovecharlos.

Es demasiado para que pueda asimilarlo todo.

—Entonces, ¿qué haces cuando no estás limpiando nuestra porquería mental?

Señala su ordenador:

—Empresa de software. Diseño juegos.

—¡No es posible!

—Bueno, los medicamentos pueden enredar un poco tu imaginación, pero no acaban con ella.

Me quedo sorprendido, incluso emocionado. Cuando me vuelvo a mirar más allá de la cubierta, veo otros miembros de la tripulación afanados en tareas asignadas por el capitán, o simplemente dando vueltas por ahí. Hay una puesta de sol preciosa, en la que aparecen casi todos los colores.

Carlyle escurre el mocho y mira a su alrededor, satisfecho con la limpieza de la cubierta.

—En cualquier caso —dice—, que sea una larga travesía no significa que vayas a pasarte toda la vida en ella.

Me deja con esa idea y se baja a las cubiertas inferiores. Solo después de que se haya ido veo al capitán. Está al timón, que es su lugar favorito para observar el resto del barco. Y en este momento está mirándome a mí con una mirada tan dura de su único ojo que podría disolverme.

# 133

## EL CAMINO DE LAS YEGUAS MARINAS

La naturaleza, sea natural o no, desata con fuerza su furia cuando entramos por fin en los revueltos vientos de la tormenta que siempre veíamos delante de nosotros. Al instante, el cielo se transforma del constante azul a lo que parece el crepúsculo de fin del mundo mientras el barco cabecea y se balancea como un corcho. Los rayos resplandecen a nuestro alrededor con truenos que suenan menos de un segundo después.

Estoy en pie en la cubierta, sin saber qué hacer, y miro las velas rajándose y después cosiéndose, rajándose y cosiéndose por encima de mi cabeza, y las costuras en la tela se vuelven tan gruesas como las sogas de los flechastes. Me pregunto cuánto más podrán aguantar antes de ceder. El capitán brama órdenes a los hombres de la tripulación que se mueven con dificultad por el barco, saliendo de la escotilla principal como hormigas de un hormiguero en una inundación. Pienso que deberían hacerlo al revés: mejor sería estar abajo que en cubierta, donde se los puede llevar una ola, pero seguramente temen más la ira del capitán que la ira de los cielos.

—¡Arriad las velas! —ordena el capitán—. ¡Asegurad las jarcias! —Le da una patada en el trasero a un miembro de la tripulación—. ¡Más aprisa! ¿Queréis que perdamos un mástil?

La tormenta llevaba amenazándonos una semana larga, tiempo más que suficiente para preparar el barco para esta arremetida, pero el capitán prefirió no hacer nada, aferrándose a una única filosofía: «Las medidas preventivas son la ruina de la espontaneidad —decía—. Prefiero la gloria del heroísmo en medio del pánico». Bueno, pues ya tiene el pánico. Si el heroísmo nos salvará o no, es algo que está por ver. El capitán me ve aquí de pie, sin obedecer ninguna orden en particular.

—¡Poneos al timón! —me dice, señalando la cubierta superior—. Marcad el rumbo. ¡Introducidnos en las olas!

Me quedo sorprendido de que me pida tomar el control del barco.

—¿Introducirnos en las olas? —pregunto, sin estar seguro de haber oído bien.

—¡Haced lo que os digo! —grita el capitán—. Esas olas tienen diez metros, si es que tienen algo. Si nos golpean de lado, volcaremos... y yo prefiero navegar este océano derecho.

Asciendo los escalones de tres en tres hasta el timón, lo agarro e intento por todos los medios que gire. El loro desciende a mi lado, chillando no sé qué, pero no puedo oírle con el estruendo de los truenos y las olas que rompen en el barco. Finalmente, consigo mover el timón, tirando de la testaruda rueda, pero no lo bastante pronto. Una ola nos golpea en ángulo, entrando por la amura de estribor. La tripulación es barrida por la cubierta, y cada uno trata de agarrarse a lo que pueda.

Finalmente el barco cambia de dirección y se coloca mirando a las olas. La proa desciende en picado, y una ola nos golpea de frente. No puedo evitar pensar en Calíope y en cómo le irá en medio de todo esto. ¿La golpearán las olas como nos golpean a todos nosotros? Si ella lo siente todo, ¿siente el dolor del barco en sus esfuerzos por permanecer entero?

Un agua blanca inunda la cubierta. Después se va, dejando detrás hombres que tosen en busca de aire. No tengo ni idea de si alguien se ha perdido en la mar.

Siento un dolor repentino en el hombro. El loro ha dado un rodeo y se me ha posado, clavándome las garras en la piel para que no se lo lleven los vientos.

—Es la hora, es la hora —dice—. Tenéis que despachar al capitán.

—¿Qué...? ¿En medio de todo esto?

—Matadlo —insiste el pájaro—. Arrojadlo por la borda. Diremos que se perdió en la mar, y os veréis libre de él.

Pero mi lealtad al pájaro todavía es insegura, y precisamente ahora, salvar mi propia vida me parece más importante que acabar con la de ningún otro.

—¡No! ¡No puedo!

—¡Él es la causa de esta tormenta! —grita el pájaro—. ¡Es él el que os ha arrancado de vuestra vida! ¡Todo esto empieza y termina con él! ¡Tenéis que hacerlo! ¡Tenéis que hacerlo! —Y entonces una ráfaga de viento lo arranca de mi hombro.

No tengo tiempo para andar considerando si miente o dice la verdad. Otra ola nos golpea. Esta vez me arranca del timón y me arrastra abajo, a la cubierta principal, y me convierto en otro más de los muchos que se devanan por aguantar a bordo, resistiendo al embate de la mar.

Cuando levanto la vista, veo algo que la mar ha traído a bordo. Una criatura que me mira desde la botavara de la vela mayor. El bicho tiene una cara equina, apuntada, con agujeros de la nariz muy abiertos y unos furiosos ojos rojos. Es un caballo, pero no tiene patas traseras. No tiene patas en absoluto, tan solo una cola prensil con la que rodea la botavara. Es un caballo marino del tamaño de un hombre, con huesos afilados que le sobresalen por todo el cuerpo.

—¡La yegua marina! —grita alguien. Entonces el capitán salta a la botavara y con un suave movimiento de la mano le rebana la garganta. La bestia cae muerta, desplomándose a mis pies mientras se oscurecen sus ojos.

—¡Tendría que habérmelo imaginado! —dice el capitán—. Estamos en el Camino de la Yegua de las Olas. —Entonces me ordena volver al timón—. Nuevo curso de acción —ordena—: De espaldas a las olas.

—¿En retirada? —grita el oficial de derrota a través de la ventanilla de la sala de mapas—. Mis mapas indican que tenemos que ir por aquí.

—¡No he dicho nada de retirada! Esto es un duelo, y los duelos empiezan espalda contra espalda.

Una vez más, obligo al timón a girar, y las olas hacen el resto. Viramos fácilmente 180 grados.

Sé que debería estar mirando hacia delante, pero no puedo evitar volver los ojos a popa. Bajo la luz de un prolongado rayo, veo otra ola que se nos viene encima por detrás, más alta que ninguna de las precedentes. Y en la cresta de esa ola veo demasiados ojos rojos feroces como para poder contarlos. Por lo visto, las yeguas marinas no conocen las reglas del duelo.

Engancho el brazo en torno al timón mientras golpea la ola. La popa desaparece bajo la ola, la cubierta principal queda anegada, y la ola golpea el timón y me sumerge. Mientras aguanto la respiración durante lo que parece una eternidad, retorciéndome con la fuerza del agua, me agarro al timón con todas las fuerzas. Pienso que nos ha vencido y vamos de camino al fondo de la mar, pero entonces el agua se retira, y en mis pulmones vuelve a entrar aire salado.

Cuando los ojos se me aclaran lo suficiente para ver, presencio algo que el mismo infierno no podría haber concebido: docenas de yeguas marinas pululan por la cubierta. La cola les proporciona una agilidad propia de monos. Envuelven a los hombres de la tripulación con su afilado cuerpo, como si fueran serpientes. Una criatura abre la boca y revela colmillos de tiburón que se hunden en el cuello de su víctima, que grita. Entonces arroja por la borda al moribundo marinero.

Una yegua de las olas salta hacia mí y yo blando mi puño, golpeándola en el costado, pero ella ensortija la cola en torno a mi brazo y retuerce el cuerpo, y por un instante, está allí, otra vez, respirando delante de mi rostro. Creo que me arrancará la cabeza de un solo bocado, y sin embargo lo que hace es decirme:

«No es a vos a quien queremos... pero pasaremos por encima de vos si es necesario». A continuación me embiste con la cabeza, y me deja allí, tendido en la cubierta, mientras ella se va balanceándose.

Entonces veo al capitán. Está siendo atacado por tres yeguas marinas, una ensortijada en cada pierna y la tercera en el pecho. Sujeta a la tercera por el cuello, mientras ella le lanza mordiscos a la cara. El capitán intenta rebanarle el cuello con su daga, pero la yegua de las olas le desprende la daga de la mano de un golpe, y esta cae a cubierta tintineando.

«Tenéis que despachar al capitán», me había dicho el loro. Pero tal vez no tenga que hacerlo. Tal vez las yeguas marinas lo hagan por mí. Pero si lo matan y arrojan su cuerpo a la mar, ¿qué será de Calíope? Sin la llave, nunca podrá liberarse.

Antes de que otra ola tenga ocasión de inundar la cubierta, voy a coger la daga del capitán, y entonces la hundo en la parte de atrás de la cabeza de la yegua de las olas que intenta morderle. La criatura cae muerta, y entonces me enfrento a las dos que tiene en las piernas. Otra más salta a nosotros, pero yo la derribo de un golpe y le aplasto la cabeza bajo mi talón.

Liberado de las yeguas marinas, el capitán se queda desorientado. Abre la boca para recuperar el aire. Si alguna vez va a haber una ocasión en que se encuentre demasiado débil para luchar conmigo, es esta. Cojo una tabla de una caja rota y le pego con ella tan fuerte en la parte de atrás de la cabeza que el impacto manda volando el hueso de melocotón, junto con una llavecita de plata que tintinea en la cubierta. El capitán cae. No sabe qué es lo que le ha golpeado.

Otra ola se cierne sobre nosotros, con su cresta llena de ojos rojos como el frente de un río de lava. No me importa que ahora las yeguas marinas atrapen al capitán: ya tengo lo que quería.

Antes de que llegue la ola, me tiro hacia delante, hacia la trampilla cerrada del castillo de proa, y forcejeo con la llave en el candado. Siento, más que oírla, la ola que golpea la popa del barco. La ola se me acerca atravesando la cubierta, pero yo no vuelvo la vista atrás. Finalmente, el candado se abre haciendo «clic». Yo lo extraigo, levanto la escotilla, y me cuelo dentro al mismo tiempo que la ola llega allí, barriéndome y metiéndome en el castillo de proa.

Me pongo de pie. El agua me llega hasta la cintura, pues el castillo de proa está medio anegado. A ambos lados de mí están enrolladas las amarras. Justo delante de mí, en la oscuridad, pero claramente visibles, veo un par de piernas que sobresalen del punto que señala la arista de proa. ¡Calíope tenía razón! Ella ya es algo más que una parte del barco: tiene sus propias piernas, aunque están muy corroídas de llevar tanto tiempo en aquel lugar frío y húmedo. Entonces veo por qué no se puede liberar por ella misma: hay un perno que le atraviesa la parte baja de la espalda, y que la mantiene sujeta a la proa. ¡Pero yo sí que puedo liberarla!

—¿Calíope? ¿Me podéis oír? —le grito. En respuesta, ella mueve su pie de cobre. Yo forcejeo con el perno, pero mis manos desnudas no son lo bastante fuertes, y maldigo al constructor de barcos que la dejó de ese modo. Entonces, de detrás de mí, oigo decir:

—Puede que os haga falta esto.

Me giro y veo a Carlyle con una llave inglesa, como si hubiera estado allí todo el tiempo, simplemente esperándome.

Se la cojo. Es del tamaño apropiado, y sé que podré hacer con ella la palanca suficiente para aflojar el perno... pero me quedo dudando.

Si hago esto, ¿qué sucederá? Desprenderla del barco podría condenarla a una muerte en el agua. Está hecha de cobre, lo que significa que podría hundirse como un penique en una fuente. Pero ¿y si no se hunde? ¿Y si nada? Si ahora la libero del barco, ¿me llevará con ella? ¿Puedo proseguir esta travesía sin ella?

—Aprisa, Caden —dice Carlyle—. Antes de que sea demasiado tarde.

Con el sonido de las yeguas marinas encima de mí y la furiosa mar debajo, pongo la llave en el perno, y forcejeo para liberar a Calíope. Aplico toda la fuerza de mi peso a la llave, y el perno empieza a girar. Hago más fuerza hasta que el perno se afloja, y entonces sigo dando vueltas con la llave hasta que el perno se suelta y cae.

En cuanto el perno se hunde en el agua oscura del anegado castillo de proa, Calíope empieza a retorcerse en su estrecho agujero, estirándose hacia delante. Me la imagino tensando los brazos, haciendo fuerza contra el barco, como dándose nacimiento a sí misma a partir de la proa. Libera las caderas, después las piernas, y en un instante ha desaparecido, dejando tras ella solo el hueco en que estaba su cuerpo.

Miro a través del agujero y compruebo que ella no se ha hundido, aunque tampoco está nadando. En vez de nadar, lo que hace es correr. Su espíritu parece más ligero que el aire, más ligero que el cobre de su carne, más obstinado que la gravedad. ¡Corre por la superficie de las olas! Un solitario rayo de sol penetra por entre las nubes para seguirla como un foco, y su cáscara corroída, oxidada, se le desprende, revelando un cobre brillante de los pies a la cabeza. Quiero gritar de alegría, pero una forma oscura cae del barco a las olas, y después otra, y otra más. ¡Las yeguas marinas! En un momento la mar está infestada de ellas, que corren como en una carga de la caballería hacia una simple y brillante figura, a lo lejos.

«No es a vos a quien queremos... pero pasaremos por encima de vos si es necesario». No venían buscando al capitán, ¡sino a Calíope! ¡El capitán debía de saberlo! Por eso hizo virar el barco, para esconderla de las yeguas marinas.

—¡Corre! —le grito, aunque sé que no me puede oír—. ¡Corre y no dejes de correr!

En un instante ella es como una diminuta llama en el horizonte, perseguida por un mar de yeguas marinas, y después ya no puedo verla, e imploro que tenga fuerzas para correr todo lo necesario.

Cuando subo a cubierta, la tormenta ha terminado, tal como si le hubieran dado al interruptor para apagarla. El oleaje amaina y las nubes empiezan a abrir. El capitán está de pie en mitad del barco, con los brazos cruzados, fijando en mí su único ojo. La cuenca del otro ojo está al descubierto, oscura, y me da la impresión de que también me está mirando.

—¿Me van a pasar por la quilla? —pregunto—. ¿O algo peor?

—Habéis tenido la desfachatez de robarme algo —dice él.

A su alrededor, la tripulación se pone tensa, anticipando lo que va a hacer.

—Habéis tenido la desfachatez de robarme, y al hacerlo, nos habéis salvado a todos. —Me da una palmada en el hombro—. ¡Eso es lo que yo llamo heroísmo en medio del pánico!

El oficial de derrota se le acerca con el hueso de melocotón.

—He encontrado esto. ¿Esto me convierte también en un héroe?

El capitán se lo coge sin responderle. Se lo pone en su sitio, pero el parche se ha perdido en la tormenta. No hay nada que oculte la fealdad de su ojo de hueso de melocotón.

—Volved a virar —dice el capitán—. Otra vez hacia el oeste, maestro Caden.

—¿Maestro...?

—Acabo de ascenderos a Maestro Timonero. El viento ya no nos guía —dice—, así que hacedlo vos.

# 134

## AL OTRO LADO DEL CRISTAL

Le oigo a Cielo decir que Callie se va.

—Está en la habitación haciendo el equipaje —me dice Cielo sin dejar de mirar al mismo puzle en que ha estado trabajando todo el tiempo. Me pregunto si se acordará de que me ha dado una pieza, y si me pedirá que se la devuelva—. No volverás a ver a Callie. Pobrecito. —Cielo parece al mismo tiempo alegre y triste por ello—. Vivir es sufrir. Hay que aprender a soportarlo.

No me digno a responderle, sino que voy a la habitación de Callie. Por el camino me encuentro con Carlyle, y me doy cuenta, por la mirada de compasión que me dirige, de que es cierto: Callie se va.

—Puede que quieras esto —dice, y alargando la mano hacia un centro de flores que hay en el mostrador de las enfermeras, me entrega una rosa—: Date prisa, Caden. No vayas a llegar demasiado tarde.

Callie está en su habitación, con sus padres, recogiendo sus escasas pertenencias. Yo no había hablado nunca a sus padres. Los días que han venido durante la hora de visita, los tres se retiraban a un rincón del salón de las vistas y hablaban muy bajito, no permitiendo que nadie accediera a aquel círculo de solo tres personas.

Cuando Callie me ve, no sonríe. De hecho, parece como si le doliera.

—Mamá, papá: este es Caden —les dice.

¿Pensaba irse sin despedirse de mí? ¿O le hacía tanto daño que no quería ni pensar en ello? Ahora resulta tan incómodo llevar una rosa en la mano, que en vez de entregársela la poso en la cama.

—Hola, Caden —dice su padre con un acento mucho más fuerte que el de ella.

—Hola —digo yo, y me vuelvo a Callie—. Así que es cierto. Te vas...

Habla su padre en vez de ella:

—El alta ya está firmada. Nuestra hija vuelve a casa hoy.

A pesar de su intento de hablar por ella, yo me dirijo a Callie:

—Podrías habérmelo dicho.

—No lo he sabido seguro hasta esta mañana. Y entonces todo ha sucedido tan rápido...

Las palabras de Cielo aún me resuenan en la cabeza: «No volverás a ver a Callie». Estoy decidido a demostrarle que se equivoca. Saco de la papelera un papel arrugado, y les pido un bolígrafo a sus padres, porque no veo ninguno por allí.

La madre me entrega un bolígrafo que saca del bolso, y yo escribo en el trozo de papel lo más legiblemente que puedo.

—Esta es mi dirección de email, para que puedas escribirme —digo. No nos permiten escribir correos aquí, pero mi cuenta seguirá existiendo cuando salga de este lugar.

Ella coge el papel y lo aprieta dentro del puño, como un tesoro. Veo lágrimas en sus ojos:

—Gracias, Caden.

—Tal vez me puedas dar el tuyo también.

Callie duda y mira a sus padres. Estando con ellos se muestra tan distinta, tan apagada, que no sé qué pensar. Sus padres se miran uno al otro, como si yo hubiera pedido lo impensable.

Y entonces me doy cuenta de que no puedo coger su dirección de email. No por sus padres, sino por ella. Porque le prometí que la dejaría libre.

—Olvídalo —le digo como si la cosa no tuviera importancia, aunque la tenga toda—. Puedes escribirme tú primero. Si lo haces, te responderé.

Callie asiente con la cabeza, y me dirige una sonrisa triste pero sincera:

—Gracias, Caden.

Su padre intenta cogerle el papel, pero ella lo agarra firmemente contra el pecho, como si siguiera abrazándome.

Pienso en cómo era Callie el primer día que la vi. Ahora es más clara. Lo es en su porte, en su manera de hablar. En sus ojos. Ahora se encuentra al otro lado del cristal. Es parte de ese mundo exterior que tanta necesidad tenía de observar.

Quiero abrazarla, pero sé que no puedo en presencia de sus padres. Sus límites de lo apropiado parecen una zona de exclusión aérea de varios kilómetros de amplitud. Lo que hago es darle la mano, y ella me mira, sorprendida por el gesto, y tal vez un poco decepcionada, pero comprende que no hay margen para más. Es extraño, pero estrecharle la mano resulta mucho más incómodo que darle calor en la cama.

Debemos de seguir dándonos la mano durante demasiado tiempo, porque finalmente su padre dice:

—Dile adiós, Callie.

Pero en un sutil desafío a él, Callie no llega a decirme adiós. Lo que dice es:

—Te echaré mucho, mucho de menos, Caden.

—Siempre estaré ahí en el horizonte —le digo.

Y con una pena infinita, ella dice:

—Lo creo. Pero yo ya no estoy mirando por la ventana.

# 135

## ¿QUÉ ES MÁS ATERRADOR?

—Quiero irme —le digo a Poirot en mi siguiente evaluación.

—Lo harás, lo harás. Te aseguro que saldrás.

Pero lo que dice no significa nada para mí.

—¿Qué tengo que hacer para salir de aquí?

En vez de responderme, saca uno de mis últimos dibujos del cajón. Los utiliza contra mí, como balas dirigidas al cerebro.

—¿Por qué tantos ojos? —me pregunta—. Es fascinante, pero ¿por qué todos estos ojos?

—Dibujo lo que siento.

—¿Y sientes esto...?

—No tengo que explicarle nada.

—Estoy preocupado por ti, Caden. Profundamente preocupado. —Mueve un poco la cabeza, pensativo—: Tal vez tengamos que ajustarte la medicación.

—Ajustarme la medicación, ajustarme la medicación. ¡Lo único que quiere hacer es ajustarme la medicación todo el tiempo!

Mantiene la serenidad cuando me mira. Yo veo sus ojos (tanto el vivo como el muerto) en los números del reloj, en los pósters motivacionales de las paredes. Por todas partes. No me puedo escapar.

—Es así como se hace, Caden. Es lo que funciona. No es tan rápido como te gustaría, lo sé. Pero dale tiempo, y la medicación te llevará adonde tienes que estar. Adonde quieres estar. —Empieza a escribir una nueva receta—. Me gustaría probar con Ziprasidone. Doy un puñetazo en el brazo de la silla:

—¡Estoy furioso! ¿Por qué no puede dejarme que esté furioso? ¿Por qué me tiene que quitar con medicinas todo lo que siento?

Él ni siquiera levanta los ojos.

—La furia no es una emoción productiva precisamente ahora.

—Pero es real, ¿no? Es normal, ¿no? ¡Mire dónde estoy y lo que me ha pasado! ¡Tengo derecho a estar furioso!

Él deja de escribir y finalmente me mira con su único ojo bueno, y yo pienso ¿cómo puede este hombre tener perspectiva sobre mí cuando ni siquiera puede ver en tres dimensiones? Espero que llame a Furiosos Brazos de la Muerte para que me sujete. Puede que me pongan una inyección de Haloperidol para mandarme a la Cocina de Plástico Blanco. Pero no hace nada de eso. Da golpecitos con el bolígrafo. Piensa. Luego dice:

—Eso es razonable. Es una señal de que estás curándote. —Aparta su talonario de recetas—. Vamos a seguir igual una semana más, y entonces veremos.

Me acompañan a mi habitación, y me siento mucho peor de lo que me sentía antes de la entrevista de evaluación. No sé qué resulta más aterrador: si quedarme aquí otra semana más, o la idea de que la medicación que tanto odio podría, en realidad, estar funcionando.

# 136

## CONVERTIRSE EN CONSTELACIÓN

Algo le pasa al oficial de derrota. Está más introvertido, más perdido en sus cartas de navegación que nunca. Se niega a mirar mis dibujos, y ahora que mis tripas han enmudecido, se niega a aprender la lección. Está de malhumor, pero no es solo eso. Tiene la piel más pálida, y en los brazos tiene sarpullidos. Se le empiezan a pelar.

—Acompañadme a la cofa —dice en uno de sus raros momentos de sociabilidad—. Necesito echar un vistazo desde allí.

Trepamos al pequeño tonel que está en lo alto del palo mayor. Como siempre, lo que parece tener solo un metro de diámetro resulta ser muchísimo más grande una vez estamos dentro. Hay poca gente. Tan solo algunos marineros que se sientan solos, unos mirando a los que saltan, y otros mirando cómo les guiña el ojo la aceituna que tienen en la copa. El oficial de derrota le pide su cóctel al camarero. Todavía no es la hora del mío, tendré que volver más tarde.

La bebida gira en su copa lanzando chispitas azules en una nube naranja.

—Estoy demasiado atontado —me dice él.

Entonces derrama lentamente su cóctel en el suelo. El líquido radiactivo se remansa en una depresión de la madera convertida en cobre, pero mientras miro, es succionado por la negra pez que hay entre las planchas metálicas. La pez parece retorcerse, pero sé que tiene que ser efecto de la luz. El camarero está al final de la barra, sirviendo a algún otro, y no ve lo que acaba de hacer el oficial de derrota.

—Es nuestro secreto —dice—. Si tengo que conduciros al punto de inmersión, necesito toda mi inteligencia bien despierta. Tengo que calcular nuestro viaje sin interferencia externa. Interferencia, interlocución, evolución. Estoy evolucionando, esa es la cosa. Soy un dios que se está convirtiendo en constelación.

—La mayoría de las constelaciones son semidioses —señalo—. Pero estos no llegaron a convertirse en constelaciones hasta después de su muerte.

Él se ríe al oír eso, y dice:

—La muerte es un sacrificio pequeño cuando se trata de convertirse en inmortal.

# 137

## HORIZONTE PERDIDO

Sin Calíope en la proa, siento una soledad tan profunda que nadie puede penetrarla.

—Tomáoslo con calma —me dice Carlyle—, y veréis cómo os sentís mejor cada mañana.

Pero no lo hago. El capitán actúa como si Calíope no hubiera existido nunca. Para el capitán no hay historia, ni ayer, ni recuerdos. «Vivid para el momento presente y para el momento siguiente —me dijo una vez—. Nunca para el momento anterior». Es un credo que lo define.

Calíope era nuestros ojos en el horizonte, y sin ella, parece que el horizonte se ha ido. La mar se desvanece en una neblina que se convierte en cielo. No se puede decir dónde empieza uno ni dónde termina la otra. Ahora los cielos son impredecibles y la mar inconstante. Allá arriba, las nubes se inflan en oscuras monstruosidades preñadas de malévola intención, y un claro cielo azul es como una lupa para un sol castigador. En cuanto a la mar, no hay ritmo ya para las olas; ningún motivo para el temperamento del océano. Un instante la mar es tan suave y tranquila como un lago de montaña, y al instante siguiente se agita con pícaras olas.

—Hemos cruzado el punto de no retorno —me dice el capitán mientras lucho con el timón para mantener el zigzag del barco, como si fuera un carguero en tiempo de guerra. Viajar en línea recta ahora sería suicida. La mejor posibilidad de evitar y confundir a las bestias que yacen ahí abajo es ser tan impredecible como la mar y el cielo.

Tengo las manos ásperas y callosas de gobernar el timón. Las palmas de mis manos están ligeramente verdes porque, como todo lo demás que hay en el barco, la rueda del timón se ha vuelto de cobre, y ha tomado un verde herrumbroso al contacto con el salado aire marino.

—¿Ha habido alguna vez un punto de retorno? —pregunto en voz alta.

—¿Cómo decís? —pregunta el capitán.

—Dijisteis que hemos cruzado el punto de no retorno, así que ¿eso significa que hubo un tiempo en que podíamos volvernos?

Hay cierta calidez en la sonrisa del capitán.

—Bueno, ya no lo sabremos, me parece.

Sospecho que nunca lo hubo. Este viaje me estaba predestinado antes de que pusiera el pie en la cubierta del barco. Predestinado desde el momento en que nací.

El oficial de derrota sube corriendo desde abajo, agitando en las manos una carta de navegación completamente nueva. Sus garabatos, que forman nudos de líneas, están medidos con meticuloso detalle en leguas y grados de compás. El capitán lo revisa, asiente con la cabeza, y me entrega a mí la carta de navegación. Mi zigzagueo no es en absoluto caprichoso. O al menos no es mi capricho el que seguimos, sino el del oficial de derrota.

El capitán le da una palmada en la espalda, con orgullo:

—Esto con toda seguridad nos llevará adonde vamos.

El oficial de derrota sonríe ante el comentario del capitán:

—Ahora estoy enchufado a la corriente... profundamente conectado a la profundidad —dice el oficial—. Conectado, infectado, ingerido, digerido. Puedo notarme nuestro destino en las tripas. ¡No necesito más alimento que ese!

El capitán sabe que el oficial de derrota no se ha estado bebiendo su cóctel. Tal vez eso sea uno de los motivos de que el capitán se sienta tan orgulloso de él. El capitán se vuelve hacia mí:

—Deberíais seguir su ejemplo, maestro Caden. Nuestro oficial de derrota tiene claridad de visión, ¿la tenéis vos también?

Pero hay otras cosas que vienen con aquella «claridad de visión», como la llama el capitán. Las cartas de navegación del oficial de derrota son más intrincadas que nunca, y sin embargo él se muestra firme en que son la clave para llegar adonde vamos. Y lo que da más miedo es que yo le creo.

—Decid que no a la cofa y vuestra clarividencia será más dulce que su veneno —le dice el capitán. ¡Mirad al oficial de derrota!

Me preocupa, sin embargo, que la clarividencia del oficial de derrota sea tan peligrosa como los fuegos artificiales en las manos de un niño. Si él ha sintonizado con las profundidades, ¿qué es lo que las profundidades le han dicho? Las profundidades, ciertamente, no tienen buenas intenciones para con nosotros. Ahora, cuando el oficial de derrota camina, noto que esa pez que rellena las grietas del barco se le queda en los talones. Cuando él toca una pared, la pez se vuelve más espesa, se le pega a la mano como si él se hubiera convertido en un pozo de gravedad para la oscuridad. Y se me ocurre que la oscuridad debe amar la luz. Pese a lo cual, una siempre tiene que matar a la otra.

# 138

## CON BUENA PUNTERÍA EN LOS CAMPOS DEL COLOR

En un momento en que la mar está en calma y el cielo claro, el capitán saca una pistola. De las antiguas. De chispa, creo que se las llamaba. El tipo de arma que el vicepresidente Aaron Burr usó para matar al Secretario del Tesoro Alexander Hamilton en su duelo tristemente célebre.

—He oído que sois un tirador consumado —dice el capitán. Eso me parece raro, dado que no he disparado un arma de fuego en mi vida.

—¿Quién os ha dicho eso? —le pregunto, no queriendo negarlo.

—Rumores que circulan por ahí —dice—. Es bien sabido que habéis despachado a más de un adversario en los campos del color.

—¡Ah! ¡Os referís al *paintball*!

—Un tirador es un tirador en cualquier medio, y para nosotros ha llegado el momento de la acción. —Entonces me pone la pistola en la mano, dándome también una bolsita de pólvora y una sola bala de plomo—. Un disparo es todo lo que necesitáis para acabar con el pájaro.

Miro la pistola, intentando que no se note lo aterrorizado que estoy. Pesa. Pesa mucho más de lo que parece. Elevo los ojos hacia las velas, pero no puedo ver al loro. No se deja ver últimamente, desde que descubrió sus intenciones de matar al capitán. Ahora se posa en los flechastes y las vergas altas de los mástiles. Para nosotros ha llegado el momento de la acción, pero yo sigo sin saber qué acción tomar. Me gusta, sin embargo, estar al timón, y hallarme en buenas relaciones con el capitán.

—¿No os resultaría más satisfactorio hacerlo vos mismo? —sugiero.

El capitán niega con la cabeza:

—Incluso con un solo ojo, esa serpiente con plumas es demasiado astuta para pillarla desprevenida. Tiene que hacerlo alguien en quien confíe, y en quien confíe yo. —Me agarra por el hombro dando muestras de algo que parece orgullo—: Atraedlo como sea, y mantened el arma oculta hasta el último segundo.

Me meto la pistola en el cinturón y la tapo con la camisa. El capitán mueve la cabeza de arriba abajo para mostrar su aprobación.

—Cuando nos veamos libres de ese loro, entonces estaremos libres de verdad.

Comprendo que no tengo muchas opciones, y sigo sin tener ni idea de qué hacer.

# 139

## EL RESTO ES SILENCIO

Si se quiere hablar con alguien sobre equivocaciones de la mente, Raoul ha tenido la mejor idea: habla con Shakespeare. A mí me arde el cerebro cuando intento leer a Shakespeare, pero mi profesor de literatura no iba a aceptar un «mi dogo devoró el volumen» como excusa para no leer *Hamlet*. Lo curioso es que después de llevar un rato leyéndolo, empecé a comprenderlo.

Resulta que el condenado príncipe de Dinamarca es un tipo que se enfrenta a una elección imposible. El fantasma del difunto padre de Hamlet le pide vengar su asesinato matando a su tío. El resto de la obra, Hamlet se lo pasa rompiéndose la cabeza. ¿Debería matar a mi tío? ¿Debería ignorar al fantasma? ¿Es real el fantasma? ¿Estoy loco? Si no lo estoy, ¿debería fingir que lo estoy? ¿Debería terminar con este tormento de elecciones imposibles terminando con mi vida? Si me mato a mí mismo, ¿soñaré? ¿Y esos sueños serán mejores que la pesadilla de mi padre muerto diciéndome que mate a mi tío, quien, por cierto, se ha casado ahora con mi madre? Hamlet se atormenta, y reflexiona, y habla consigo mismo hasta que le clavan una espada envenenada y todo su atormentado autoanálisis da paso al eterno silencio.

Shakespeare estaba obsesionado con la muerte. Y con el veneno. Y con la locura. Ofelia, la amada de Hamlet, se vuelve loca de verdad y se ahoga en el agua. El rey Lear pierde la cabeza a manos de lo que nosotros, en los tiempos modernos, llamaríamos Alzheimer. Macbeth se engaña completamente, y sufre alucinaciones con fantasmas y con una molesta daga flotante. Está todo tan bien, que me pregunto si Shakespeare no escribiría por experiencia propia.

A pesar de todo, estoy seguro de que la gente lo acusó también de haberse tomado algo.

# 140

## SE HA ACABADO EL TIEMPO
## DE LAS PALABRAS

Tengo todavía que cumplir la orden de matar al loro que me ha dado el capitán. Tengo todavía que seguir la seria advertencia del loro de que debo matar al capitán. Estoy paralizado por mi incapacidad para actuar de ninguna manera. Pero todo cambia el día que encaramos nuestra siguiente amenaza de las profundidades.

Empieza con una perturbación ante la amura de babor: una zona de agua blanca burbujeante que señala que hay algo bajo la superficie.

El capitán ordena silencio en cubierta, pero es difícil ordenar silencio cuando para ello uno tiene que decirlo en susurros, así que manda a Carlyle a decir a los marineros de la cubierta, uno a uno, que tengan quieta la lengua, y también cualquier otra parte de su anatomía que esté haciendo ruido.

—Virad veinte grados a estribor —me susurra el capitán.

Giro el timón. Hoy tenemos viento rápido de cola, y el barco vira a estribor rápidamente, alejándose de la perturbación.

—¿Qué era eso? —pregunto.

—Shhh —dice el capitán—. Todo irá bien con tal de que no nos oigan pasar.

Entonces, a nuestro lado de estribor, veo otra zona de aguas revueltas, aún más cerca del barco que la primera. El capitán respira hondo y me susurra:

—Fuerte a babor.

Hago lo que me dice, pero le doy demasiado aprisa y el timón cruje. Puedo sentir la vibración amplificada en el vientre del barco, como la nota amenazadora de un violonchelo. El capitán hace una mueca. El barco vira alejándose de aquella extraña turbulencia, y por un momento pienso que estamos fuera de peligro, pero entonces, justo enfrente de nosotros, el agua empieza a formar espuma, y en esa espuma turbulenta, atisbo algo que preferiría no haber visto: una criatura cubierta de percebes, tan pálida como un cadáver, y el tentáculo oscuro, aceitoso, de una segunda criatura que va aferrada a la primera. Las monstruosidades se sumergen, y el agua recupera la normalidad.

—¿Eso era... lo que yo pienso que era? —le pregunto al capitán.

—Sí —responde el capitán—. Ahora entramos en el reino de los Archienemigos.

Navegamos en silencio, esperando... esperando. Y entonces, de repente, la ballena, aferrada por el calamar, sale completamente del agua, apenas a cincuenta metros a estribor. Las criaturas son enormes. Juntas tienen más del doble del tamaño de nuestro barco. La ballena se retuerce, su aleta batiendo con fuerza contra el aire al abandonar el agua, mostrando hasta qué punto la envuelven los tentáculos del calamar, que la aprietan con una fuerza atroz. Vuelven a hundirse en la mar, produciendo una enorme ola que pega en el costado del barco y lo inclina hasta que solo le faltan unos centímetros para volcar.

Aunque el resto de nosotros se cae por la cubierta inclinada, el capitán no pierde el equilibrio. Me agarra mientras el barco vuelve a enderecharse, y me pone otra vez ante el timón:

—Virad para alejar el barco de esas bestias —me dice—. Sentid su presencia y virad para alejar el barco.

Y aunque yo siento la gran malevolencia que se encuentra a nuestros pies, esa sensación no me indica ninguna dirección. Es como si estuvieran en todas partes, y no tengo modo de saber qué rumbo tomar.

—Están demasiado pendientes uno del otro para notar nuestra presencia —dice el capitán—. Solo si nos oyen nos prestarán atención. Guiadnos certeramente, y saldremos indemnes.

Vuelvo a pensar en la historia de los Archienemigos que contó el capitán.

—Pero si su lucha es de uno contra el otro, ¿por qué iban a atacarnos? —pregunto.

El capitán me susurra al oído:

—La ballena aborrece el caos; el calamar detesta el orden. ¿Y este barco no es el hijo bastardo de los dos?

Sus palabras me dan un atisbo de comprensión. Aunque los Archienemigos podrían sentir algo de ellos mismos reflejado en el barco, solo ven aquello que odian. Eso nos convierte en el enemigo mortal de dos mortales enemigos.

—Podríamos lograr mantener el barco a flote aunque estén muy cerca —dice el capitán—. Pero si nos oyen, estamos perdidos.

La siguiente turbulencia aparece en la amura de babor. Esta vez la ballena solo sale parcialmente del agua, así que la huella que deja en el agua es menos grande que antes. Tal como dijo el capitán, la ballena no nos ve. Tiene los ojos vueltos hacia dentro, y no ven nada. Golpea a diestro y siniestro, mordiendo un tentáculo tan gordo como una secuoya. El calamar suelta un alarido ensordecedor. Giro el timón para separar al barco de ellos, pero esta vez más despacio para que no haga ruido.

Y entonces, procedente de arriba, oigo un alarido casi tan fuerte como el del calamar.

—¡Aquí! —grita el loro—. ¡Aquí! ¡Estamos aquí! Y justo antes de que la ballena se hunda bajo la superficie, sus ojos se mueven y dejan de estar en blanco para volverse de un negro brillante. Y juraría que me mira precisamente a mí.

Con todo nuestro sigilo echado a perder, el capitán monta en venenosa cólera contra el loro:

—¡Ese demonio con plumas preferiría hundir el barco antes que verme victorioso! ¡Terminad con él ahora, Caden! —ordena el capitán—. ¡Antes de que él acabe con nosotros!

Me llevo la mano a la pistola de chispa que sigue en mi cinturón, pero silenciar al loro no servirá de nada. Es demasiado tarde: las criaturas ya saben que estamos aquí. Cuando el capitán ve que no hago movimiento alguno para detener al pájaro, me agarra y me arroja desde el timón a la cubierta principal.

—¡Cumplid con vuestro deber, muchacho! ¡A menos que queráis veros en el vientre de una de esas bestias!

El loro está posado en lo alto del trinquete, lanzando alaridos demasiado potentes para tratarse de un pájaro tan pequeño. Yo trepo por los flechastes hacia él. Cuando él me ve, sonríe. O al menos a mí me parece que se trata de una sonrisa. No es fácil decirlo.

—¡Venid a ver, venid a ver! —me grita—. ¡La vista es mejor desde aquí arriba!

No sabe que he venido para matarlo. Aunque todavía no sé si puedo hacerlo.

—¡Perspectiva, perspectiva! —chilla el loro—. ¿Ahora me comprendéis?

Cuando miro abajo, veo la situación con mucha más claridad. Desde allí arriba, puedo ver que las dos bestias se han separado. Dan vueltas en torno al barco uno por cada lado. Por el momento, los dos enemigos tienen un objetivo común.

—Los Archienemigos terminarán esta travesía. El capitán se hundirá con el barco —dice el loro—. Como tenía que ser. Como tenía que ser.

Justo entonces, el calamar saca un tentáculo del agua y aferra la proa. El barco da un bandazo. Yo me agarro a las sogas con todas mis fuerzas. La oscura criatura ensortija un segundo tentáculo en torno al bauprés en un potente abrazo, y lo arranca de la proa. Si Calíope hubiera estado allí, la habría partido por la mitad.

Una violenta sacudida casi me desprende de las sogas. Miro abajo y veo que la ballena ha golpeado nuestro lado de estribor, casi torciéndolo. El capitán ordena al maestro de armas disparar el cañón, pero la ballena se sumerge demasiado aprisa para poder dispararle. El calamar ha salido completamente del agua y se encuentra sobre la proa, envolviendo rápidamente con sus tentáculos la mitad inferior del trinquete, como una negra enredadera. La proa se hunde bajo su peso, y los miembros de la tripulación gritan y corren. Yo trepo más alto para alejarme de la punta rastreadora del más alto de los tentáculos.

En la cubierta, Carlyle ataca al calamar con un mango de mocho afilado en forma de arpón, pero la carne de la criatura es demasiado dura para que él pueda hacer mucho daño.

—Agarraos a mis garras —dice el loro—, y nos alejaremos de aquí.

—Pero ¿y los demás?

—¡Su destino no es el vuestro!

—Estamos demasiado lejos de tierra firme.

—¡Mis alas son fuertes!

Su voz es casi convincente, pero sigo sin podérmelo creer. Es pequeño. No parece nada comparado con el capitán.

—Confiad en mí —dice el loro—. ¡Tenéis que confiar en mí!

Pero no puedo. Sencillamente no puedo.

Y entonces veo al oficial de derrota. Ha subido a cubierta, corriendo en dirección al capitán, olvidado de la batalla que se desarrolla a su alrededor. Incluso desde tan lejos como me encuentro veo que está en peor forma que antes. Trozos de su pálida piel se van volando con el viento. Salen en capas que parecen hojas de papel, y que revolotean tras él hasta la cubierta, donde son recogidas por la hambrienta pez. Él agarra una de esas hojas de su piel, y se la enseña al capitán. Es una nueva carta de navegación. Pero el capitán lo aparta a un lado de un empujón, pues la ruta del barco ha pasado a ser lo menos importante en ese momento.

La ballena vuelve a embestirnos, y finalmente el oficial de derrota mira a su alrededor y ve todo lo que pasa. La expresión de su rostro me hiela la sangre. Es una mirada de acerada determinación, y yo pienso «pergamino, parricidio, pacifico, sacrificio». Sé lo que va a hacer antes de que empiece a trepar por el palo mayor. Se dirige a la cofa. Y está dispuesto a saltar.

—Eso no está bien —dice el loro, viendo lo mismo que yo—. No está bien, no está bien, no está bien.

—¡Si queréis salvar a alguien, salvadlo a él!

—Demasiado tarde —dice el loro—. La nuestra no es una ciencia exacta, pero hacemos lo que podemos.

No pienso aceptarlo. El oficial de derrota va ahora por la mitad del palo mayor. Un tentáculo se lanza hacia él como un látigo, pero no lo agarra a él, solo una de las hojas que va dejando a su paso, y que se arruga en el tentáculo. El oficial de derrota no aparta los ojos de la cofa, que está justo sobre su cabeza. ¡Tengo que salvarle!

La distancia entre el trinquete y el palo mayor es excesiva para que pueda saltar de uno a otro, y si bajo por el mástil iré a caer a las fauces abiertas del calamar. Pero podría haber un modo de salvar esa distancia con seguridad. Me vuelvo hacia el loro:

—¡Llevadme hasta el oficial de derrota!

El loro niega con la cabeza:

—Mejor que no.

Y aunque no tengo ni idea de la posición en que me encuentro con respecto a él, saco mi voz más autoritaria para conminarle:

—¡Es una orden!

El loro suspira, me clava dolorosamente las garras en los hombros, bate las alas, y me levanta de los flechastes del trinquete.

Ha dicho la verdad: incluso con alas tan pequeñas, tiene fuerza suficiente para transportar mi peso. Sobrevolamos la refriega, y me deja caer en la cofa solo un instante antes de que llegue el oficial de derrota.

Mis ojos necesitan un segundo para adaptarse a las engañosas dimensiones de la cofa: diminuta por fuera, enorme por dentro. Miro a mi alrededor. El lugar está vacío de tripulantes. No hay nada más que cristales rotos en el bar vacío. Finalmente, veo al oficial de derrota en la otra punta, que se sube al trampolín. Se ha despellejado hasta tal punto que apenas puedo reconocerlo.

—¡No! —grito—. ¡Alto! ¡No tenéis por qué hacerlo!

—Intento llegar a él, pero los cristales rotos, bajo mis pies, me ralentizan.

La mirada de decisión que tenía su rostro se ha convertido en una leve sonrisa de aceptación:

—Vos tenéis vuestro destino, y yo tengo el mío —dice. Incluso su voz ahora tiene cierto parecido con el crujido del papel—. Destino, distingo, disiento... silencio.

Y antes de que yo pueda llegar donde está, se arroja al viento.

—¡No...!

Alargo la mano, pero es demasiado tarde. Cae hacia la mar, capas de pergamino desprendiéndosele en la caída, hoja tras hoja hasta que no queda nada de él. Se ha desintegrado del todo antes de llegar siquiera al agua. Lo único que queda son mil hojas de papel que el viento se lleva como confeti, dejándolas caer una a una en la mar. Yo contemplo la ráfaga de pergamino, incapaz de creer que haya desaparecido. El loro intenta taparme los ojos con un ala:

—No miréis, no miréis.

Aparto al loro con disgusto. Allá abajo, la pasión destructiva del calamar queda repentinamente sofocada. Suelta el barco que tiene agarrado, y se desliza otra vez en el agua. La ballena, que corría hacia el barco para embestirlo, se sumerge y pasa por debajo en vez de golpear contra él. En un instante las criaturas se alejan por la amura de babor, una vez más entrelazadas en su familiar abrazo de odio, olvidándose por completo de nosotros. Los Archienemigos ya han obtenido su sacrificio. El barco está a salvo.

—Inesperado —dice el loro—. Muy inesperado.

Yo me vuelvo hacia él furioso:

—¡Podríais haberle detenido! —grito—. ¡Podríais haberle salvado!

El loro agacha la cabeza en una burlona reverencia y silba por lo bajo.

—Hacemos lo que podemos.

Las cosas que siento no pueden ponerse en palabras. Una vez más, mis emociones hablan lenguas desconocidas. Pero está bien, porque se ha acabado el tiempo de las palabras. Ahora es el tiempo de la acción. Doy voz a mi tumultuosa furia sacando la pistola del cinturón. Ya está cargada. No recuerdo haberla cargado, pero sé que lo está. Aprieto la pistola contra la pechuga del pájaro, y le doy al gatillo. El disparo suena tan potente como una bala de cañón, y atraviesa la pechuga del loro. Su único ojo se clava en el mío con la mirada sorprendida del que se siente traicionado, y me ofrece su última declaración:

—*Habéis visto antes al capitán* —dice el loro, con voz más débil a cada palabra—. *Lo habéis visto antes. Él no es... lo que vos pensáis... que es.*

El loro resuella su último aliento y cae mustio. Ahora el tiempo de las palabras se ha acabado para ambos. Agarro el lacio cuerpo del loro y lo tiro de la cofa, viéndolo describir un arco en el cielo, como una bola de fuego con plumas, hasta que la mar se lo traga.

# 141

## COMO SI NO HUBIERA EXISTIDO NUNCA

Mis padres se preocupan muchísimo cuando oyen lo de Hal. Me gustaría que nadie se lo hubiera dicho. Hablar con ellos del tema no es más que revivirlo, y a diferencia de Alexa, yo no tengo necesidad de revivir pesadillas si puedo evitarlo. Me siento en el salón de las vistas mirando por el ventanal, como hacía Callie, no queriendo estar a este lado del cristal, pero no queriendo tampoco estar al otro. Me encuentro atontado. No puedo pensar con claridad. En parte es por los medicamentos, y en parte no.

—Es algo terrible —dice mi madre.

—Lo que yo quiero saber es cómo pudo siquiera suceder —dice mi padre. Se sientan uno a cada lado de mí, intentando consolarme, pero yo ya estoy protegido dentro de una burbuja invisible. No tienen que consolarme.

—Cogió mi sacapuntas de plástico —les explico—. Sacó la cuchillita del plástico, y se cortó las venas con ella.

—Ya sé lo que sucedió —dice mi padre, empezando a caminar de un lado para el otro como yo hago a menudo—. Pero no debería haber sucedido. Hay cámaras, ¿no? Y hay enfermeras a punta pala, ¿qué demonios estaban haciendo? ¿Estaban tocándose las narices?

La conmoción ya ha pasado, pero las olas no se han asentado. Pasará un rato antes de que la mar vuelva a la calma.

—Tienes que saber, Caden, que no ha sido culpa tuya —dice mi padre. Pero, no sé cómo, las únicas palabras que se me quedan en la cabeza son «culpa» y «tuya»—. Si no hubiera usado el sacapuntas, habría encontrado otra cosa.

—Sí, puede —digo yo. Ya sé que mi padre habla con lógica, pero pienso que la parte lógica de mi cerebro sigue correteando por las cubiertas inferiores del barco. Mi madre niega con la cabeza, con tristeza, y frunce los labios.

—Cuando pienso en ese pobre chico...

«Pues no pienses», quiero decirle, pero me quedo callado.

—Creo que su madre tiene intención de demandar al hospital.

—¿Su madre? ¡Ella es parte del motivo! —les digo—. ¡El hospital debería demandarla a ella!

Mis padres, que no tienen base para discutirme, no comentan nada.

—Bueno —dice mi padre—. De un modo u otro, rodarán cabezas, eso está claro. Alguien tendrá que responsabilizarse.

Entonces mi madre intenta aligerar la conversación hablando del espectáculo de baile de mi hermana, y consigue llenar el tiempo con charla no mórbida hasta que se acaba la hora de visita.

Yo no fui quien encontró a Hal. Lo hizo Furiosos Brazos de la Muerte. Sin embargo, yo vislumbré el cuarto de baño cuando sacaban a Hal a toda prisa. Parecía como si hubieran sacrificado a un elefante allí dentro.

Y ahora todo vuelve a funcionar como de costumbre. El personal pone cara alegre y no habla de ello. Es mejor no disgustar a los pacientes. Fingir que no ha ocurrido nunca. Como si él no hubiera existido.

Solo Carlyle es lo bastante humano para hablar de ello en grupo.

—La buena noticia —nos dice Carlyle— es que sucedió en un hospital. Entró inmediatamente en urgencias.

—¿Hal está muerto? —pregunta Cielo.

—Perdió un montón de sangre —nos dice Carlyle—. Está en cuidados intensivos.

—¿Si muriera nos lo diría? —pregunto desafiante. Carlyle no responde de inmediato:

—No sería cosa mía —dice finalmente.

Y entonces Alexa se toca el cuello y compara y, como de costumbre, contrasta esto con su propio intento de suicidio, volviendo a colocarse en el centro.

# 142

## ¿INTENTAS, O HAS INTENTADO ALGUNA VEZ...?

Mis padres se preguntan si intento, o he intentado alguna vez, suicidarme. Los médicos se lo preguntan. Lo preguntan los cuestionarios del seguro. No es que no haya pensado alguna vez en eso, especialmente cuando la depresión me clava sus feas garras, pero ¿realmente he cruzado la línea y me he convertido en un suicida? Creo que no. Siempre que me vienen esos pensamientos, mi hermana es el salvavidas. Mackenzie se quedaría hecha una mierda el resto de su vida si su hermano se matara por su propia mano. Es verdad que mi continuada existencia podría amargarle la vida, pero la amargura es el menor de dos males. Es más fácil tratar con un hermano problemático que con un hermano que fue problemático.

Todavía no sé si se necesita ser valiente o cobarde para acabar con la propia vida. Tampoco sé si se hace por egoísmo o por altruismo. ¿Es el acto último y fundamental de desprendimiento de uno mismo, o un barato acto de autoposesión?

La gente dice que un intento fallido es un grito pidiendo ayuda. Supongo que eso es verdad si la persona quería que fuera fallido. Pero supongo que la mayoría de los intentos fallidos no son completamente sinceros, pues, afrontémoslo, si uno quiere acabar con uno mismo, hay muchas maneras de asegurarse de que la cosa sale bien.

Aun así, si uno llega a tal punto para pedir ayuda, es que algo ha ido mal. De entrada, o uno no estaba gritando lo bastante alto hasta entonces, o la gente que lo rodea estaba sorda, o ciega, o boba. Lo cual me hace pensar que más que un grito pidiendo ayuda puede ser un grito para ser tomado en serio. Un grito que dice: «Me estoy haciendo tanto daño que el mundo debería, por una vez, pararse en seco por mí». La cuestión es: ¿qué haces después? El mundo se para, y te observa ahí tendido con las heridas vendadas, o con el estómago inflado, y dice: «Vale, ya te presto atención». La mayoría de la gente no sabe qué hacer en ese momento, si es que llega. Y por eso no merece la pena el trabajo de llegar a él. Especialmente si el intento fallido resulta que sale bien por accidente.

# 143

## LO HICIERON MAL

Hal utilizó el sacapuntas el sábado. El doctor Poirot viene a verme a primera hora de la mañana del lunes. Habría venido antes, pero estaba fuera, en un congreso, dedicándose a sus cosas mientras Hal se dedicaba a las suyas. Estoy solo en mi habitación cuando llega Poirot. La cama de Hal está sin vestir, y los empleados de pijama pastel se han llevado sus pertenencias. El vacío que hay en el lado de Hal de la habitación está como vivo. Durante la noche, podía oírlo respirar.

—Siento mucho lo que sucedió. Muchísimo —dice Poirot.

Su brillante camisa hawaiana hace burla de la tristeza del día. Yo estoy tendido sobre la cama, bocarriba, y hago todo lo que puedo por no mirarle ni reconocer de ningún modo su presencia.

—Sé que te hiciste amigo de Harold. Tiene que ser especialmente doloroso.

Sigo sin decir ni una palabra.

—Una cosa así... no debería haber sucedido nunca.

A pesar de mí mismo, tengo que responder a semejante acusación:

—¿Me está acusando?

—No he dicho eso.

—¿No acaba de decirlo?

Poirot lanza un suspiro, acerca una silla y se sienta.

—Hoy tendrás un nuevo compañero de habitación.

—No quiero ninguno.

—No hay más remedio. Aquí no sobran las camas. Va a venir otro chico, y esa es la única que queda libre.

Sigo sin mirarlo.

—Era SU trabajo cuidar de Hal. Mantenerlo a salvo de todo... ¡incluido él mismo!

—Lo sé. Lo hemos hecho mal, y lo siento. —Poirot mira el vacío del otro lado de la habitación—. Si yo hubiera estado aquí en el momento...

—¿Qué...? ¿Habría entrado volando y le habría detenido?

—Quiero pensar que podría haber percibido la intensidad de la desesperación de Harold. O quizá no. Quizá hubiera sucedido de todos modos.

Ahora, por fin, miro a Poirot.

—¿Ha muerto?

Poirot mantiene una cara de póquer muy ensayada:

—Sus heridas son muy importantes. Está recibiendo todas las atenciones posibles.

—Si muriera, ¿me lo diría?

—Sí. Si pienso que puedes soportarlo.

—¿Y si piensa que no podría soportarlo?

Poirot duda, y por nada del mundo puedo saber si está disimulando o no una mentira:

—Tendrás que confiar en mí —dice.

Pero no confío. Y no le digo que Hal dejó de tomar sus medicinas. Hal me hizo jurar que le guardaría el secreto. Esté vivo o muerto, yo no traicionaré la confianza que puso en mí. Por supuesto, si me hubiera chivado sé que lo habrían medicado demasiado para que pudiera hacer lo que hizo. Me parece que Poirot me apunta con su dedo acusador. Eso me vuelve más decidido a apartárselo:

—Usted debería haberle salvado —le digo a Poirot—. Tiene usted razón: lo han hecho mal.

Poirot se lo toma como una bofetada, pero me muestra la otra mejilla:

—Tengo mucho trabajo hoy, mucho trabajo. Hay otros pacientes a los que tengo que ver. —Se levanta para irse—. Te prometo que vendré a verte más tarde, ¿de acuerdo?

Pero yo no le respondo y decido no volver a hablarle. Desde este momento, Poirot está muerto para mí.

# 144

## OTROS LUGARES

—Caden, hemos estado pensando —dice mi madre al día siguiente.

Ella mira a mi padre para asegurarse de que lo apoya—. Con lo que ha sucedido aquí, tal vez preferirías estar en otro sitio.

—¿Puedo irme a casa?

Mi padre estira la mano para agarrarme del brazo con firmeza.

—Todavía no —dice—. Pronto, te lo aseguro. Pero, mientras tanto, hay otros lugares.

Me cuesta un rato comprender qué es lo que me propone.

—¿Otro hospital?

—Otro donde no ocurra este tipo de cosas —añade mi madre.

Eso me hace soltar una breve carcajada. Porque «este tipo de cosas» pueden suceder en cualquier sitio. Aunque a Hal le hubieran asignado un guardaespaldas para él solito, este no habría podido protegerlo de sí mismo. Sé que hay otras «instituciones» como esta. Los otros chicos cuentan historias de hospitales en los que han estado. Todos parecen peores. Por mucha rabia que me dé admitirlo, mis padres eligieron este sitio porque era el mejor de por aquí. Así que seguramente lo es.

—No, me quedo —les digo.

—¿Estás seguro, Caden?

Mi padre intenta penetrar mis pensamientos mirándome de un modo que me hace apartar los ojos.

—Sí, me gusta este sitio.

Eso los sorprende a los dos. Y me sorprende a mí.

—¿De verdad?

—Sí —les digo—. No —les digo—. Pero sí.

—Bueno, ¿por qué no piensas en ello? —dice mi madre, tal vez decepcionada con mi decisión. Pero tengo tantas ganas de pensar en ello como de pensar en Hal. Este lugar es un infierno al que me he habituado. ¿Cómo es eso que dicen? Más vale malo conocido que bueno por conocer.

—No, estoy seguro —les digo.

Aceptan mi decisión, pero hay una especie de anhelo en ellos que sigue insatisfecho.

—Bueno, solo queríamos darte la opción —dice mi padre.

Se ponen a hablar de Mackenzie, y de cuánto me echa de menos, y de que podrían volverla a traer de visita, pero parece que se están alejando. Y de repente me doy cuenta de algo terrible en relación a mis padres. No son envenenadores. No son el enemigo... pero son inútiles.

Quieren hacer algo, lo que sea, para ayudarme. Cualquier cosa para cambiar mi situación. Pero se ven tan impotentes como yo. Los dos están en un bote salvavidas, juntos pero solos. A millas de distancia de la orilla, y a kilómetros de mí. El bote hace agua, y tienen que achicar los dos al mismo tiempo para mantenerlo a flote. Tiene que ser agotador.

La terrible verdad de su inutilidad es casi más de lo que puedo soportar. Me gustaría subirlos a bordo, pero aunque pudieran alcanzarnos, el capitán no lo permitiría nunca.

Es una mierda estar en mi piel. Pero hasta ahora no se me había pasado por la imaginación que también fuera una mierda estar en la piel de ellos.

# 145

## EL ALMA DE NUESTRA MISIÓN

Tengo un nuevo compañero de camarote al que no conozco ni deseo conocer. Es solo otro miembro de la tripulación carente de rostro. Ahora yo soy el veterano, el que está al tanto de todo, como era el oficial de derrota cuando llegué. Aunque no me gusta nada ser el nuevo, tampoco me gusta ser el viejo lobo de mar.

El capitán viene de visita unas noches después de que el oficial de derrota se deshiciera en la mar. Se sienta al pie de mi cama y me mira con su único ojo. Pienso que su peso debería combar el endeble catre, pero no lo hace. Es como si él no pesara. Parece tan insustancial como un fantasma.

—Os diré una cosa, muchacho —dice el capitán con suavidad—, pero a la luz del día negaré habéroslo dicho. —Se detiene para asegurarse de que tengo toda mi atención puesta en él—. Vos sois el tripulante más importante de esta nave. Sois el alma de nuestra misión, y si lo conseguís (y sé que lo conseguiréis) recibiréis grandes honores. Preveo muchas travesías juntos, vos y yo. Hasta el día en que os convirtáis vos mismo en capitán.

No puedo negar que lo que presenta me resulta muy apetecible. Tener un propósito es algo muy deseable. Y en cuanto a futuras travesías, me he acostumbrado a la naturaleza de este barco y de estas aguas. No puedo seguir siendo un simple marinero.

—Solo un miembro de esta tripulación se zambullirá —dice el capitán—, y os he elegido a vos. Solo vos alcanzaréis el Abismo Challeger y descubriréis las riquezas que contiene.

Mis sentimientos al respecto son tan profundos y oscuros como la propia Fosa.

—Sin el vehículo adecuado, la presión me aplastará, señor, y...

Levanta la mano para callarme:

—Sé lo que creéis, pero las cosas son distintas aquí. Eso ya lo sabéis vos, ya lo habéis visto. La zambullida es peligrosa, no lo niego, pero no en el sentido que vos pensáis. —Entonces me agarra por el hombro—: Tened fe en vos mismo, Caden, porque yo la tengo en vos.

No es la primera vez que se lo oigo decir.

—El loro también tenía fe en mí —comento.

La mención del pájaro lo pone en tensión:

—¿Lamentáis habernos librado del traidor?

—No...

—El loro no os habría dejado terminar este viaje. —Se pone de pie y empieza a caminar por el pequeño espacio—. ¡El loro habría puesto fin a vuestras aventuras por siempre jamás! —Entonces me apunta con un dedo retorcido—. ¿Preferiríais haber sido un lisiado en su mundo, o ser una estrella en el mío?

Entonces sale pisando fuerte, sin esperar mi respuesta, y en cuanto se ha ido, recuerdo algo. «Habéis visto antes al capitán», me dijo el loro. Por primera vez me doy cuenta de que tenía razón... pero el recuerdo escapa de mí, succionado por la maloliente pez que mantiene unidas las piezas del barco.

# 146

## PSICOTÓXICO

Puedo notar la presencia de la Serpiente Abisal más clara cada día que pasa. Sigue el rastro del barco, mi rastro. Va a nuestro paso. No ataca como las yeguas marinas ni como los Archienemigos. Solo nos acecha, lo cual es todavía peor.

—Nunca os dejará en paz, muchacho —me dice el capitán mientras contemplamos la estela que dibuja el barco. No puedo ver a la serpiente, pero sé que está ahí, nadando lo bastante hondo para esconderse a mis ojos, aunque no a mi alma.

»Sin duda la serpiente tiene planes para vos —dice el capitán—. Planes que incluyen jugos gástricos. Pero creo que le gusta pasar hambre. Disfruta de la persecución tanto como de la digestión. ¡Esa es su debilidad!

Cuando el capitán se retira para merendar, o para lo que haga un hombre como él en su tiempo libre, yo trepo a la cofa, para situarme lo más lejos posible de la Serpiente Abisal.

He llegado a despreciar la cofa casi tanto como el capitán. Nunca me sorprenden las cosas raras que veo aquí arriba. Hoy hay cabezas que ruedan por aquí con el movimiento de la mar, como si fueran plantas rodadoras. Una de ellas choca conmigo al pasar.

—Lo siento —dice la cabeza—. No he podido evitarlo.

Me parece reconocer la cara, pero su trayectoria la lleva bajo una silla, donde se queda temporalmente atascada, así que no puedo estar seguro.

Hoy hay una nueva camarera. No hay nadie sentado a la barra, porque ella tiene una actitud que desanima a hacerlo. Envía ondas de inaccesibilidad, como si fuera un imán repelente. Aun así, yo me acerco, aunque solo sea por fastidiar.

—¿Dónde está Dolly? —le pregunto.

La nueva camarera señala una de las cabezas rodantes. Reconozco a Dolly de inmediato.

—Hola, Caden —dice su cabeza al caer después de la repentina embestida de una ola—. Os daría la mano si pudiera.

—Es una desgracia —explica la nueva camarera—, pero lo que le pasó al oficial de derrota dejó claro que había que hacer cambios.

Y después pasa otra cabeza rebotando, una cabeza de pelo corto, rojizo. Me apresuro a cogerla. Al levantarla del suelo, encuentro un par de ojos conocidos.

—¿Carlyle?

—Siento decíroslo, Caden, pero no voy a poder seguir dirigiendo vuestro grupo.

Me quedo sin palabras. Incapaz de digerir las noticias.

—Pero, pero...

—No os preocupéis —dice él—. Esta tarde vendrá alguien nuevo.

—¡No queremos a nadie nuevo!

No hay nadie más en el pasillo. Yo me encuentro entre él y la salida. Sabía que iban a tomar medidas, y tal vez echar a gente por lo que le pasó a Hal, pero ¿por qué Carlyle?

—¡Tú no has tenido nada que ver! —le digo—. ¡Ni siquiera estabas aquí ese día! —La fría nueva enfermera me mira desde el mostrador, preguntándose si el hecho de que levante la voz significa un problema.

—Les ha parecido que mi grupo era... psicotóxico. Al menos para Hal.

—¿Tú lo crees?

—No importa lo que crea yo. El hospital tiene que echarle la culpa a alguien, y a mí me tienen muy a mano. Es así como funcionan las cosas. —Mira a su alrededor un poco nervioso, como si pudiera empeorar las cosas para él que lo pillaran hablando conmigo—. No te preocupes por mí —dice—. Tengo otras cosas que hacer. Aquí estaba de voluntario, ¿recuerdas?

Pasa por delante de mí y se dirige a la puerta.

—Pero... pero... ¿quién perseguirá con el mocho a los cerebros asilvestrados?

Él se ríe.

—Eso seguirán haciéndolo sin mí —dice—. Cuídate, Caden.

Entonces pasa su tarjeta de seguridad por el lector. La puerta interior se abre, dejándole paso al compartimento estanco diseñado para evitar que se escapen los pacientes. Entonces, una vez se cierra la puerta de dentro, se abre la de fuera, la que da al mundo que está más allá, y Carlyle sale por ella.

No sé qué hacer. No sé a quién gritarle. La camarera no lo aguantará, y aunque Furiosos Brazos de la Muerte está allí, él y sus calaveras estarán muy contentos de que su cabeza no esté rodando con la de Dolly y los demás.

Dejo la cofa, y me dirijo al capitán para gritarle mi queja, diciéndole que el cuerpo sin cabeza de Carlyle acaba de caminar por la tabla... pero el capitán ni se inmuta.

—Los grumetes vienen y van —dice él, con una cabeza debajo de cada brazo—. Yo voy a bajar a jugar un poco a los bolos. ¿Queréis jugar conmigo?

353

# 147

## GLADOS

—¡Bueno, buenos días! Soy Gladys, vuestra nueva facilitadora en el grupo de la mañana.

El ánimo de la sala es tan beligerante como un aula de instituto con alumnos problemáticos. Y hoy hay profesora sustituta.

—Lo primero en el orden del día es llegar a conocernos.

Gladys no tiene aspecto de Gladys. Aunque no sé realmente qué aspecto tienen las Gladys, salvo las de las viejas series de televisión en blanco y negro. Esta tendrá treinta y tantos años, tiene pelo rubio con la permanente hecha, y una ligera desviación en su simetría facial que se le nota más cuando sonríe.

—¿Qué tal si empezamos por decir nuestros nombres...?

—Ya sabemos nuestros nombres —dice alguien.

—Bueno, a mí también me gustaría conocerlos.

—Los conoce —dice otro—. La vi leyendo nuestras carpetas antes de entrar.

Nos dirige una sonrisa ligeramente asimétrica:

—Sí, pero no estaría mal apuntar un nombre a cada cara.

—Eso tiene que ser muy doloroso —digo yo. Recibo una risita de cortesía de Cielo y un par de pacientes más, pero una risita de cortesía no es suficiente para seguir con el sarcasmo, así que, solo para terminar con él, digo—: Yo soy Caden Bosch.

Siguen a partir de mí, en el sentido del reloj. Para mi sorpresa, nadie da nombres como «Ana Tomía», o «Pili Lacorta». Supongo que yo eliminé esa posibilidad al dar mi nombre real.

Mi nuevo compañero de habitación se ha incorporado al grupo, junto con una nueva chica. Hace unos días dejaron de venir dos a los que ya no recuerdo. Las caras cambian, pero la producción sigue igual, como en un show de Broadway.

Hoy habla muy poca gente. Sé que no quiero contarle nada a Gladys. Nunca. Después alguien, sutilmente, empieza a llamarla GLaDOS, que es el nombre de la malvada inteligencia artificial de los clásicos juegos *Portal*, y si esta sesión no fuera una parodia ya antes, ahora pasa a serlo sin ninguna duda. Varios de nosotros nos turnamos para hacer referencias a videojuegos de las que Gladys no se entera, como el chico que pregunta si habrá pastel cuando acabemos.

—No —dice Gladys, asimétricamente perpleja—, no que yo sepa...

—Entonces —dice el chico—, ¿está diciéndome que *el pastel es una mentira?*

Hasta los chicos que no saben de qué está hablando se ríen por lo bajo, porque lo de menos es que no lo entiendan, lo único que importa es que no lo entiende GLaDOS.

En circunstancias normales podría darme pena, pero ya no tengo una idea clara de lo que son las circunstancias normales, y en cualquier caso no quiero que ella me dé pena. Sé que no es culpa de ella que echaran a Carlyle, pero le ha tocado ser la piñata de la sala, y no me importa darle con el palo junto con todos los demás.

# 148

## COMO UNA ARDILLA

Me tiendo en la cama y espero a que termine el mundo.

Tiene que terminar en algún momento, porque no me puedo imaginar que siga así. Esta sucesión de días grises en medio de una niebla mental tiene que cesar finalmente.

No he tenido noticias de Callie. No espero ninguna comunicación de ella aquí; porque no nos permiten teléfonos ni acceso a ordenadores, y tampoco espero que me escriba una carta. Pero he llegado a pedirles a mis padres que me miren el correo electrónico. Les di todas mis contraseñas porque la privacidad ya no tiene mucho sentido. No me importa si leen mi correo basura, que, a estas alturas, será lo único que estaré recibiendo, aparte de algo de Callie. Pero ella no me ha escrito. Al menos eso me dicen mis padres.

¿Me lo dirían si hubiera escrito? Confío en que sí tanto como confío en cualquiera que me diga que Hal sigue vivo. Si todo el mundo está convencido de que está bien mentirme por mi propio bien, ¿cómo puedo creer nada que diga nadie?

¿Me mienten cuando me dicen que llevo aquí seis semanas? Probablemente no. A mí me parecen seis meses. La niebla y la monotonía hacen casi imposible medir el paso del tiempo. No lo llaman monotonía, sin embargo. Lo llaman rutina. Se supone que la rutina es reconfortante. Tenemos una predisposición genética para repetir lo mismo de siempre, a la seguridad de la regularidad: una predisposición que se remonta a los primeros vertebrados.

Salvo cuando deciden producir un cambio. Como lo de colocarme un nuevo compañero de habitación con el que me niego a hablar. O como despedir a la única persona que me hizo ver un leve destello de esperanza. En silencio maldigo a todo el mundo por estas cosas, sabiendo que en el fondo tendría que estar maldiciéndome a mí mismo, pues nada de esto habría sucedido si hubiera roto la promesa que le hice a Hal, y me hubiera chivado.

—Si sigues progresando así —me ha dicho hoy una de las enfermeras—, no veo razón para que no vuelvas a casa en un par de semanas. —Y entonces añadió—: Pero no le digas a nadie que te lo he dicho yo.

La falta de compromiso entre los comprometidos está desbocada.

Yo no veo el progreso que otros ven. Estoy tan metido en el momento que no recuerdo cómo era cuando llegué. Y pienso que si esto es mejor que aquello, ¿será esto lo que me espera cuando vuelva a casa? ¿Repetir lo mismo de siempre?

Entra una enfermera en la habitación con las medicinas de la noche. Primero se las da a mi compañero de habitación, después a mí. Yo miro el interior de mi vasito de papel. Mi cóctel, que siempre está cambiando, me proporciona ahora tres medicinas nocturnas: una píldora oblonga de color verde, una cápsula blanca y azul, y una tableta amarilla que se disuelve en la boca como un caramelo sin aroma. Me las tomo una a una con un vaso de agua que ella me da, y que es ligeramente más grande que el vaso en que vienen las pastillas. Luego, conociendo el procedimiento, abro la boca y me separo las mejillas con los dedos como si le estuviera haciendo burla, pero es para que vea que me las he tomado todas.

Después de que se vaya, voy al cuarto de baño y saco la cápsula azul y blanca de la parte de atrás de la boca, porque la escondo como una ardilla, en la parte de arriba de la encía. Ella no podría encontrarla jamás, a menos que pasara el dedo por cada centímetro de mi boca. Es algo que llegan a hacer si antes te han pillado escondiendo las pastillas. Pero yo he sido un niño bueno. Hasta hoy.

Sé que no hay nada que hacer con la tableta que se disuelve, pero tal vez, con la práctica, pueda esconder tanto la cápsula como la píldora verde. Fuera lo que fuera lo que sentía Hal cuando hizo lo que hizo, al menos estaba sintiendo algo. Ahora mismo, hasta la desesperación me parecería una victoria. Así que dejo caer la píldora en el váter y echo encima un pis de regalo, y después tiro de la cadena, contento de medicar a las feas criaturas que viven en las alcantarillas.

Después me vuelvo a la cama, me acuesto, y espero a que se acabe el mundo.

# 149

## PERIODO DE SEMIDESINTEGRACIÓN

Sé más sobre medicación psicoactiva de lo que es recomendable que conozca un ser humano. Soy un poco como el narcotraficante que lo ha probado todo y por eso puede hablar con autoridad de las distintas formas de colocarse. La mayoría de los ansiolíticos actúa rápidamente, cumple su función y luego los atrapa el hígado, que es el policía del cuerpo, y este los echa de ahí en menos de un día. El lorazepam te puede calmar al instante si te lo inyectan (en menos de una hora si se ingiere vía oral), pero sus efectos desaparecen solo unas horas después.

Por otro lado, el ziprasidone, el risperdal, el seroquel y todos los demás antipsicóticos pesados tienen un periodo de semidesintegración mucho más largo, evadiendo al hígado durante una buena temporada. Lo que es más, el «efecto terapéutico», como lo llaman, se va produciendo con el tiempo. Tienes que estar tomando esa cosa durante días, hasta semanas, hasta que esos medicamentos empiecen a hacer lo que tienen que hacer porque para eso les pagan.

Naturalmente, la mayoría de los efectos colaterales de esas drogas son inmediatos, y hacen que te sientas en menos de una hora que eres algo distinto a un humano. Cuando dejas de tomarlos de repente, si no te da un ataque y la palmas, los efectos colaterales se van a uno o dos días. A los efectos terapéuticos les cuesta más tiempo desaparecer, igual que les costó más tiempo arrancar.

En otras palabras, durante unos días dorados, uno vuelve a sentir lo que es ser normal, antes de hundirse de cabeza en el pozo sin fondo.

# 150

## EL ÚLTIMO HOMBRE QUE QUEDA EN PIE

La niebla matutina se pasa, dejando un millar de nubecitas de algodón entre un horizonte y el otro. Se desplazan rápidamente por el cielo, produciendo efectos estroboscópicos de sol y sombras. Bajo esa vista espectacular, la mar es cristalina, un espejo perfecto que refleja el cielo. Nubes arriba y nubes abajo. No parece haber diferencia entre los cielos y las profundidades.

Ni siquiera el incesante impulso de nuestro barco, al que ahora empuja un viento constante, puede agitar estas aguas. Es como si esquiáramos sobre la mar, más que atravesarla a vela. Sé que la Serpiente Abisal nos sigue bajo la superficie cristalina del agua, pero como el barco, viaja con total sigilo, sin dejar señales de su paso.

Por la cofa ya no rueda la cabeza de Carlyle ni de ningún otro. De hecho, el lugar ha perdido por completo toda su magia. No hay barra, no hay sillas, no hay clientes beodos perdidos en sus cócteles fluorescentes. La cofa es ahora por dentro exactamente lo que parece por fuera: un tonel de un metro de anchura, lo bastante grande, y no más, para que quepa dentro un vigía que pueda otear el horizonte.

—Como cualquier otro apéndice —me dice el capitán—, se ha atrofiado por falta de uso.

Sin el cóctel para embotarme, hay en mis sentidos una claridad tan rotunda como el cuchillo de un carnicero. Se clava en la carne y el hueso, mostrando cosas que no son para quedar expuestas a la luz del día. Me purifica, dejándome limpio y bien restregado por dentro y por fuera. Ahora solo estamos el capitán y yo. El resto de la tripulación ha desaparecido. Tal vez nos hayan abandonado durante la noche, o tal vez las criaturas de las profundidades los arrastraran por la borda. O tal vez fueron succionados entre las planchas de cobre y digeridos por esa pez viviente que mantiene unidas todas las piezas del barco. No los echo de menos. En cierto sentido, es como si nunca hubiera estado aquí.

El capitán se encuentra detrás de mí, de pie ante el timón, y pontifica ante su feligresía constituida por una sola persona:

—Hay infierno tanto en el día como en la noche —dice—. He estado en el ardiente calor del día, bajo un sol inclemente, y bajo la mirada pétrea de una humanidad desinteresada. —Toca la borda de cobre, pasando un solo dedo por ella, como si comprobara que no hay polvo—. Uno anhela el ligerísimo cobre, pero lo lamenta cuando llega. ¿Me seguís?

—Sí.

Me da un sopapo en la parte de atrás de la cabeza:

—¡No me sigáis nunca! Id siempre delante.

Me froto donde me ha pegado, porque me ha quedado dolorido:

—¿Cómo, cuando no queda nadie?

El capitán mira a su alrededor, como si hasta ese momento no se hubiera dado cuenta de que no hay nadie a bordo.

—Tenéis razón. En tal caso, deberíais alegraros de ser el último hombre que queda en pie.

—¿Qué estamos buscando, señor? —pregunto, mirando las nubes, tanto las que están por encima como las que están por debajo del horizonte—. ¿Cómo sabremos cuándo hemos llegado?

—Lo sabremos —es todo lo que dice al respecto.

Mantengo mi posición ante el timón. Sin cartas de navegación, giro la rueda dejándome llevar por mis impulsos. El capitán no desaprueba ninguna de mis decisiones.

Entonces aparece algo delante del barco. Al principio es como una mota de polvo, pero conforme nos acercamos se convierte en un poste que sobresale del agua. Yo viro hacia ella, y cuando nos acercamos más, puedo ver que es más que un poste: es una figura atada a un largo palo.

Un espantapájaros.

Tiene los brazos completamente abiertos, los ojos inclinados hacia el cielo salpicado de nubes, en una súplica constante. Y pienso que todos los espantapájaros parecen como crucificados. Tal vez sea eso lo que asusta a los cuervos. No hay cuervos a los que asustar en alta mar, sin embargo. Ni gaviotas ni zanates, ningún pájaro en absoluto, ni siquiera un loro. Como tantas otras cosas en el mundo del capitán, el espantapájaros está dedicado a una tarea inútil.

—El espantapájaros es la señal última —me dice el capitán con su voz más solemne. Percibo un asomo de miedo en un hombre que nunca muestra miedo—: justo debajo de él está el punto más hondo del mundo.

# 151

## EL REY DE TODOS LOS DESTINOS

Cuando nos acercamos al espantapájaros, el viento, que ha sido tan firme que yo había dejado de prestarle atención, de repente disminuye hasta desaparecer, dejando un silencio tan completo que puedo oírme el corazón bombeando sangre en las venas de las orejas. Por encima de nosotros, las velas pierden su tensa convexidad para colgar lacias y mustias. Seguimos deslizándonos un poco más, y después el capitán echa el ancla, cuya cadena repiquetea hasta el momento en que se tensa. La profundidad del ancla no es nada comparado con la profundidad de la Fosa que tenemos a nuestros pies, pero el misterio de un ancla es que no necesita tocar fondo, ni siquiera acercarse a él, para sujetar en el sitio al mayor de los barcos.

El espantapájaros sigue estando cien metros por delante, más o menos en la posición de las once en punto con relación al barco.

—Esto es lo más cerca que me atrevo a llegar, muchacho —me dice el capitán—. El resto del viaje es vuestro y solo vuestro.

Pero sigue sin haber batiscafo ni campana de inmersión. Nada con lo que poder acceder al fondo.

—Pero ¿cómo...?

El capitán levanta la mano, sabiendo lo que voy a preguntar.

—No habríais llegado tan lejos si no estuvierais destinado a hacerlo —me dice—. El método se presentará por sí solo.

Le ofrezco una sonrisa traviesa:

—¿Método en la locura? Él no me devuelve la sonrisa, más bien me reprende:

—El loro hablaba de locura, pero para los hombres como vos y yo, esto es ciencia.

—¿Ciencia, señor...?

Asiente con la cabeza:

—Sí, voto a tal: la singular alquimia de transmutar lo que no podría ser, en lo que es. El loro la llamaba «locura», pero para mí cualquier otra cosa es mediocridad. —Entonces me mira con un atisbo de desesperación que intenta disimular y dice—: Os envidio. Toda la vida he soñado con la recompensa que aguarda ahí abajo, fuera de mi alcance hasta hoy. Pero vos invocaréis ese tesoro. Llenaréis nuestra bodega hasta los topes con un botín que estará por encima de la imaginación del alma humana.

Me pregunto cómo podría subir semejante tesoro de las profundidades, pero sé que la respuesta será la misma que la que ha dado sobre mi descenso: el método en la locura se hará patente por sí mismo.

Y entonces pregunta el capitán:

—¿Me creéis, Caden?

Sé que no lo pregunta sin motivo, y que tampoco lo pregunta por mí. Él necesita que yo lo crea, como si su propia vida dependiera de ello. Es en este momento cuando comprendo que todo se ha transmutado. Él ya no está por encima de mí; soy yo el que está por encima de él. Y no solo de él, sino de todo lo demás en este mundo suyo. Hasta puedo sentir a la Serpiente Abisal, que aguarda con ansia mi siguiente paso. Es una perspectiva embriagadora y aterradora la de ser el rey de todos los destinos.

—¿Me creéis, Caden? —vuelve a preguntar el capitán.

—Sí, os creo.

—¿Renunciáis al loro y a todas sus mentiras?
—Sí, renuncio.

Por fin sonríe:

—Entonces es hora de que seáis bautizado por la profundidad.

# 152

## EL ESPANTAPÁJAROS

Me meto en el bote, una barquita de cobre tan pequeña que no parece capaz de sostener su propio peso por encima de la línea de flotación, no digamos ya el mío. El capitán lo hace descender, y cuando este toca la mar, no provoca ni una leve onda. Me asomo por un lateral y no encuentro más que mi propio reflejo en la superficie especular del agua. Se que esa cara es la mía, y sin embargo no me reconozco.

Cada vez que me asomo por la borda espero ver a la Serpiente Abisal saltando del agua, agarrándome la cabeza y sumergiéndome con ella. A qué esperará esa serpiente, me pregunto.

—¡Dios os acompañe en vuestra empresa! —exclama el capitán. Suelto el bote de las poleas, y me echo a la mar yo solo.

Remo con sigilo hacia el espantapájaros, escuchando el chillido rítmico de los escálamos, que se quejan a cada palada. Voy de cara al barco mientras remo, porque uno debe siempre remar de espaldas a su destino. El barco parece disminuir de tamaño rápidamente desde el momento en que lo abandono. La nave de verde metal que parecía tan grande cuando estaba en ella parece ahora poco más que un barquito de juguete. No puedo distinguir al capitán.

Al final me pongo al lado del espantapájaros. Esperaba que se encontrara sobre una boya, pero en realidad el palo es un poste de madera que se hunde en las profundidades, presumiblemente todo el camino hasta el fondo, que se encuentra a once mil metros por debajo. Ningún árbol ha crecido nunca tanto como para proporcionar semejante poste. Está recubierto de mejillones y percebes que crecen treinta centímetros por encima de la línea del agua, llegando casi a tocar las botas de trabajo del espantapájaros. Los vaqueros que lleva, y su camisa de franela a cuadros, parecen fuera de lugar en aquel entorno tropical, pero ¿qué estoy pensando? Todo en él está aquí fuera de lugar.

Lleva el sombrero fedora blanco, de paja, de mi padre. Su nariz es el tacón rojo roto del zapato de mi madre. Sus ojos son los grandes botones azules del abrigo amarillo de borreguillo de Mackenzie. Me pregunto: Si se soltara de su poste, ¿podría caminar sobre el agua como Calíope? ¿Tiene algo en sus piernas y brazos aparte de tela y relleno? Solo hay un modo de averiguarlo.

—¿Podéis hablar —le pregunto— o no sois al fin y al cabo más que un espantapájaros?

Espero y, como él no responde, empiezo a sentir que tal vez esté intentando un imposible. Tal vez esté destinado a quedarme en este barco, a la sombra de esta figura despatarrada, hasta la caída de la noche y más allá. Entonces, con un leve y áspero crujido de su piel de lienzo, el espantapájaros se vuelve hacia mí, y sus ojos de botón azul se mueven ligeramente, como prismáticos en busca de foco.

—Así que estáis aquí —dice el espantapájaros, como si me conociera y hubiera estado esperando mi llegada. Su voz es apagada pero fuerte, hecha de muchos tonos distintos, como la voz de un coro susurrando.

Le pido a mi corazón que deje de palpitar como se ha puesto a hacer de repente.

—Estoy aquí. ¿Y ahora qué?

—Vos vais en busca del fondo —dice—, y hay muchas maneras de conseguirlo. Quizá, podríais ataros el ancla a la pierna y dejar que os descienda.

—Y de ese modo moriría —observo.

El espantapájaros se encoje de hombros todo lo mejor que puede hacerlo un espantapájaros:

—Sí, pero llegaríais al fondo.

—Me gustaría llegar vivo.

—¡Ah! —dice el espantapájaros—. Eso es otro cantar.

Y entonces se queda callado mirando hacia ninguna parte, tal como lo había encontrado. El silencio resulta incómodo. Me pregunto si ya habrá perdido interés y terminado conmigo, pero entonces comprendo que está esperando que yo haga un movimiento, aunque no sé qué tendría que hacer. Pero como sé que debería hacer algo, maniobro el bote para acercarme a él todo lo posible, y ato la soga del bote en torno al poste, amarrándolo y dejando claro que no me voy a ir. Puedo esperar tanto tiempo como él. Observo un pequeño cangrejo que le asoma por el bolsillo de la camisa, me mira, y vuelve a esconderse.

El espantapájaros vuelve ligeramente la cabeza. El aire de su cara de lona es pensativo.

—Se acerca un tornado —dice.

Miro al cielo. Las nubes de algodón siguen desplazándose tranquilamente, y no hay nada que sugiera una tormenta de ningún tipo.

—¿Estáis seguro?

—Completamente —dice él.

Y entonces la mar, que ha estado tan quieta como un cristal, empieza a revolverse.

Veo que el agua se agita a mi derecha, y sigo el rastro. Algo ha llegado a la superficie. Solo puedo vislumbrarlo muy levemente. Escamas metálicas, un cuerpo ondulante, vermiforme... Conozco muy bien a esa bestia. La Serpiente Abisal nos rodea, y yo me aterro. Cuando aumenta la velocidad, la mar misma parece resonar con su movimiento, empezando a girar en un lento torbellino, pero adquiriendo velocidad rápidamente. Las aguas empiezan a girar en torno al poste del espantapájaros, y la soga que sujeta el bote se tensa. Bajo las aguas en remolino veo el brillante ojo rojo de la horrible serpiente. Es tan autoritario como el ojo del capitán. Tan invasivo como el ojo del loro. Es la culminación de todos los ojos que han presenciado mi vida y dictado sentencia.

—Se acerca un tornado —repite el espantapájaros—. Es mejor ponerse a cubierto.

Pero no hay lugar en que ponerse a cubierto, y él lo sabe. La serpiente gira más aprisa. El remolino de agua se hunde en el centro, revelando más capas de vida marina pegadas al poste del espantapájaros, que se ha convertido en su propio arrecife vertical. Y como el bote se mece en el movimiento cada vez más fuerte del agua, veo que la soga que lo amarra al poste empieza a deshilacharse al frotarse contra un grupo de mejillones de afiladas conchas.

Cuando la soga se rompe, salto del bote y me agarro a las piernas del espantapájaros. El desventurado bote describe círculos en torno al poste, en el creciente remolino, y la pez que une todas sus planchas de cobre lo abandona, derramándose en el agua como una mancha de aceite. El bote se deshace en pedazos. Hay otras cosas que veo también girando en el agua. Veo trozos de pergamino empapado, y plumas brillantes que giran en la maligna pez negra. Dan vueltas y vueltas como los ingredientes de un nuevo cóctel.

Aferrado a las piernas del espantapájaros, miro abajo y me entra vértigo. El remolino aumenta su profundidad con velocidad alarmante, y el agua que gira se va apartando de nosotros, hasta que me encuentro contemplando un embudo que no tiene fondo visible. El remolino brama en mis oídos como un tren de mercancías. El sabor de sal del agua rociada en el aire está a punto de provocarme arcadas. Y el espantapájaros dice:

—Si vais a ir, ahora es el momento.

Hasta entonces, yo solo había podido pensar en agarrarme.

—Esperad, ¿queréis decir que...?

—A menos que penséis que, después de todo, lo del ancla era mejor idea.

La idea de dejarme caer al centro de un remolino solo me invita a agarrarme con más fuerza y trepar más alto hasta que me encuentro a la altura de sus hombros. Si me hundo, no habrá vuelta atrás. No tengo una cuerda con la que emprender un descenso más suave, ni cámara para documentar mi caída. Nadie que me recoja en el fondo y me ayude a seguir sin problemas. Y, sin embargo, sé que tengo que hacerlo. Tengo que abandonarme a la gravedad. Para eso estoy aquí. Así que me meto en la cabeza todas las ideas que me han traído hasta el momento en que me encuentro. Pienso en mis padres y en el horror de su impotencia. Pienso en el oficial de derrota, y en su sacrificio voluntario. Pienso en mi hermana, que comprende que los fuertes de cartón pueden volverse demasiado reales, y pienso en el capitán, que me ha atormentado y sin embargo me ha preparado para este momento. La profundidad me bautizará. El loro llamaría a esto el mayor de los fracasos, sin duda. Bueno: si esta es la culminación de todos los fracasos, entonces la convertiré en un éxito glorioso.

—Cuidado con el poste en el descenso —dice el espantapájaros—. Y ahora, adiós.

Me suelto, y me hundo en el embudo, preparado por fin para conocer las incognoscibles profundidades del Abismo Challenger.

# 153

## EL APLASTANTE NUNCA JAMÁS

Hay libros que nunca terminaré de leer, juegos que no terminaré de jugar, películas que he empezado y de las que jamás veré el final.

Jamás.

Hay ocasiones en que encaramos objetivamente el «nunca jamás», y este nos aplasta. Una vez intenté desafiar el aplastante nunca jamás, cuando comprendí que hay canciones en mi biblioteca musical que nunca volveré a oír. Fui a mi ordenador y creé una lista con todas las canciones. Había 3628 canciones que requerirían 223,6 horas para sonar todas. Las estuve escuchando durante unos días, hasta que perdí el interés.

Y ahora lo lamento. Lamento las canciones que mis oídos no volverán a oír. Las palabras e historias que yacen en páginas eternamente cerradas. Y lamento mis quince años, que nunca, desde ahora hasta el fin de los tiempos, podré completar del modo en que debería haberlos completado. Rebobinándolo y viviéndolo de nuevo, esta vez sin el capitán y sin el loro y sin las pastillas y sin el interior desprovisto de cordones de zapatos de la Cocina de Plástico Blanco. Las estrellas se oscurecerán y el universo terminará antes de que me devuelvan ese año.

Ese es el peso que llevo encadenado al tobillo, y es mucho más pesado que ningún ancla. Ese es el aplastante nunca jamás que tengo que afrontar.

Y aún no sé si desapareceré en él, o si encontraré un camino para pasar.

# 154

## EL ABISMO CHALLENGER

Estoy cayendo al ojo de un remolino de once mil metros de profundidad. Abro los brazos como un paracaidista acrobático, entregándome. El océano gira a mi alrededor, y la fuerza en espiral del agua mantiene abierto un túnel vertical de aire, como un agujero de gusano. A través de las rugientes paredes del remolino, puedo ver a la Serpiente Abisal descendiendo en espiral al mismo tiempo que lo hago yo, del mismo modo que seguía a nuestro barco yendo siempre al paso de este. Espero que dé un salto desde el agua para devorarme, pero aún no lo hace. Con el sol y el cielo convertidos en tan solo un agujerito en lo alto, la luz que me envuelve ha tomado una tonalidad azul cada vez más oscura. ¿El azul se terminará convirtiendo en negro, dejándome en la total oscuridad?

Debería costar tres minutos y medio caer hasta el fondo de la Fosa, pero caigo durante mucho más tiempo. Los minutos se alargan hasta parecer horas. No hay modo de medir la caída, salvo por los oídos, que me hacen «pop» a medida que aumenta la presión atmosférica. ¿Ahora tengo sobre mí el peso de cuántas atmósferas? No hay barómetro en el mundo que pudiera medirlo.

«Los que cuentan que han visto el fondo mienten», me dijo el capitán. Ahora sé que dijo la verdad.

Entonces, debajo de mí, contemplo una visión insegura, y sé que debo de estar cerca del fondo. Afilados restos de navíos naufragados asoman por las paredes del remolino. Me pego contra la punta de un mástil y este se rompe. Doy volteretas por los andrajos de una vieja vela, y después de otra y otra más, cada una de ellas tratando de retenerme sin conseguirlo, hasta que al fin me hundo en el cieno gris que cubre el fondo del mundo. Gris, no negro. Allí es donde va a morir la negra pez.

Tengo dolores, pero nada roto. Las velas no han podido retenerme, pero sí amortiguaron mi caída. Me pongo de pie, obligando a mis temblorosas rodillas a sostenerme.

¡Lo he conseguido! ¡Estoy aquí!

El remolino sigue bramando, pero allí, en su ojo, hay un paisaje lunar húmedo de casi cincuenta metros de ancho. Y, para mi sorpresa, veo que este paisaje lunar está salpicado por montones de oro y joyas. Todo tesoro busca el punto más bajo del mundo. ¡Aquí están las riquezas del Abismo Challeger!

Aturdido, sin aliento, camino entre el tesoro, avanzando a duras penas en el barro que se extiende entre un montón de riquezas y el otro. Al oír un tintineo de monedas, me giro y veo cerca de mí a otra criatura. Un ser pequeño que, torpemente, se mueve por encima de un montón. Tiene el tamaño de un perro pequeño, pero camina sobre dos patas. Su carne es de un rosa asqueroso. Tiene unos brazos torpes que carecen de manos. No lo reconozco hasta que le oigo decir:

—Justa recompensa, justa recompensa. No tiene nada de justo.

Es el loro, o al menos su fantasma, o tal vez el zombi de su cadáver. Quién lo sabe. Sin plumas, parece desnutrido y poca cosa, como esos pollitos que venden en el supermercado. La herida de la bala rezuma, pero no sangre. Me cuesta un momento reconocer lo que es: gelatina de naranja. De esa que viene con trocitos de piña dentro.

Me voy hacia él, dispuesto a regodearme diciéndole que el capitán tenía razón y él no. Diciéndole que yo elegí bien. Ahora se lo voy a restregar por las narices. Sin embargo, me mira como con pena, con el ojo que no tiene el parche, como si fuera yo el digno de piedad.

—Esto lo vi venir—dice—. Podemos llevar un caballo al agua, hasta podemos hacerle beber. Pero que siga bebiendo... bueno, eso depende del caballo, del caballo. Por supuesto, por supuesto.

Picotea un momento junto al poste del espantapájaros, que se alza en el centro del ojo del remolino, sacando una babosa marina fosforescente y tragándosela. Ahora veo pequeñas babosas por todas partes, que dan lugar a un brillo misterioso. Su luz oscila en las joyas y montones de oro, aumentando el atractivo del tesoro.

—He llegado a la Fosa y he conquistado el Abismo Challenger —le digo—. Así que podéis volver al infierno de los pájaros, o adonde quiera que estéis habitualmente.

—Sí, habéis conquistado el fondo —dice—. Pero el fondo es más profundo a cada viaje, eso lo sabíais, ¿no?

Siento un malestar por dentro. ¿Será tal vez una conmoción producida por la caída?

—Pues coged vuestro tesoro —dice—. Cogedlo, lleváoslo. Estoy seguro de que os seguirá adonde quiera que vayáis.

Alargo la mano hasta el montón de riquezas que tengo delante de mí, y cojo nada más que un doblón. Parece más ligero de lo que yo esperaba. Demasiado insustancial para tratarse de una moneda de oro. El malestar empieza a alejarse de mi tripa. Ahora lo siento extendiéndose hasta las yemas de los dedos que agarran la moneda. Estoy a punto de darme cuenta de algo. Pero no quiero darme cuenta. Quisiera permanecer en la dichosa ignorancia, pero ya no es posible. Le doy vuelta al doblón en mis dedos. Entonces toco el canto de la moneda con la otra mano, acerco la uña del pulgar y le raspo el envoltorio de papel de aluminio dorado, para dejar al aire su interior de color marrón oscuro.

—Es de chocolate...

El loro me dirige su perpetua sonrisa:

—Tenéis suficiente para comer el resto de vuestra vida.

Y cuando miro a mi alrededor, cuando de verdad miro a mi alrededor, veo que las joyas están todas engarzadas en engastes de plástico. No son joyas en absoluto. Son anillos de esos de caramelo. Puedo ver cómo se disuelven en el barro.

—¡Inocente! —dice el loro—. ¡Inocente, inocente, inocente....!

La sensación de malestar se apodera ahora de mi columna vertebral. Va ascendiendo vértebra a vértebra por mi cuello. Siento que las mejillas y las orejas se me ponen coloradas a causa de esa sensación. Intento crear un muro mental para impedirle que pase hasta el cerebro, pero sé que ese muro no conseguirá detenerlo.

—Vamos, mirad más de cerca ese doblón —dice el loro—. ¡Atreveos, atreveos!

Vuelvo a mirar el papel de aluminio de la moneda de chocolate, y entonces lo veo. La cara de la moneda es la del capitán, pero no tal como yo la conozco. Esta cara es mucho más horrible. Mucho más real. Oigo graznar al loro, pero se va más y más lejos. Y yo vuelvo a caer.

«De doblón a fiestón. De fiestón a pastón. De pastón a patíbulo. De patíbulo a...».

# 155

## VESTÍBULO

El vestíbulo de un edificio que se desmorona.

Estamos de vacaciones en Nueva York. Tengo diez años. Había una fiesta en la calle que dificultaba el tráfico, así que volvemos a coger el metro. Mis padres y mi hermana y yo, una vez más, hemos salido a la superficie en el lugar equivocado. Un mal sitio. Un sitio que en el que no deberíamos estar, seguramente.

Nuestro hotel está en Queens. Pero esto no es Queens. Podría ser el Bronx. Eso piensa mi madre. Yo no lo digo, pero pienso para mí que tal vez estemos en un barrio que no existe en ningún mapa. Estoy nervioso y un poco mal del estómago. Estábamos justo en Times Square, y visitamos la enorme tienda de Hershey's que hay allí, donde compramos demasiados recuerdos comestibles. Tanto Mackenzie como yo hemos estado atracándonos durante el misterioso viaje subterráneo. Mis padres riñen. Mi padre insiste en que el metro sigue siendo la mejor manera de ir adonde tenemos que ir. Mi madre se empeña en coger un taxi. Yo miro a mi alrededor. Estamos en una esquina, junto a una tienda de comestibles, pero sus puertas y ventanas están cerradas con acero cubierto de pintadas. En el bordillo de la acera hay cajas de cartón llenas a rebosar de verduras que esperan un camión de la basura que puede tardar varios días en venir. Repollo, patatas, zanahorias y brécol. El olor de los productos podridos es tan fuerte que no le hace ningún bien a mi estómago abarrotado de chocolate Hershey's.

Entonces me vuelvo y veo a un hombre que está sentado en la entrada abovedada del viejo edificio de al lado. El «vestíbulo»: esta es una palabra poco frecuente en inglés que me enseñó mi padre cuando atravesamos la Gran Estación Central.

—Cuando un edificio es tan grande —me dijo mi padre—, la entrada requiere un nombre especial. —Y yo me puse a pronunciar una y otra vez la palabra «vestíbulo» porque me gustaba cómo sonaba en la lengua.

Este vestíbulo es un espacio abovedado que lleva al interior de un edificio oscuro que tiene toda la pinta de estar abandonado. La ropa que lleva el hombre está hecha jirones, y tan sucia que no se sabe de qué color era originalmente. Su gran barba está toda enredada. El hombre se sienta a plena luz del sol, que cae con justicia. Si se retirara treinta centímetros estaría a la sombra, pero parece que la evita como si fuera venenosa. Sin embargo, tiene su modo particular de protegerse del sol: se ha puesto en la cabeza una caja de cereales.

Mackenzie se ríe cuando lo ve.

—¿Crees que estará llena, o se los habrá comido todos antes de ponérsela?

Pero yo no lo encuentro divertido. No sé muy bien cómo lo encuentro, pero divertido no.

Miro atrás y veo que mi padre se ha dado por vencido, y se encuentra en el bordillo de la acera tratando de parar un taxi, mientras mi madre le da instrucciones, explicándole que tiene que mostrarse más decidido.

Yo estoy aterrorizado por el hombre de la entrada abovedada que tiene la caja de cereales puesta en la cabeza, pero hay algo en él que me hace sentir que debo mirarlo más de cerca.

Me encuentro a poco más de un metro de él cuando me ve. Entrecierra un ojo al sol, pero después me doy cuenta de que no lo está entrecerrando. Lo que le pasa es que uno de sus ojos está amoratado y tan hinchado que no lo puede abrir. Me pregunto cómo habrá ocurrido. Me pregunto si le habrá pegado tal vez alguien a quien no le gustaba que acampara en el vestíbulo. Él me mira con su único ojo servible, tan temeroso de mí como yo lo estoy de él. Su ojo está despierto, alerta. O más que alerta, pues parece mirar más hondo de lo que miran los ojos normales. Sé que eso significa que está ausente. Tal vez peor que ausente. Pero no puedo dejar de notar que el color de su ojo se parece mucho al mío.

—¿Entonces es verdad? —me pregunta.

—¿Es verdad qué? —pregunto con voz débil y temblorosa.

—Los pájaros —dice—. Que no les late el corazón. Y a las ratas tampoco. Lo sabes, ¿no?

Y, como no respondo, levanta la mano:

—¿Me das algo...?

Meto la mano en el bolsillo para sacar algo. Lo único que tengo son monedas de chocolate de Hershey's, un poco ablandadas de llevarlas en el bolsillo. Se las pongo en la mano.

Él las mira y se empieza a reír.

Justo entonces mi brazo casi se sale de la articulación por el tirón de mi madre.

—¡Caden! ¿Qué estás haciendo?

Titubeo un momento, porque no tengo ninguna explicación.

—¡Deje en paz al chico! —dice el hombre de la caja de cereales—. Es un buen chico, ¿a que sí, chaval?

Mi madre tira de mí, y entonces contempla con incomodidad al hombre engalanado con la caja de cereales. Y a continuación mi madre (la que insiste en que los vagabundos solo quieren el dinero para emborracharse, la que cree que dar limosna a los mendigos solo sirve para mantenerlos como mendigos, la que solo hace obras de caridad mediante tarjeta de crédito) saca el monedero y le entrega un dólar.

Está claro en hay algo en aquel hombre en particular que ha hecho que ella saque el monedero, lo mismo que me impulsó a mí a acercarme.

Mi padre, que finalmente ha conseguido un taxi, nos llama desde el bordillo de la acera, un poco desconcertado por la repentina atención que su familia concede a un sin techo.

—Hacen bien en coger un taxi en vez del metro —nos dice el pobre, pero es a mí a quien mira con su único ojo bueno—. El metro está fatal a esta hora del día —dice—. Abajo está la eternidad.

# 156

## NO HAY MILAGROS AQUÍ

Vestíbulo, patíbulo, pastón, fiestón, doblón. Sujeto el doblón con tanta fuerza que se me empieza a derretir en los dedos.

—La respuesta la teníais justo en el bolsillo —dice el loro—. ¡Es curioso!

Entonces mira más allá de mí, y yo le sigo la mirada. A nuestro alrededor, el espacio se encoge rápidamente. Los montones de riquezas falsas son barridos por el agua. El remolino decrece. El loro silba:

—Menuda cosa, menuda cosa. Las revelaciones nunca son cómodas, y a menudo llegan tarde.

No parece tan satisfecho consigo mismo como sencillamente resignado.

—¡Esperad! ¡Tenéis que ayudarme!

Se encoge de hombros:

—Te ayudé, te ayudo y te ayudaré. Pero no hay milagros aquí. Solo el impulso. Lo único que queda es confiar en que sea un impulso ascendente.

Se vuelve y salta de un montón de falso oro a otro, después entra directo en la pared giratoria de agua y desaparece en ella, dejándome solo en el fondo del mundo.

A medida que el espacio que me rodea se encoge, los montones del «tesoro» son arrancados del suelo, y se convierten en escombros que giran en el círculo menguante de agua. No hay nadie a quien pueda llamar, nadie que pueda ayudarme. La única presencia que puedo sentir más allá de la mía es la de la serpiente, cuyas ansias de mí están al rojo vivo. Las aguas se cerrarán en torno a mí, la serpiente por fin me tendrá, y nadie, ni siquiera el maldito capitán, volverá a verme nunca.

Me aferro al poste del espantapájaros en el centro del menguante círculo. Intento trepar por él, pero está cubierto de algas resbaladizas. Ni siquiera puedo agarrarme a él con fuerza.

Si he llegado por mí mismo a este lugar, entonces debería haber un modo de salir de él por mí mismo, pero ¿cómo? ¿Dónde está eso?

La única respuesta viene de la serpiente, que me habla. No con palabras, pues no conoce lenguaje. Me habla en sensaciones, y proyecta en mí una desesperanza de tal peso que podría aplastar el espíritu mismo de Dios.

«Vuestro destino es inevitable», dice esa sensación. «Os condenasteis en el mismo instante en que decidisteis hundiros. Abriré mis fauces y os comeré, pero no os consumiré. No, eso sería demasiado fácil... Os masticaré como a un chicle, hasta que desaparezca todo parecido con Caden Bosch y no seáis nada más que negra pez entre mis dientes. Y ahí os quedaréis, atrapado por toda la eternidad en las fauces de la locura». Sería tan fácil aceptar la derrota. Once mil metros de océano a punto de descender sobre mi cabeza, y un demonio apocalíptico a solo unos metros de distancia. ¿Por qué no saltar ahora mismo al interior de su boca? Al menos David tuvo una honda para luchar con Goliat. ¿Qué tengo yo?

¿Qué he tenido?

En estos momentos finales, cuando el ojo del torbellino se contrae hacia mí por todos lados, las palabras del loro regresan a mí: «La respuesta la teníais justo en el bolsillo». Miro el doblón que sigo agarrando con la mano derecha. Pensé que él se refería a las monedas de chocolate en mi recuerdo, pero el loro no estaba en aquel recuerdo. Él sabe muchas cosas, ¡pero eso es algo que él no podía saber!

Me meto la otra mano en el bolsillo. Al principio pienso que no hay nada en ellos, pero después encuentro algo. Tiene una forma rara, y ni siquiera puedo adivinar lo que es hasta que lo saco.

Es una pieza azul de puzle.

Una pieza que tiene exactamente la misma tonalidad de azul que el punto diminuto de cielo que se encuentra a miles y miles de metros por encima de mi cabeza.

Y de repente puedo notar que la serpiente se encoge.

Porque lo único que falta para completar el cielo es esta única pieza...

...y el cielo quiere estar completo. Es un deseo *aún más* fuerte del que la serpiente tiene de mí.

Miro mi mano derecha, en la que está la moneda, y la izquierda, en la que está la promesa de cielo. Sé que he sido víctima de muchas cosas que están más allá de mi control, pero en este momento, en este lugar, aquí hay algo que tengo la capacidad de elegir. «No hay milagros aquí», ha dicho el loro. Pero tampoco hay nada inevitable, no importa lo que la serpiente quiera hacerme creer: nada es inevitable.

Con el remolino de apenas un metro de anchura y cerrándose cada vez más, dejo caer el doblón, cierro los dedos en torno a la pieza de puzle, y levanto el puño hacia lo alto, ofreciendo al cielo distante su terminación.

Y de repente asciendo.

Como si una mano me agarrara de la muñeca, como disparado por una honda, asciendo al mismo tiempo que el remolino se cierra a mi alrededor.

El agua batida, espumosa, se eleva a mis pies. Siento el lamento furioso de la serpiente. Siento el ardor de su ojo encendido. Me quiere morder los tobillos, pero siempre está un centímetro por debajo.

Siento como si se me fuera a arrancar el brazo. Siento la aceleración en cada articulación de mi cuerpo, mucho más rápida que en la caída. Más rápida que la mísera atracción de la gravedad. Más rápida que la serpiente, que todavía intenta anegarme la mente con su réquiem de desesperación.

El círculo azul de cielo por encima de mí crece y crece hasta que supero al espantapájaros y me alejo de las profundidades.

No veo nada más que azul mientras asciendo al abrazo de los cielos.

# 157

## COMO UNA ESPECIE DE

Hay muchas cosas que no comprendo, pero hay una que sí que sé: no existe tal cosa como un diagnóstico «correcto». No hay más que síntomas y latiguillos que se aplican a distintas colecciones de síntomas. Esquizofrenia, trastorno esquizoafectivo, bipolar uno, bipolar dos, depresión mayor, depresión psicótica, trastorno obsesivo compulsivo, etcétera, etcétera, etcétera. Las etiquetas no significan nada, porque no hay dos casos exactamente iguales. Todo el mundo es un caso diferente, y no se puede hacer un pronóstico seguro.

Sin embargo, somos criaturas de contención. Queremos que todas las cosas de la vida estén metidas en su cajita y ponerle a cada cajita su etiqueta. Pero el hecho de que podamos ponerle una etiqueta no quiere decir que de verdad sepamos lo que contiene la cajita.

Es como una especie de religión. Nos consuela creer que hemos definido algo que es, por su misma naturaleza, indefinible. Si lo hemos hecho bien o no, bueno, eso es solo cuestión de fe.

# 158

## CAPULLOS EN ALTOS PUESTOS

Mi viaje al cielo me lleva a muchos lugares que no recuerdo, a lo largo de muchos días que no puedo contar, antes de volver a mi punto de partida. Una sala blanca, iluminada con luces fluorescentes y recubierta de invisible gelatina. Puedo sentir los temblores de mi cuerpo, aunque no tengo frío. Sé que son los medicamentos... porque algo me está haciendo efecto, o porque sufro su falta.

Una mujer vestida con pijama color pastel me mira desde arriba. Me hace una pregunta en lengua circense, y yo respondo en klingon. Cierro los ojos por un instante, la noche se convierte en día, y de repente es el doctor Poirot el que tengo delante de mí. Ya he dejado de temblar, y él está hablando en mi lengua, aunque su voz no está completamente sincronizada con el movimiento de los labios.

—¿Sabes dónde estás? —pregunta.

«Sí —quiero decirle—, en la Cocina de Plástico Blanco». Pero sé que esa no es la respuesta que él quiere oír. Y lo que es más importante: tampoco es la respuesta que yo quiero creer.

—En el Hospital Vista Marina —le digo—. Unidad Psiquiátrica Juvenil. —Oír esas palabras saliendo de mi boca me acerca un pasito a confiar en que son verdad.

—Has sufrido una recaída —dice Poirot.

—No me diga.

—Sí, pero ahora estás al otro lado. Me alegra poder decirte que durante los últimos días no he visto en ti más que un impulso ascendente. La conciencia del entorno es una buena señal, muy buena señal. Apunta con una linterna de bolsillo a cada uno de mis ojos, y comprueba mi estadística. Espero que se vaya, o tal vez que se vuelva a convertir en una de las enfermeras, pero lo que hace es coger una silla, sentarse y decirme:

—El funcionamiento de la sangre mostró una repentina caída en tus niveles de medicación hace cosa de una semana. ¿Tienes idea de a qué se pudo deber?

Pienso si hacerme el tonto, pero ¿para qué?

—Sí —le digo, sin pelos en la lengua—, estuve escondiendo las pastillas.

Entonces él hace un gesto de suficiencia, y dice algo que no me esperaba en absoluto:

—Muy bien.

Lo miro por un momento, intentando saber si de verdad ha dicho eso, o solo lo he oído yo dentro de mi cabeza.

—¿Qué es lo que está muy bien? —pregunto.

—Bueno, no estuvo muy bien en su momento, ni mucho menos, pero sí está muy bien ahora, porque ahora puedes ver el resultado. Causa y efecto, causa y efecto. Ahora lo sabes.

Quiero enfadarme con él, o al menos molestarme un poco, pero no puedo. Quizá sea porque, por una vez, no me importa que él tenga razón. O quizá sea por los medicamentos.

Hay algo diferente en Poirot. Era algo que se encontraba al borde de mi percepción, pero ahora lo tengo tan cerca que me doy cuenta de lo que es: no viste su colorido atuendo. Lo que lleva es una camisa beis de cuello abotonado, con una corbata igual de aburrida.

—¿Y la camisa hawaiana? —le pregunto.

Lanza un suspiro:

—Bueno... la dirección del hospital ha pensado que no proyectaba una imagen de profesionalidad.

—Son unos capullos —le digo.

Eso le hace soltar una carcajada.

—A lo largo de la vida te darás cuenta, Caden, de que muchas decisiones son tomadas por capullos que están en altos puestos.

—Yo he sido un capullo en un puesto alto —le digo—. Creo que lo hago mejor a ras de suelo.

Me dirige una sonrisa. Es una sonrisa un poco distinta de su rígida sonrisa terapéutica. Más cálida.

—Tus padres están en la sala de espera. No son horas de visita, pero les he dado un permiso especial para venir. Siempre que tú quieras verlos.

Pienso en ello.

—Bueno... ¿mi padre lleva un fedora de paja, y mi madre camina con un tacón del zapato roto?

Poirot vuelve ligeramente la cabeza para mirarme mejor con su ojo bueno.

—No, me parece que no...

—Bueno, eso significa que son reales, así que sí, me gustaría verlos.

Otro podría mirarme raro por decir eso, pero no Poirot. El hecho de que esté desarrollando «criterios de realidad» es una buena cosa por lo que a él se refiere. Se pone en pie.

—Los mandaré llamar. —Entonces duda un poco, me mira un poco más, y dice—: Bienvenido, Caden.

Cuando se va, decido que cuando salga de aquí, si salgo, le regalaré una corbata de seda bien cara llena de pájaros de colores brillantes.

# 159

Quiero devolverle a Cielo la pieza del puzle, pero no la encuentro. El puzle está acabado, a falta solo de esa única pieza. A nadie se le permite tocarlo, a menos que quieran afrontar las iras de Cielo. Entonces, un día, le dan el alta y los empleados del pijama pastel lo desmenuzan y lo vuelven a meter en la bolsa para otros pacientes. A mí me parece muy cruel conservar un puzle al que ellos saben que le falta una pieza.

Hal no vuelve, y nadie me dice de un modo convincente si vive o murió. Yo recibo una carta, sin embargo, que está llena de líneas y garabatos y símbolos que no entiendo. Podría venir de él, o podría ser una broma de alguno de los pacientes, alguno especialmente desagradable que haya vuelto a casa después, o podría ser de alguien que se preocupa por mí e intenta tranquilizarme, del mismo modo que mis padres escribían la respuesta a las cartas que yo enviaba a Papá Noel cuando era pequeño. Sobre esto, sopeso las distintas posibilidades asignándoles la misma probabilidad.

No he sabido nada de Callie. Está bien. No lo esperaba. Espero que la vida la lleve lejos de cualquier cosa que le recuerde este lugar, y si eso significa apartarla de mí, tendré que aceptarlo. Ella, en vez de ahogarse, caminaba sobre el agua. Con eso me basta.

Un día llegan a la conclusión de que he vuelto a pertenecer al mundo real, o que al menos estoy cerca de ello, y me entregan a los brazos de mi amorosa familia. Ese último día de mi «escayola mental» espero en mi habitación con todas mis cosas guardadas en resistentes bolsas de plástico amarillo que me ha proporcionado el hospital. Dentro no hay más que ropa. He decidido dejar todos mis herramientas de dibujo para otros pacientes. Los lápices de colores me los cogió el personal del hospital un día cuando yo no miraba, dejando solo los rotuladores de plástico y las ceras, pinturas que no hay que afilar.

Mis padres llegan a las 10,03 horas, e incluso traen a Mackenzie con ellos. Mi padre y mi madre firman tantos papeles como tuvieron que firmar cuando me ingresaron, y ya está resuelta la cosa.

Yo pido unos minutos para despedirme, pero no necesito tanto tiempo como pensaba. Las enfermeras y los diversos empleados de pijama color pastel me desean que me vaya bien. Furiosos Brazos de la Muerte me despide chocando los nudillos, y me dice «sigue en la realidad», lo cual me hace gracia por algo que ni él ni sus calaveras llegarán a comprender.

GLaDOS está con su grupo de terapia, y aunque asomo la cabeza para despedirme, resulta embarazoso para todo el mundo. Ahora sé cómo se sentía Callie el día que se fue. Uno está al otro lado del cristal ya antes de salir del edificio.

Mi padre me pone la mano en el hombro suavemente, y me pregunta antes de que salgamos por las compuertas:

—¿Estás bien, Caden? —Ahora me mira de un modo en que nunca lo había hecho: como Sherlock Holmes con una lupa.

—Sí, estoy bien —le respondo.

Sonríe:

—Entonces vámonos de aquí cagando leches.

Mi madre me dice que de camino a casa vamos a pasar por mi heladería favorita. Será estupendo pedirse un helado y no tener que comerlo con cuchara de madera.

—Espero que en casa no hayáis preparado nada —les digo—. Me refiero a globos o pancartas con un «BIENVENIDO A CASA» ni cosas de esas.

El incómodo silencio que sigue me indica que tengo algo de eso esperándome.

—Solo un globo —dice mi madre.

Mackenzie baja los ojos:

—Te he comprado un globo, ¿no está bien?

Ahora me siento mal:

—Bueno... ¿es tan grande como si se hubiera escapado del desfile del día de Acción de Gracias? —le pregunto.

—No... —responde.

—Entonces está bien.

Nos quedamos de pie ante la salida. La puerta interior se abre, y entramos en el pequeño espacio de seguridad. Mi madre me pasa el brazo alrededor, y me doy cuenta de que lo hace tanto por ella misma como por mí. Necesita el consuelo de poder consolarme por fin. Algo que no había podido hacer en mucho tiempo.

Mi enfermedad nos ha arrastrado por las trincheras. Y aunque mi particular trinchera fuera, bueno, nada menos que la Fosa de las Marianas, no por eso voy a menospreciar todo lo que ha tenido que pasar mi familia. Nunca olvidaré que mis padres han venido al hospital todos y cada uno de los días, incluso cuando yo me encontraba, claramente, en otra parte. Nunca olvidaré que mi hermanita me cogió la mano e intentó comprender cómo es eso de estar en otra parte.

Detrás de nosotros, se cierran las puertas interiores. Contengo la respiración. Entonces se abren las puertas exteriores. Y vuelvo a ser un orgulloso integrante del mundo racional.

Una hora más tarde, después de una fiesta de helado locamente decadente, llegamos a casa y veo el globo de Mackenzie en cuanto aparcamos el coche. Está atado a nuestro buzón de correos, en el patio delante de la casa, cabeceando perezosamente en la brisa. Me río a carcajadas cuando veo lo que es.

—¿Dónde demonios has encontrado un globo con forma de cerebro? —le pregunto a Mackenzie.

—En internet —dice encogiéndose de hombros—. También tienen hígados y riñones.

Le doy un abrazo:

—¡Es el mejor globo de la historia!

Salimos del coche y, con el permiso de Mackenzie, desato el cerebro relleno de helio y lo suelto. Contemplo cómo sube y sube hasta desaparecer.

# 160

## ES ASÍ COMO FUNCIONA LA COSA

Nueve semanas. Ese es el tiempo que he pasado hospitalizado. Para confirmarlo, miro el calendario que está colgado en la cocina, porque a mí me da la sensación de que ha pasado mucho más tiempo.

El instituto está cerrado por las vacaciones de verano, pero aunque no lo estuviera, no me encuentro en condiciones de sentarme en un aula y concentrarme. Mi atención se diluye y mi motivación está tan alta como la de una babosa. En parte es por la enfermedad, en parte por la medicación. Me han dicho que me iré poniendo mejor poco a poco. Me cuesta creerlo. Pero eso también pasará.

No se sabe lo que pasará cuando vuelvan a empezar las clases. Tal vez no vuelva hasta enero, para repetir entonces la segunda mitad del segundo curso. O puede que vaya a un nuevo instituto, para empezar de nuevo. Puedo recibir clases en casa para no quedarme atrasado. O podría entrar en tercero en septiembre, como si todo siguiera igual, y al final preparar lo que me perdí en las clases de verano del año que viene. El cálculo avanzado tiene menos variables que mi educación.

El médico dice que no hay que preocuparse. Me refiero a mi nuevo médico, no a Poirot. Cuando uno sale del hospital, tiene que ir a un médico nuevo. Es así como funciona la cosa. El nuevo es guay. Me dedica más tiempo de lo que me imaginaba. Me receta los medicamentos. Yo me los tomo. Los odio, pero me los tomo. Estoy atontado, pero no tanto como antes. La gelatina ahora parece de esa que se toma con batido.

Mi nuevo médico se llama doctor Pezchel, lo cual es apropiado, porque tiene un poco cara de trucha. Veremos adónde lleva eso.

# 161

## LUGARES EXÓTICOS

Tengo este sueño: estoy caminando sobre un paseo marítimo en algún lugar con mi familia. Puede que sea Atlantic City o Santa Mónica. Mackenzie arrastra a mis padres a unas atracciones de feria (montañas rusas, coches de choque...), y aunque yo intento ir con ellos, me quedo rezagado y no puedo alcanzarlos. Enseguida descubro que los he perdido en la multitud. Y entonces oigo esta voz:

—¡Tú, ahí...! ¡Te estaba esperando!

Cuando me vuelvo, veo un yate. No un yate común y corriente, sino uno tan grande que podría ser el del malo de una película de James Bond. Con dorados relucientes y ventanas negras. Con jacuzzi, butacas de lujo y una tripulación que parece exclusivamente constituida por hermosas mujeres en bikini mínimo. Y en la pasarela veo a alguien conocido. Lleva una barba recortada en forma de perilla, y su uniforme es un traje blanco con chaqueta cruzada y ribetes dorados. Aun así, sé quién es.

—No podemos navegar sin segundo de a bordo. Y deberías ser tú.

Me descubro a mí mismo a mitad de la pasarela, a poco más de un metro del yate. Pero no recuerdo cómo he llegado hasta allí.

—Para mí será un placer tenerte a bordo —dice el capitán.

—¿Cuál es la misión? —pregunto, mucho más curioso de lo que quisiera mostrarme.

—El arrecife del Caribe —me dice—. En el que ningún humano ha posado nunca los ojos. Tú eres submarinista certificado, ¿no?

—No —le respondo.

—Bueno, pues entonces tendré que certificarte yo, ¿no te parece?

Me sonríe. Su ojo bueno me mira con una intensidad familiar que casi me resulta acogedora. Es casi como estar en casa. Su otro ojo no tiene parche, y el hueso de melocotón ha sido reemplazado por un diamante que brilla al sol del mediodía.

—¡A bordo! —dice.

Me quedo en la pasarela.

Sigo allí.

Sigo allí un poco más.

Y entonces le digo:

—Me parece que no.

No intenta convencerme. Solo sonríe y asiente con la cabeza. Entonces dice en voz baja, que resulta, no sé cómo, más potente que el ruido de la multitud que tengo a mi espalda:

—Volverás allí abajo tarde o temprano. Lo sabes, ¿no? Ni la serpiente ni yo dejaremos que sea de otro modo.

Pienso en eso. Y aunque la idea me hiela la sangre, no puedo negar que esa posibilidad existe realmente.

—Tal vez —le digo al capitán—. Seguramente —admito—. Pero hoy no.

Me vuelvo y regreso al muelle por la pasarela. Es estrecha y endeble, pero he pasado por sitios peores, así que no es nada nuevo. Cuando vuelvo a pisar tierra firme, miro atrás, pensando que el yate podría haberse desvanecido, como hacen las apariciones. Pero no: sigue allí, y el capitán sigue esperando con el ojo fijo en mí.

Me doy cuenta de que siempre estará esperando. No se irá nunca. Y con el tiempo, puedo encontrarme como segundo de a bordo suyo lo quiera o no, viajando a lugares exóticos en los que podría volver a zambullirme una y otra vez. Y tal vez un día me sumerja tan hondo que la Serpiente Abisal me atrapará, y ya no pueda encontrar nunca mi camino de vuelta. No serviría de nada negar que tales cosas pueden suceder.

Pero no van a suceder hoy. Y en eso hay un consuelo hondo, duradero. Lo bastante hondo para ir en él hasta el mañana.

# NOTA DEL AUTOR

*El abismo* no es de ningún modo una obra de ficción. Los lugares a los que va Caden son todos muy reales. Una de cada tres familias en Estados Unidos se ve afectada por el fantasma de la enfermedad mental. Lo sé porque nuestra familia es una de ellas. Afrontamos muchas de las cosas que tuvieron que afrontar Caden y su familia. Yo contemplé cómo un ser amado viajaba a las profundidades, y me vi incapaz de detener su caída.

Con ayuda de mi hijo, he intentado captar cómo fue esa caída. Las impresiones del hospital, y la sensación de miedo, paranoia, manía y depresión son reales, igual que la sensación de aturdimiento y gelatina que pueden proporcionar los medicamentos (algo que experimenté de primera mano cuando tomé accidentalmente dos pastillas de Seroquel, creyendo que eran aspirinas). Pero también la curación es real. La enfermedad mental no desaparece del todo, pero se puede hacer que entre en remisión. Como dice el doctor Poirot, no se trata de una ciencia exacta, pero es todo lo que tenemos, y la cosa es mejor cada día que pasa, ya que aprendemos nuevas cosas sobre el cerebro, y la mente, y desarrollamos medicamentos mejores y más específicos.

Hace veinte años, mi mejor amigo, que sufría de esquizofrenia, se quitó la vida. Pero mi hijo, por otro lado, ha encontrado su pieza de cielo, y escapado maravillosamente de las profundidades, para llegar a parecerse más a Carlyle que a Caden. Los dibujos y bocetos que aparecen en este libro son suyos, y todos ellos fueron dibujados en las profundidades. Para mí no hay mayor obra de arte en el mundo. Además, algunas de las observaciones de Hal sobre la vida proceden de su poesía.

Nuestra esperanza es que *El abismo* reconforte a los que han estado allí, haciéndoles comprender que no están solos. También esperamos que ayude a otros a empatizar, y a comprender cómo es eso de navegar en las oscuras e imprevisibles aguas de la enfermedad mental.

Y que cuando el abismo mire dentro de ti, que lo hará, puedas devolverle la mirada con valentía.

# AGRADECIMIENTOS

*El abismo* ha sido una obra de amor, cuya creación ha abarcado muchos años. Primero y principal, me gustaría dar las gracias a mi hijo Brendan por sus contribuciones; a mi hijo Jarrod por sus asombrosos tráilers del libro; y a mis hijas, Joelle y Erin, por su perspicacia y por ser los maravillosos seres humanos que son. Mi más profunda gratitud a mi jefa de edición, Rosemary Brosnan; a la correctora, Jessica MacLeish; y a todos los que trabajan en HarperCollins por el enorme apoyo dado a este libro. Gracias también a mis ayudantes Barb Sobel y Jessica Widmer por mantener mi vida y mi agenda bajo control. Me gustaría dar las gracias a los Orange County Fictionaires por su apoyo y críticas a lo largo de los años; a la Alianza Nacional de la Enfermedad Mental, por ser tan útil; y finalmente a mis amigos por estar siempre ahí, para lo bueno y para lo malo.

¡Gracias a todos! Mi amor por vosotros no tiene fondo.

# NEAL SHUSTERMAN

## SERIE «DESCONEXIÓN»

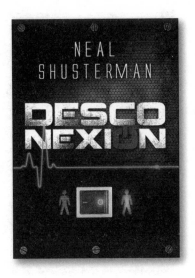

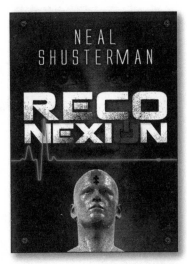

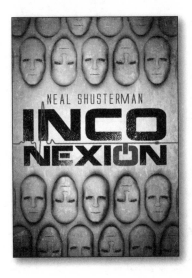

# NEAL SHUSTERMAN

## SERIE «EVERLOST»

# NEAL SHUSTERMAN y ERIC ELFMAN

## TRILOGÍA DE LOS ACCELERATI

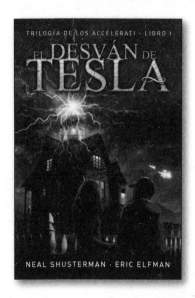

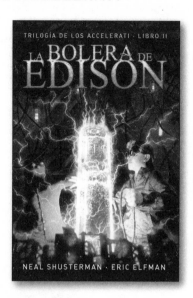

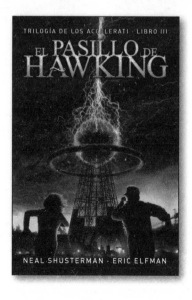